박회장의 그림창고

박회장의

그림창고

李垠 장편소설

고조넉

박회장의
그림창고

1판 1쇄 인쇄 2011년 11월 7일
1판 1쇄 발행 2011년 11월 11일

지은이 이 은

펴낸이 배선아
펴낸곳 고즈넉

출판등록 2011년 4월 8일 제108-91-82089호
주소 서울시 동작구 등용로 37, 106동 201호
대표전화 02-6269-8166   팩스 02-6166-9199
이메일 realfan2@naver.com

ⓒ 이은, 2011

ISBN 978-89-966410-2-5 03810

잘못된 책은 구입하신 서점에서 교환해 드립니다.
이 책은 저작권법에 따라 보호받는 저작물이므로 무단 전재와 복제를 금합니다.
이 책의 전부 또는 일부 내용을 재사용하려면
사전에 저작권자와 본사의 서면 동의를 받아야 합니다.

차례

프롤로그 • 9
타락해도 견딜 수 있겠니? • 11
그림 조각들을 모두 맞추면, 욕망 • 49
안드로메다은하에서 생긴 일 • 87
계획대로 안 되는 게 인생이니까 • 137
옆구리에 훅 두 방 • 181
누군들 복수하고 싶지 않으랴 • 261
우리는 박회장이 지난 날 미술관에서
무슨 짓을 했는지 알고 있다 • 305
에필로그 • 362
작가의 말 • 366

이 소설엔 의외로 사실인 게 더 많다

프롤로그

"검찰총장 와 있나? 자, 봐라! 이래도 박회장의 비밀 그림창고가 없다는 거냐? 네가 지휘하던 특검팀에서는 이미 다 알고 있었지! 박회장이 불법으로 조성한 비자금, 미술품으로 돈세탁하고 있다는 걸. 아마 세계미술관 지하 1층에 비밀 그림창고가 있었다는 사실까지도 알았을 거다. 하긴 세계그룹 열여섯 번째 계열사라는 특검팀한테 뭘 기대했겠냐만, 이젠 너희들도 다 끝났어. 나쁜 자식들!

한민족당 아니, 한민좆당 대표 서민왕도 와 있지? 박회장이 너한테 보내려던 그림과 편지 다 봤어. 국회에서 야동 보다 걸리고, 룸살롱 가서 자연산 가져오라 행패 부리고, 여대생들 앞에서 성공하려면 아낌없이 다 대줘야 한다고 헛소리 하더니, 이번에는 아주 대박쳤던데? 네가 그렇게 박회장을 비호했으니 수사고 뭐고 제대로 됐겠어? 너, 다음 번 대통령 후보로 나온다며? 네가 대통령 되면 내가 암살단 만들 거야, 이 불한당 같은 놈아.

그래, 박회장한테 장학금 받는 여야 의원들도 와 있겠군. 더러운 정치인들, 국민들 세금 축내는 식충이들. 오죽하면 염라대왕도 너희들 오면 저승 세계 오염된다고 이승에서 오래오래 살라고 명 늘려주겠냐! 인생 그렇게 살지 마, 이 악당들아.

박회장의 엉덩이 빨아주던 언론사 기자들도 다 와 있지? 아, GN TV 사장도 와 있겠군. 장사장, 지금 날 똑똑히 봐! 처음에는 밀어주는 척하다 박회장이 돈 찔러주고 한민좆당에서 꼬드기니까 돌아이로 몰아붙이고 내쫓아? 너, 다음에 충청남도 도지사 선거에 나간다더라? 지랄 염병도 그 정도면 예술이다. 내가 장담하는데 너 도지사 선거에서 떨어지고, 개망신 당하고 완전 개밥의 도토리 신세 될 거야. 정신 차려, 이 팔푼아.

이사벨, 맞아! 그 유명한 세계미술관 관장 이사벨도 빼놓을 수 없지. 이사벨, 이 나쁜 년. 이 천하의 사기꾼, 협잡꾼, 야바위꾼, 모리배야. 미꾸라지 한 마리가 물 흐린다고, 너 때문에 대한민국 큐레이터가 다 어떻게 취급받는 줄 알아? 천사 같은 신미자 여사 내쫓고 노인네 첩살이 하니까 좋냐? 우리나라 미술계를 혼자 다 말아먹으니까 배부르디? 그리고 너, 이…… 이…… 대한민국 대표 걸레야. 돈세탁할 생각 말고 네 몸이나 세탁해…….'

타락해도 견딜 수 있겠니?

1

"너 자꾸 이럴래!"

양아치는 미용기구들이 놓인 세트대를 발로 걷어찼다. 가위 몇 개가 튀어 나와 바닥에 뒹굴었다. 김소미는 그동안 그가 부린 행패로 미루어, 곧 눈앞의 매직기와 드라이어, 이발기를 닥치는 대로 집어던질 거라고 생각했다. 하지만 이번에는 뒷거울 하나를 움켜잡더니 그녀 뒤쪽 커다란 경대를 향해 꽂히듯 던졌다.

대형 거울 하나가 비명 소리를 지르며 산산이 부서졌다.

"좀 시간을 주세요. 지금 여기저기서 구하고 있는 중이에요……."

그녀의 목소리가 간신히 기어 나왔다.

"무슨 시간을 더 줘. 지금까지 줄 만큼 줬잖아!"

"빌려준다던 친구가 다리를 다쳐 병원에 입원해서 그래요."

"뭔 핑계가 매번 그렇게 구질구질하냐. 돈 준다던 친척이 갑자기 부도났다질 않나, 돈 받을 가게가 있었는데 야반도주했다질 않나, 돈 찾으러 은행에 갔는데 피자집으로 바뀌었다고?"

"진짜예요. 갑자기 교통사고가 나서……."

"이제 그만하지! 집에서 뒹구는 곰탱이 자식은 뭐 하는 거야? 자기 여자가 이 지경이 됐는데, 은행을 털든가 현금출금기를 털든가 어디서 뭘 훔쳐서라도 돈을 만들어 와야 할 것 아니냐."

"걔를 잘 아시잖아요. 착하기만 했지 자기 앞가림도 못하는…… 능력 없는 남자예요."

"그럼 절름발이 동생이라도 앵벌이 시키든가!"

그는 혈압이 솟구친다는 걸 강조하려는 듯 이마를 짚고는 휙 고개를 뒤로 제꼈다.

그녀도 정말 꾹 참느라 이를 악물었다.

주먹도 꼭 쥐었다. 그래봐야 고양이 앞의 쥐 신세를 벗어날 수 없고, 고양이를 무는 쥐가 될 수도 없었다. 그런 상상력이 현실이 되는 곳은 만화 속에나 있을 것이다.

"딱 일주일만 시간을 더 주세요."

"지랄하지 마. 일주일은 무슨 일주일. 올 때마다 핑계만 몇 개씩 늘어나잖아. 이젠 들어주기도 지겹다. 너, 내가 말한 사람한테는 전화해봤어?"

"……아니요."

기대했던 대답이 아니었는지 양아치는 아랫입술을 꽉 깨물었다.

"8개월 전에 빌린 천만 원이 3천만 원이 된 거예요. 근데 지금 또 돈을 빌리면 그게 얼마가 될지 모르잖아요. 그 상황이 되면 정말 감당할 수 없어요. 조금만 더 기다려주세요, 네?"

"아 씨, 진짜!"

이번에는 더 세게 세트대를 발로 걷어찼다.

벽에 부딪쳐 기우뚱하더니 와장창 하는 소리와 함께 엎어지며 부서졌다.

"너, 내 계산법에 이의를 제기하는 거니? 내가 악덕사채업자라는 거니?"

악덕사채업자. 소미는 이 와중에 속으로 피식 웃음이 새 나왔다. 분노를 견디는 게 그래도 더 쉽구나, 그녀는 생각했다. 어떻게 보면 양아치는 자신을 아주 잘 알고 있는 사람이었다.

"그런 건 아니에요. 단지……."

"그럼 어떻게 하려고, 응? 내 돈 3천은 어떻게 만들려고 그래. 그 돈, 땅 파면 나오냐? 입 벌리고 누워 있으면 하늘에서 떨어져? 미용실은 파리만 날리고, 가게 권리금이랑 전세금은 다른 인간들이 다 찜했다며? 쪽방 집은 털어봤자 푼돈도 건지기 힘들 거고, 어떻게 하려고? 왜 그래 왜! 인생 그렇게 살지 마."

인생 그렇게 살지 마?

어처구니없었다. 그 말을 성인군자한테 들은 게 아니었다. 밝은 곳보다 어두운 곳이 좋아 어둠 속에서 놀고 싶었지만, 이렇게 행패 부리다 경찰차 사이렌만 들려도 몸이 움찔 놀라는 새가슴이라 그럴 배짱도 없고, 조폭이 되기에는 싸움을 못하고, 복면 쓰고 강도짓 하기에는 용기가 없고, 사기 치기에는 머리가 나쁜, 그래서 할 수 있는 일이라곤 자신처럼 약점 잡힌 사람들 공갈 협박하고, 그 협박에 벌벌 떠는 모습을 즐기는 이런 인간쓰레기한테 들은 말이었다.

"안 되겠다. 특단의 조치를 내려야겠어."

그는 대단한 묘안이라도 짜낸 것처럼 눈에 잔뜩 힘을 주고는 미용의자에 걸터앉았다. 그러고는 미용 경대 옆 보조장에 다리를 삐딱하게 올렸다. 거울을 보며 머리를 매만지다 혼잣말하듯 말했다.

"그동안 갑자기 쓰러진 엄마 병원비 급히 마련하느라 이렇게 됐다는 거, 충분히 고려해줬어. 도박하다 펑크 냈거나 얼빠진 년들처럼 닥치는 대로 카드 긁다 이 짝 난 거라면 국물도 없었다. 게다가 동거하는 남자는 집에서 밥만 축내는 백수지, 하나뿐인 남동생은 절름발이지. 네 팔자도 참 박복하다 싶어 지금까지 미뤄준 거고. 하지만 자꾸 잘해주다 보니까 일이 이 지경까지 된 것 같아. 우리 솔직히, 탁 까놓고 말해보자. 너, 다음 주가 아니라 한 달을 줘도 3천만 원 만들 능력 없어. 그걸 빤히 알면서 돈 달라고 하는 나만 나쁜 놈이지."

그가 갑자기 패턴을 바꾸었다. 그녀는 무슨 말이 튀어나올지 몰라 불안해졌다.

그런 기색을 눈치 챘는지 그는 소미를 흘끗 쳐다보고는 바닥에 떨어진 가위 하나를 집어들었다. 가위 손잡이를 집게손가락에 걸고는 빙빙 돌리면서 일어나 천천히 다가왔다.

소미는 그가 다가오는 거리만큼 슬금슬금 뒷걸음쳤다. 곧 벽에 막혀 더 이상 갈 수가 없자 뒷골이 저릿했다. 그는 코가 닿을 듯이 얼굴을 바짝 들이댔다. 집에서 변기를 핥다 왔는지 입에서는 심한 구린내가 풍겨 나왔다.

머리숱이 듬성듬성하고, 머리뼈가 도드라지게 드러나는 야위고 볼품없는 몰골. 쥐새끼처럼 작고 탁한 눈이 박힌 흉물스러운 인상. 사람들을 공갈 협박할 때마다 하나씩 늘었을 지저분한 주름이 자글자글한 40대 초반의 얼굴. 그녀가 그의 얼굴을 이처럼 가까이서 본 건 처음이었다.

그는 빙빙 돌리던 가위를 세우고는 그녀의 눈에 비친 자신이 어떻게 생겼는지 확인하려는 것처럼 바싹 얼굴을 갖다 댔다. 어느새 가위가 천천히 올라와 그녀의 뺨에 붙었다. 그녀는 그 서늘한 쇠붙이의 질감에 놀라 어금니를 앙 물었다.

독한 성질로 치자면 대한민국 어느 여자에게도 안 빠진다고 자부했다. 고등학교 때까지 태권도 선수로 활동하며 전국체전에도 나갔던 실력으로 양아치 정도는 그 자리에서 한 방에 눕힐 수 있었다. 그래서 양아치가 미용실까지 찾아와 행패를 부릴 때마다 작살내버리는 상상을 하곤 했다. 가윗날의 옆면이 칼로 긋듯이 그녀의 뺨을 흐르자 그 상상력은 가장 지독한 버전으로 작동하기 시작했다.

먼저 삼단차기로 양아치의 거시기와 배와 목을 일순간에 가격할 것이다. 그런 후 비틀거리는 그의 턱을 뒷발차기로 날려버릴 것이다. 그것으로 끝이 아니다. 쓰러진 놈을 들어 올려 니킥으로 배를 몇 차례 걷어차고 얼굴에 직격탄을 날려 으깨버릴 것이다. 거기서도 끝이 아니다. 그 다음으로 확실한 마무리를 위해 발로 거시기를 내려찍을 것이다. 기절할 때까지…….

하지만 지금은 그럴 처지가 아니었다. 아무리 악덕사채업자라도 그의 돈을 빌려 썼고, 못 갚고 있다는 건 아무리 잘 봐줘도 태권도를 하는 쥐 신세가 고작일 수밖에 없었다. 그녀는 이런 상황에서는 상대가 원하는 만큼 무서운 척해줘야 상황을 악화시키지 않는다는 걸 알고 있을 뿐이다.

양아치는 그녀의 연기에 제대로 넘어간 건지 제 폼에 겨운 건지 입술이 벌어지며 실룩거렸다. 가윗날을 뺨에 댄 채, 역한 냄새를 풀풀 뿜어내며 말했다.

"다행인 게 말이야, 넌 얼굴이 제법 예뻐. 몸매도 환상이고. 그래서 신은 공평하다고 하나 봐. 너 같은 애한테도 그런 복 하나는 줬으니까. 정확히 일주일 후에 다시 올 거야. 일주일 후! 그때까지 돈 만들어놔. 그때는 3천이 아니라 3천백이어야 해. 안 그러면 더 이상 이렇게 신사적으로 하지 않아. 돈 만드는 확실한 방법을 알려줄게. 여자는 그게 좋아. 막판에는 몸 하나 까뒤집으면 되거든. 남자는 그런 것 못하잖아. 네가 아무리 배운 게 없는 무식한 년이라도, 내가 지금 무슨 말하는지는 알아먹었을 거야. 알아들었으면 고개를 끄덕여."

그녀는 다섯까지 센 다음 고개를 끄덕였다. 그때서야 양아치는 그녀의 몸에서 떨어져 나왔다.

"내 말 명심해. 이젠 안 봐줘."

양아치는 바닥에 널브러진 미용기기들을 발로 툭툭 차며 출입문 쪽으로 걸어나갔다.

문을 열었다가 무엇 때문인지 우뚝 서버렸다.

갑자기 자기 거시기를 주물럭거리더니 돌아와 머리를 감는 세면기로 갔다. 거기 바짝 붙어 서서는 그녀를 쳐다보며 씩 웃더니, 바지 지퍼를 천천히 내렸다. 그런 행동은 처음이었지만 그가 무엇을 하려는지 짐작했다.

예상대로 바지 속에서 물건을 꺼내 세면기에 오줌을 싸기 시작했다.

2

　소미가 사는 동교동 집은 미용실에서 불과 5백 미터 떨어져 있었다. 지하철 2호선 신촌역과 홍대입구역 사이였다. 고 김대중 전 대통령의 저택이 있는 정치적 상징성을 가진 곳이었다. 그러나 정작 그 집 말고는 낡은 연립주택과 다세대주택 그리고 고만고만한 상가 건물들로 뒤덮인 평범한 동네였다. 그녀는 허름한 다세대주택 반 지하에 살았다.
　밤이 늦어서야 집 앞 골목에 닿았다. 머릿속에는 3천, 아니 3천 백만 원이 지폐 다발로 보기 좋게 묶여 둥둥 떠다녔다. 그 돈을 다음 주까지 마련해 양아치한테 갚아야 했다. 그러지 못하면 그의 말대로 다음번엔 이 정도로 넘어가지 않을 것이다. 정말 큰일을 치를 것 같았다. 그에게 빌린 돈 천만 원에 이자가 붙고 붙어 2천만 원쯤 됐을 때 더 이상 손쓸 수 없어 자포자기하고 말았는데 이젠 그럴 수도 없는 상태가 되었다.

그녀는 다음 주까지 3천백만 원을 절대로 갚을 수 없었다. 양아치 말고도 여러 군데 빚을 진 상태여서 더는 빌릴 데도 없었다. 다음 주까지 돈을 못 갚는다고 당장 자신을 어디다 팔아먹으려고 하지는 못할 것이다. 그녀 역시 쉽게 당하지는 않는다. 하지만 그 냄새 나는 입에서 그런 말이 나왔다는 것 자체가 충격이고 모욕이었다. 그것은 그녀가 언제든지 나락으로 떨어질 만반의 준비가 돼 있다는 사실을 의미하는 것이기도 했다.

'후우…….'

이 골목처럼 어둡고 답답한 현실로 돌아오니 절로 한숨이 터져 나왔다. 사방이 정말 꽉 막혔다. 고단하고 피곤하다. 짜증이 났고, 두려웠다. 돌이켜보면 지금 벌어지는 상황만이 아니라 그동안의 삶 자체가 그랬다. 그러다 보니 한숨은 펄펄 끓여 오랜 시간 우려낸 사골 국물처럼 몸 속 아주 깊은 곳에서부터 나오는 듯했다.

강원도 춘천에서 나고 자란 그녀는 아버지가 교통사고로 일찍 돌아가시는 바람에 어려서부터 시장에서 건어물 파는 엄마를 도와야 했다. 거기에 장애를 갖고 태어난 하나뿐인 남동생을 돌보는 것도 그녀의 몫이었다. 아니 짐이었다. 초등학교 때 이미 사는 게 참 고단한 일이라는 걸 몸으로 부대끼며 깨달았다. 하루 벌어 하루 먹고 살기도 빠듯한 생활 속에서 상위권 성적을 유지했지만 주변 친구들이 다 가는 대학은 꿈도 꿀 수 없었다.

고등학교를 졸업하고 본격적으로 생활 전선에 뛰어들었다. 건강이 갑자기 나빠진 엄마를 대신해 시장에서 하루 종일 일했다. 정말 억척스럽게 일했다. 그렇게 일하면서 삶의 놀라운 비밀을 하나 발견했다. 이상하게도 열심히 일하면 할수록 여건이 그대로거나 조금씩 나빠진다는 거였다.

몇 년을 더 버티다 건어물 가게를 정리했다. 몇 평 안 되는 가게를 끌어안고 살기에는 스물세 살 젊은 피가 너무 뜨거웠다. 좀 큰물에서 놀며 목돈을 벌어보겠다고 가족을 이끌고 춘천을 떠나 서울로 올라온 게 벌써 8년 전이었다. 그러나 서울에서도 삶은 전혀 달라지지 않았다.

전단지 배포, 전화상담원, 식당 주방보조, 백화점 점원, 마트 종업원, 훼미리 레스토랑 웨이트리스, 샌드위치 포장마차, 안 해본 일 없고, 안 겪어본 일 없고, 먹을 것 안 먹고 입을 것 안 입으며 뼈 빠지게 일해보았지만 궁색한 삶은 그대로였다.

그러다 자기 사업을 해보겠다며 미용 기술을 배워, 재작년 국가에서 지원해주는 보조금과 아는 데서 끌어모은 돈으로 미용실을 열었다. 그런데 미용실 위치가 안 좋은 건지 기술이 안 좋은 건지 손님이 많이 들지 않아 벌이가 영 신통치 않았다.

8개월 전에는 엄마가 뇌출혈로 쓰러졌다. 급히 수술비를 마련해야 했는데 돈 나올 구멍이 없다 보니 사채를 빌리게 됐고, 결국 일이 이 지경에 이르고 만 것이다.

엄마는 어떤 일이 있어도 절대로 신세타령만은 하지 말라고 했다. 그러면 신세가 정말 박복해진다고 입버릇처럼 말했다. 그녀는 자신이 박복하다거나 기구한 팔자를 타고났다고 체념하지는 않았다. 자신의 처지를 원망해본 적도 없었다. 없으면 없는 대로 살았고, 내세울 것 없는 인생이지만 열심히 살다 보면 좋은 때가 올 거라는 믿음을 놓지 않았다. 아니, 손이 부서지도록 꽉 움켜쥐고 살았다.

　하지만 올해 서른을 맞이한 그녀는, 자신의 구질구질한 인생에 대해 다시 더듬어보는 중이었다.

　춘천에서 서울로 올라올 때부터, 이미 춘천에 살 때부터 입구에서 출구까지 다 막혀 있었던 거다. 미용실을 하면서부터 퇴로 없는 삶의 긴장과 공포를 서서히 느끼기 시작한 거다. 그러다 오늘 양아치에게 섬뜩한 협박을 받고나니 그 긴장과 공포의 감각이 어떻게 현실이 될 수 있는지를 확실히 깨달았다.

　혹시 엄마는 빤히 내다보이는 나의 운명을 예견하고 있었던 건 아닐까? 정말 열심히 살았는데도 처지가 조금도 바뀌지 않았다면 결국 팔자 탓을 하고 신세타령만 할 수밖에 없지 않을까?

　그녀는 캄캄한 어둠을 향해 부질없는 질문을 던졌다. 메아리마저 다 삼켜버리는 어둠의 실체가 상상하는 대로 끔찍한 모습을 드러낼 것 같아 오금이 다 저렸다.

　소미는 반지하 계단을 터벅터벅 내려와 열쇠를 꺼냈다. 문이 살짝 열려 있었다. 안으로 들어가자 진구와 기호가 있었다.

　12평 남짓한 작은 집에는 그녀 말고도 두 사람이 더 살았다. 진구는 그녀와 어려서부터 같은 동네에 살며 친하게 지내던 친구였다. 초등학교, 중학교, 고등학교까지 같은 학교에 다녔다. 허물없는 친구로 지내다 결혼을 약속한 연인으로 발전했는데, 아직까지 형편이 안 좋아 결혼식을 한정 없이 미루었다.

　진구는 좋게 말하면 착하고 순한 남자였고, 나쁘게 말하면 심지 없이 물러터지기만 한 한심한 사내였다. 사람 좋다는 말은 많이 듣지만, 덩치만 곰처럼 컸지 소심하기 짝이 없었고, 이렇다 할 재주도 없는데다 행동거지나 두뇌회전 모두 빠릿빠릿하지 못해 간단한 일 하나 제대로 시원하게 처리하지 못했다.

소미가 이런 남자와 계속 같이 지내는 이유는, 사랑도 정 때문도 아니었다. 하나밖에 없는 동생 기호 때문이었다.

지체장애를 갖고 태어난 동생 기호는 어릴 때부터 진구를 잘 따랐고, 진구는 따돌림을 당하던 동생을 잘 챙겨주었다. 이렇게 된 데는 진구가 그녀를 좋아하면서 동생을 다리 삼아 더 가까이 접근하려 했던 이유가 가장 컸다. 또 굼뜨고 흐리멍덩한 행동거지 때문에 동생 못지않게 사람 취급을 못 받던 처지라는 점도 한몫했다. 거의 유일하게 자신을 따르는 동생과 자연스럽게 가까이 지내게 된 것이다. 어찌되었든, 그것만으로도 그녀에게는 진구와 평생을 같이 할 충분한 이유가 되었다.

두 사람은 거실 바닥에 손으로 머리를 괴고 삐딱하게 누워 있었다.

진구는 추리닝 바지 속으로 손을 집어넣어 주물럭거리고, 기호는 코를 후비면서 TV에 넋을 놓고 있었다.

"어, 소미 왔네?"

진구가 얼른 손을 빼고 호들갑을 떨었다.

"누, 누…… 나?"

"너희들이 여기 왜 있어?"

진구는 일자리도 잘 잡지 못했고, 어렵게 일자리를 구해도 석 달을 버티지 못했다. 그래서 몇 년 전부터는 아예 취직을 포기한 채 기호를 돌보며 소미 일이나 집안일을 거들었다. 소미는 그런 진구에게 엄마의 간병을 맡겼다.

"춘천에서 이모님이 오셨잖아. 오늘부터 열흘간은 이모님이 봐주시겠대."

"맞아, 이모가 오신댔지······."

소미는 혼잣말로 중얼거리고는, 곧장 방으로 들어갔다.

화장대 앞에 앉아 거울에 비친 얼굴을 멍하니 바라보았다.

사는 게 사는 게 아니라는 말이 실감났다. 오늘 밤늦도록 미용실을 지켰지만 손님은 고작 넷이었다. 그런데 몰골은 수십 명에게 시달린 것처럼 형편없이 망가져 있었다. 머리카락은 땅바닥을 뒹굴며 싸운 것처럼 부스스했고, 눈은 눈물 대신 구정물이 흐르고 있는 것처럼 혼탁했으며, 피부는 소나무 껍질처럼 거칠었다.

어렸을 때부터 예쁘다는 말을 신물 나게 듣던 몸이었다. 스스로도 조금만 가꾸면 어디 가서 얼굴 하나는 빠지지 않는다는 걸 잘 알았다. 하지만 지금 이대로라면 거리의 여성 노숙자와 다를 게 무얼까 싶었다.

화장대 거울에 진구가 문을 살짝 여는 게 비쳤다.

통통한 체형에 배까지 불룩하게 튀어나온 그는, 소미와 눈이 마주치자 조심스럽게 들어왔다. 소미는 거울에 비치는 진구를 보며 맥없이 물었다.

"그럼 병원에는 이모님이 있는 거겠네?"

"응."

"별 말씀은 없었고?"

"그동안 간병하느라 몸 다 축났을 텐데, 좀 쉬다 나오랬어······. 아, 좋은 거 사먹고 몸보신 하라고 돈을 좀 주셨어. 십만 원."

진구는 어울리지 않게 눈웃음을 쳤다. 그의 눈은 원래 제법 컸었는데, 그렇지 않아도 달덩이 같은 얼굴에 살이 마구 붙으면서 지금은 거의 새우 눈이 되었다.
 소미는 다시 자신의 초라한 얼굴을 들여다보았다.
 진구가 어느새 다가와 양 어깨를 손으로 감쌌다. 소미가 신경질적으로 몸을 흔들자 그는 화들짝 물러났다.
 "오늘은 아무도 보고 싶지 않고 아무 말도 하고 싶지 않으니까 그냥 나가줘."
 싸늘하게 말했는데도 진구는 다시 손을 슬쩍 올려놓고, 이번에는 배와 두툼하게 부풀어 오른 거시기로 그녀의 등을 문대기까지 했다.
 "야!"
 소미가 돌아보며 꽥 소리를 질렀다. 진구가 깜짝 놀라며 뒷걸음쳤다.
 "넌 허구한 날 그것만 생각하니? 지금 내 표정을 보고도 그러고 싶어?"
 그제야 감이 잡히는지 진구의 얼굴이 순식간에 경직되었다. 소미는 그게 참 구제불능의 표정이라는 생각밖엔 들지 않았다.
 진구가 화장대 옆 침대에 슬그머니 앉았다.
 "……무슨 일 있었어? 얼굴이 굉장히 안 좋아보여."
 그걸 이제 알았니! 소미는 한숨밖에 나오지 않았다.
 "후…… 그래, 무슨 일 있었어. 그러니까 내버려두고 나가줘."
 "무슨 일?"
 "몰라도 돼. 안다고 네가 어떻게 해줄 수 있는 일도 아니니까."
 "뭔데, 말해봐. 나한테까지 숨길 일이 뭐야."
 "그냥 나가줘. 부탁이야."

소미는 이젠 애원하듯이 말했다.

"……양아치 때문이야? 그 자식이 또 와서 행패 부렸어?"

소미는 아무 대답도 하지 않았다.

"양아치 때문이구나. 그럴 줄 알았어. 아니, 그 자식은 왜 그렇게 서두른데? 안 갚겠다는 것도 아니고, 기다릴 줄도 알아야지."

푸념도 위로도 아닌 아무 의미도 없는 말을 진구는 속편하게 주절거렸다.

둘 사이에 다시 어색한 시간이 흘렀다.

소미는 작정한 듯 몸을 돌려 진구와 마주하고 앉았다. 그녀는 조금 전보다는 편안한 시선으로, 차분하게 말했다.

"진구야."

"응?"

"우리 춘천에서 서울로 온 지 8년 됐지?"

"그렇지."

"네가 그동안 엄마 잘 모시고, 몸이 불편한 기호 친동생처럼 돌봐주었던 것 늘 고맙게 생각하고 있어. 네가 없었다면 많이 힘들었을 거야."

거리감이 느껴지는 말투였는지 진구는 어리둥절했다. 소미는 빤히 쳐다보기만 했다.

진구는 신경질을 부린 소미에게 심술이 나 툭 던지듯 말을 내뱉었다.

"너 솔직히 기호 때문에 나하고 사는 거지 나 좋아서 사는 거 아니잖아."

소미는 아무 대꾸도 않다가, 그의 손을 꼭 잡았다.

"앞으로 내게 무슨 일이 있더라도 엄마와 기호를 잘 돌봐줘. 엄마가 너를 아들 이상으로 좋아하시는 거 알지? 기호는 나 없이는 살아도 네가 없으면 못 사는 애고."

그녀는 마치 내일이라도 당장 사창가에 팔려가 영영 못 볼 것처럼 말했다. 그것은 분명 과잉 감정이었다. 하지만 그렇게만 말할 수 없는 그 무엇이 있었다.

가족은 지금 풍랑이 거친 바다에 외롭게 떠 있었다. 비록 쪽배라도 모두 한 배에 탄 신세였다. 갈아탈 배 같은 건 아예 있지도 않았다. 언제 부서질지 모를 쪽배에서 부둥켜안은 채 버티고 있었다. 갑자기 자신이 바다에 빠져버린다면 어떻게 될까?

남은 가족들은 쪽배를 타고 계속 흘러가지 못할 것이다. 모두 빠져버리고 빈 배만 정처 없이 떠돌다 파선할 것이다. 그 배를 버릴 수가 없었다. 거기 탄 가족을 지키려고 발버둥 치며 살아왔는데. 홀로 물에 뛰어들 생각은 추호도 해본 적이 없었는데, 물속에서 시커먼 손이 솟구쳐 자신을 끌어당기려 하고 있었다.

"……소미야, 왜 그래. 왜 그러는 거야?"

진구는 소미에게 심상치 않은 일이 벌어졌다는 것을 눈치 챘다. 그녀가 마지못해 입을 열자 진구의 입도 속절없이 벌어졌다.

30분 쯤 지났을 때 진구는 집 앞 버려진 소파에 주저앉아 있었다.

머리 위에서 가로등 불빛이 환하게 쏟아져 내렸다.

기호가 슬리퍼를 질질 끌고 밖으로 나와 진구 앞에 섰다.

"형, 무, 무…… 무슨 일 있어?"

기호는 키가 작고 명태처럼 비쩍 마른 몸이 어릴 때와 그다지 다르지 않았다. 태어날 때부터 다리를 절었고 말을 심하게 더듬었다. 다리를 저는 거야 어쩔 수 없더라도 말은 한 호흡 가다듬고 하면 그런대로 잘 이어서 하는데, 그게 쉽게 되질 않았다. 진구는 아무 대꾸도 없다.

"누, 누, 누나가 오늘은 아, 안…… 안 대준대? 킥킥."

기호는 짓궂게 말했다. 진구는 피식 헛웃음만 내뱉었다. 진구가 별 말이 없자 기호도 더 이상 말을 걸지 않았다.

진구가 큰 한숨을 내쉬며 작정한 듯 입을 열었다.

"……기호야, 우리 옛날에 했던 거 다시 해야겠다."

"뭐…… 뭐?"

"있잖아. 네 누나 몰래 했던 거."

기호의 얼굴에 모르겠다는 표정이 정직하게 떠올랐다.

"몰라? 춘천에서 처음 서울로 올라왔을 때 몇 개월 동안 했던 거."

고개를 갸우뚱했다.

"진짜 모르는 거야, 아니면 일부러 모르는 척하는 거야? 너 한 쪽 다리마저 날아갈 뻔해서 관뒀잖아."

진구는 가로등 옆에 주차된 승용차를 턱으로 가리키고는, 몸을 차 쪽으로 던지는 제스처를 했다.

기호가 곧 눈을 동그랗게 떴다.

"우, 우, 우리 다시는 안 하겠다고…… 그런 짓 하지 말자고 매, 맹세했잖아."

"긴급 상황이야."

"안 돼. 형 입으로 그랬잖아. 그런 짓하면…… 버, 버, 벌 받는다고."

"그거 안 하면 네 누나 죽게 생겼어."

"……왜?"

서울 양재동의 세계미술관은 귀신만 그림을 보고 있을 것처럼 캄캄하고 적막했다. 4층 관장실에만 불빛이 새어 나왔다.
"나실장님, 다시 한 번 확인해보세요."
이사벨이 나준모에게 당부했다.
나준모는 15개 계열사를 거느린 국내 랭킹 10위권의 대기업인 세계그룹 박노수 회장의 수석비서였고, 이사벨은 세계그룹이 설립한 세계미술관 관장이었다.
나실장은 약간 옆으로 기울어진 가발을 주섬주섬 매만지며 그림 앞에 섰다. 이사벨이 그렇게 촌스럽다고 해도, 그는 길바닥에 뒹구는 걸 주워 쓴 것 같은 싸구려 가발을 바꾸지 않았다. 그래서 머리가 검은색 솔을 살짝 얹은 것처럼 우스꽝스럽게 보였다. 가발 덕에 50대 초반의 얼굴이 다소 젊어 보이기는 했으나, 부작용으로 '젊은 영구'가 되고 말았다.

나실장은 이사벨의 책상에 바짝 붙어 박스를 세심하게 살폈다.

가로 50센티미터, 세로 60센티미터의 두툼한 골판지 박스 안에 에어 캡으로 둘둘 말린 그림이 들어 있었다. 그는 그걸 조심스럽게 풀었다.

가로 40센티미터, 세로 50센티미터 크기의 고풍스러운 액자 속에 유화가 잠자듯 누워 있었다. 마치 갓난아기 다루듯 액자를 살짝 들어 올렸다. 그림 밑에는 단정하게 접힌 연두색 편지봉투가 놓여 있었다.

"내용까지 확인할 필요는 없겠지?"

나실장이 물었다.

"네, 제가 몇 번이나 확인하고 잘 챙겨 넣었어요."

"아랫것들한테 줄 돈 봉투는?"

"그건 따로 챙겼어요."

"좋아. 몇 시에 간다고 했지?"

"미술관에서 점심 먹고 바로 출발할 거예요."

"혼자 가도 괜찮겠어?"

"이런 건 혼자 움직이는 게 나아요. 그쪽에서도 저만 오는 게 부담 없다는 눈치였어요."

나실장은 무심한 시선으로 그림을 살피다 무심코 중얼거렸다.

"참 알 수 없어. 지하상가에서 만 원만 주면 살 것 같은 이런 작은 그림 하나가 100억이나 한다니. 나도 이 짓 관두고 그림이나 그릴 걸 그랬어."

"그런 말씀 마세요. 평생 다섯 점밖에 안 그린 천재 화가의 첫 번째 작품인데, 100억이면 싼 거예요."

"제목이라도 좀 예쁘게 짓지. 그림은 그럴듯하게 그려놓고 '불타는 꽃밭'이 뭐야, 불타는 꽃밭이……. 자, 다시 포장해. 이젠 마무리 짓지."

나실장은 그림에서 떨어져 나와 소파로 가 앉았다. 이사벨이 다시 포장하기 시작했다.

나실장은 익숙한 솜씨로 그림을 싸는 이사벨의 뒷모습을 감상하듯 바라보았다. 몸을 움직일 때마다 살짝살짝 흔들리는 엉덩이가 무척 섹시해보였다.

오래 살다 보면 쥐가 알을 낳는 걸 본다고, 그는 세상일은 참 알 수 없는 거라고 생각했다. 괴팍하고 불같은 성격에다 불법, 탈법을 밥 먹듯이 저지르며 포클레인으로 땅 파듯 악착같이 돈 긁어모으면서도, 여자한테는 관심도 없던 일흔 넘은 노령의 박회장이 도대체 무슨 바람이 불어 이사벨에게 홀딱 빠지게 됐는지.

그건 이사벨도 마찬가지였다. 가만 들여다보면 천박한 티가 줄줄 흘렀지만 나름 능력도 있고 어디 내놓아도 빠지지 않을 미모를 갖추었다. 도대체 무슨 벼락에 맞아, 거의 세 배 띠 동갑의 냄새나는 노인네 첩을 자처하며 달라붙어 다니는지, 모두 다 미스터리였다.

아주 이해가 안 가는 건 아니다. 길고 어렵게 생각할 것도 없이 박회장은 늘그막에 노망이 든 것이고, 이사벨은 타고난 사기근성과 색기를 풀 파워로 발휘해 손쉽게 돈과 권력의 세계로 들어가기 위해서리라.

한 가지 확실한 건 있었다. 이사벨이 세계미술관 관장을 맡으면서 세계그룹이 한 차원 업그레이드 됐다는 사실이다. 그녀는 박회장이 조성한 불법 비자금을, 미술품을 이용해 돈 세탁하는 프로 론드리우먼(laundrywoman)으로 세계그룹 역사에 새로운 장을 연 여자였다.

재벌 그룹에서 미술관을 짓거나, 재벌 회장 부인이나 딸들이 미술품에 지대한 관심을 보이는 건 새삼스러운 일이 아니다. 미술은 그들의 품격을 단번에 계급적 차원으로 부상시켜 그들이 일반인들과 전혀 다른 인간임을 새삼 강조해준다. 또 돈밖에 모른다는 속물 이미지를 고상하고 우아하게 바꿔주는 '정신적 명품'의 역할도 한다. 한마디로 상류에 의한, 상류만을 위한, 상류사회의 환경을 조성하려는 그들의 최종적인 코팅의 산물인 것이다.

재벌 그룹에서 미술은 단지 여기서만 그치지 않는다. 미술품은 종종 더 큰 역할을 하는데, 그게 바로 이른바 '미세탁'이라고 불리는 미술품 돈세탁이다.

세계그룹은 그동안 분식회계, 탈세, 무자료거래, 장부조작, 다단계 인수합병, 부동산 자전거래, 주식가치 부풀리기, 주가조작 등등 기상천외한 방식으로 불법 비자금을 조성해 왔다. 이런 비자금은 불법 정치자금으로 많이 헌납되었다.

돈세탁 과정도 쉽지 않지만, 이렇게 만든 검은돈을 어떻게 흰돈으로 바꿔 탈 없이 쌓아놓는가 하는 게 더 큰 고민거리였다.

이를 위해 전통적인 수표 바꿔치기부터 대포통장·차명계좌 이용하기, 양도성예금증서 이용하기, '박스떼기', 불법 해외 부동산 매입, 유령회사 만들기 같은 갖가지 돈세탁 방법들이 동원되었다. 하지만 이런 수법도 계속 노출되다 보니 들통 날 위험이 높아졌다. 대안으로 떠오른 게 비자금으로 미술품을 구입해 보관해놓는, 바로 미술품 돈세탁인 것이다.

한 점에 수억에서 수십억, 심지어는 수백억 원까지 하는 미술품은 언제든지 환전이 가능했다. 더욱이 미술품의 가격이 오를 경우 막대한 시세 차익도 노릴 수 있었다.

뿐만 아니라 남녀 관계는 배꼽 맞대고 사는 두 사람만 알듯이 돈세탁을 위한 미술품 거래는 거래 당사자만 알 수 있다. 얼마든지 안개 속에서 미술품 거래 과정을 감쪽같이 감출 수 있었다. 물론 그 내역과 증빙 서류가 필요할 때도 있지만, 그녀의 실력이라면 그 정도를 위조하거나 아예 없는 것으로 만드는 일은 식은 죽 먹기였다. 그러니 발각되더라도 각종 추측과 소문만 난무할 뿐 단 한 번도 그 끝이 드러난 적이 없었던 거다.

비자금을 조성하다 몇 번 걸려 크게 덴 적이 있는 박회장은 늘 환상적인 돈세탁 방법에 군침을 흘려 왔다. 그러다 이사벨을 운명적으로 만나게 되고, 비록 탈은 많았지만 미술품을 이용한 돈세탁에 마침내 성공하였다.

박회장과 이사벨은 거기서 그치지 않고 미세탁을 또 한 차원 업그레이드 시키려 했다. 지금 그녀가 그 작업을 하고 있는 중이었다.

나실장은 실룩거리는 이사벨의 엉덩이를 쳐다보며 자신의 물건을 주물럭거렸다. 그는 두 사람이 펼치는 구린내 풀풀 나는 막장 드라마에는 관심이 없었다. 현재 자신의 생활이 더 없이 편했다. 실무진들이 다 알아서 해 특별히 할 일도 없는 비서실장. 박회장의 똥구멍이나 살살 긁어주고 뒤로 야금야금 빼돌리는 회사 돈이나 펑펑 쓰며 살면 되었고, 그러다 가끔 박회장의 동향을 살피기 위해 기꺼이 다리를 벌려주는 이사벨과 즐기는 걸로 만족하고 행복했다.

그의 거시기는 어느새 딱딱해져 있었다. 소파에서 일어나 그림 포장에 여념이 없는 이사벨에게 천천히 다가갔다. 바짝 붙어 두 손으로 그녀의 골반을 살며시 잡았다.

"분위기 좀 파악하고 주접떠세요."

그녀는 돌아보지도 않고 싸늘하게 말했다.

그는 아무 대꾸도 않고 그녀의 엉덩이에 하체를 비볐다.

"지금 그럴 분위기가 아니잖아요!"

이번에는 쏘아붙이듯 말했다.

"이럴 때일수록 긴장 풀어야 해."

"미쳤어, 진짜. 그렇게 긴장 풀고 싶으면 키 줄 테니까 화장실 가서 혼자 하고 와요."

"우리, 미술관에서는 한 번도 안 해봤잖아. 꼭 해보고 싶었어. 왠지 스릴 있을 것 같지 않아?"

그는 이사벨을 책상에 바짝 붙이며 등을 눌렀다. 그러자 그녀의 몸이 앞으로 꺾이면서 얼굴이 에어 캡으로 포장된 그림에 그대로 처박혔다.

"어머머, 왜 이래 진짜. 미쳤어……."

그는 그녀가 몸부림치기 전에 얼른 치마 속으로 손을 넣어 팬티를 내렸다. 하지만 그렇게 서두를 필요는 없었다. 그녀는 실은 아무런 반항도 하지 않았다.

"그림 망가져요. 제가 지금 그림을 깔고 있다고요."

그림에서 얼굴을 살짝 떼며 말했다.

"괜찮아. 그 정도로 포장했으면 됐어."

이사벨은 무슨 이유인지 그림이 담긴 박스를 옆으로 치우거나 잠깐 내려놓을 수 있을 텐데 그렇게 하지 않고, 오히려 가슴으로 끌어안았다.

어느새 나실장의 바지는 내려져 있었고, 딱딱해진 성기가 선명하게 드러났다. 그는 이사벨의 치마를 들어 올리고 그녀 뒤에서 백 허깅을 했다.

"우리 안 한 지 꽤 됐잖아."

숨을 몰아쉬며 이사벨의 귀에 대고 나직이 말했다.

"그동안 노인네랑 비벼대느라 지겨웠지? 오늘은 쉰 살 중년의 찰진 물건 한 번 물어봐. 기분이 확 달라질 거야."

"치, 제대로 서지도 않으면서……. 좀 가만있어 봐요. 팬티가 무릎에 걸려 불편해요."

이사벨은 발만 요령껏 움직여 팬티를 다 벗고 옆으로 밀쳐놓았다. 나실장은 곧바로 그녀의 몸 안으로 쑥 밀어 넣었다. 그녀의 입에서 신음이 새 나왔다.

"오늘 느낌 좋다."

"변태……."

"아, 좋아……."

"조금 더 위로요……."

"아…… 하아, 하아……."

"쥬느 빠를러래 빠……."

이사벨의 입에서 드디어 불어가 튀어나왔다.

"즈느 뺑쎄레 히앵……."

"하아, 하아……."

"쥬느……."

그녀는 섹스를 하다 쾌감이 오르면 늘 프랑스 시를 읊었고, 그럴 때마다 나실장은 더 흥분하며 좋아했다. 이럴 때 듣는 불어는 마치 비데에서 뿜어져 나오는 물로 항문을 씻는 듯한 기분이었다.

"……매 라무르 잉피니 므 몽뜨라 덩 람므."

"계속해……."

"에 지래 루앙, 비앙 루앙, 꼼므 앙 보에미앙……."

나실장은 가발이 흘러내리는 것도 모르고 비쩍 마른 몸을 요란하게 흔들어댔다. 섹스가 점점 격렬해지면서 이사벨이 안고 있는 그림 박스는 심하게 요동쳤고, 그녀의 꽃밭은 활활 타오르기 시작했다.

 다음 날 오후, 진구와 기호는 강남 양재동 뒷길을 서성였다.
 아침부터 강남구 일대를 어슬렁거리다 양재동까지 왔다. 두 사람은 특별한 계획을 세웠고 실행에 옮기려는 중이다.
 소미에게 비밀이란 게 없는, 아니 비밀을 만들 재주도 없는 진구였지만, 그녀에게 이야기하지 않은, 아니 이야기할 수 없는 게 한 가지 있었다. 춘천에서 서울로 올라와 기호와 함께 일자리를 찾다 우연한 계기로 알게 돼 발을 들여놓은 이른바 '차치기'였다.
 진구의 머리로는 그것밖에 답이 안 나왔다.
 그는 일주일 후에 양아치에게 돈을 못 갚으면 돌이킬 수 없는 처참한 일이 일어날 거라는 사실을 직감했다. 하지만 그에게나 웬만한 사람들에게 일주일에 3천백만 원을 만들어낼 수 있는 일은 도박 아니면 도둑질밖에는 없었다. 그렇다면……. 차치기가 자연스럽게 떠올랐다. 그래서 기호를 설득해 다시 나오게 된 것이다.

  그런데 일이 순조롭게 풀리지 않았다. 새벽부터 나와 부유층들이 많이 산다는 강남 동네 뒷길을 돌아다니며 기회를 노렸지만, 여간 어색한 게 아니었다. 감을 잃어버린 건지, 나이가 들어 무턱대고 뛰어들던 배짱이 사라진 건지 쉽게 기회를 포착하지도, 만들지도 못했다.

  어깨가 축 늘어진 진구는 절뚝거리며 걷는 기호와 저절로 보폭이 맞춰졌다. 일반적으로 차치기는 주택가에서 대로변으로 나오는 길목에서 많이 하게 된다. 이를 1차도로와 2차도로로 나누는데, 1차도로는 주택가에서 바로 이어지는 골목 같은 좁은 도로를 말하고 2차도로는 그 길에서 대로변으로 이어지는 골목보다는 좀 넓은 도로를 말한다. 가장 좋은 장소는 1차도로에서 자연스럽게 2차도로로 이어지는 곳, 거기서도 애매한 각도로 꺾이는 지점 같은 이른바 사각지대라고 불리는 장소였다.

  "형…… 그, 그냥 가자. 힘들어."

  지쳤는지 기호가 진구에게 혀를 빼고 말했다.

  "여기만 돌아보고 가자. 아무래도 오늘은 아닌 것 같다. 후……."

  뒷길로 계속 걷다가 대로가 나오면 버스를 타고 집으로 돌아갈 생각이었다.

  바로 그때였다. 막 길목을 지나려는데, 길 한쪽 끝에서 BMW 한 대가 돌아 나오는 게 보였다.

  운전자는 좁은 길에서 혹시라도 차가 상하지나 않을까 신중하게 몰았다. 진구는 순간적으로 예전의 감각이 살아나는 걸 느꼈다. 오늘 처음이자 마지막이 될 목표물이라는 판단이 섰다.

"기호야, 준비해. 하나 건질 것 같다."

진구가 기호의 팔을 붙잡고 뒷걸음쳤다.

"봤지? 할 수 있겠어?"

기호는 고개를 살짝 내밀어 길 안을 살펴보고는 고개를 끄덕였다. 차치기는 생각 같은 건 필요 없었다. 판단이 섰으면 곧바로 감각에만 의지에 몸을 던지면 된다.

두 사람은 길목에 숨어 타이밍을 노렸다. 그러다 소리와 진동으로 차가 길 입구까지 왔다는 느낌이 왔을 때, 진구는 곧바로 기호의 등을 살짝 쳤다.

기호는 지체 없이 앞으로 걸어 나갔다. 끽! 급정거하는 BMW의 차체가 보였고, 동시에 그가 차 범퍼에 받히며 앞으로 튕겨졌다. 진구는 바로 기호를 향해 달려 나갔다.

"기호야! 괜찮아?"

진구는 먼저 쓰러진 기호를 살폈다. 다행히 진짜 다치지는 않은 것 같았다. 기호를 부축해 일으킨 후, 운전자를 돌아보았다. 운전자는 여자였다. 진구는 기호를 끌어안고 기다렸다. 조금 이상했다. 너무 놀라서 그런 걸까?

예전에 상대한 운전자들은 잘못했건 안 했건 사람을 치면 차를 세우고 일단 밖으로 나오고 봤다. 이상하게도 이 여자는 그러지 않았다. 당황스러운 게 먼저였지만 괘씸하다 싶은 마음이 곧바로 뒤따랐다.

진구는 운전석 쪽으로 성큼 다가갔다.

운전석 창이 내려지더니 여자가 고개를 빤히 올렸다. 나이는 30대 중후반쯤. 얼굴이며 헤어스타일이며, 입고 있는 옷이나 달고 있는 액세서리며, 한눈에 봐도 돈이 넘쳐나 주체 못하는 여자다! 제대로 걸려들었다는 확신이 섰다. 이제 몰아붙이려 하는데 놀랍게도 여자가 먼저 선수를 쳤다.

"도대체 눈을 어디다 달고 다니는 거예요! 그렇게 차로 뛰어들면 어떡해요? 차 빠져나오는 거 안 보여요!"

여자가 소리를 질렀다. 훈계하는 듯했다.

진구는 예상 밖의 케이스에 잠시 말문이 막혔지만, 재빨리 정신을 차리고 반격에 나섰다.

"뭐라고요? 차가 먼저 사람을 살피고 다녀야지 사람을 들이받아 놓고 그게 할 소리예요?"

"무조건 차만 조심해야 한다는 법 있어요! 이렇게 시야가 가려지는 데선 서로 조심해야지! 운전 안 해봤어요?"

"차보다 사람이 먼저라고요. 무조건 차가 먼저 조심해야죠."

"누가 그래요! 데리고 와봐요!"

여자가 거의 악을 썼다.

"하……."

기가 막혀서 고개가 돌아갔는데 기호가 안쓰럽게 서 있었다. 괴로운 얼굴로 BMW 보닛에 의지해 간신히 서 있었다. 그 꼴을 보자니, 정말 화가 났다. 순간, 그의 입에서 생각지도 않은 말이 불쑥 튀어나왔다.

"경찰서에 가요! 경찰서에 가서 이야기하자고요."

자기가 말해 놓고도 그 말을 왜 했는지 몰랐다. 여자의 표정이 확 바뀌었다. 오만상을 다 쓰고 핏대를 높이던 여자는 돌연 차분하게 변했다. 뿐만 아니라 살짝 미소도 지었다. 모든 게 잘못 흘러가고 있음을 진구는 온몸으로 느꼈다.
 여자는 안전벨트를 풀고 천천히 문을 열었다. 밖으로 나온 여자가 진구 앞에 똑바로 섰다.
 "경찰서에 가자고요?"
 여자는 말투도 침착해졌다.
 "……네. 누가 잘못했는지 경찰이 알겠죠."
 "좋아요. 가요."
 "네?"
 "경찰서에 가자고요."
 "경찰서에요?"
 "경찰서에 가자면서요. 가서 누가 잘못한 건지 따져보자고요."
 여자는 진구에게 5만원권 몇 장 던져주고 일을 대충 마무리했어야 했다. 아니면 진구가 그동안 착하고 멍청한 사람들만 상대했구나, 감사하며 빨리 현장을 떠야 했다.
 하지만 두 사람은 그렇게 하지 못했다.
 그것은 운명이었다.
 "내가 이런 일 한두 번 겪은 줄 알아! 당신들 아까부터 길목에서 어슬렁거린 것 모를 줄 알아?"
 진구는 가슴이 덜컥 내려앉는 것 같았다. 정말 겁을 먹고 말았는데, 그게 얼굴에 얼마나 드러났을까 궁금했다.
 "당신들, 이 짓 하며 먹고 사는 사람들이지? 근데 이번에는 사람 잘못 골랐어. 나 이런 짓에 학을 뗀 사람이야."
 진구는 거의 숨도 제대로 쉴 수 없을 정도였다. 여자는 갓 들어온 여덟 살 신입생을 다루는 정년이 다 된 초등학교 여선생님처럼 그를 노려보았다.

애매한 시간이 흘렀다. 진구는 수치심을 느꼈다. 그리고 자신에게 너무 화가 났다. 그것은 불길한 징조였다. 걷잡을 수 없이 화가 나면 그는 이성을 잃고 엉뚱한 행동을 하기 때문이다.

여자가 들고 있는 초록색 핸드백이 눈에 들어왔다. 그것 역시 특이한 일이었다. 이런 경우 여자들은 핸드백을 차에 두고 내리는 게 보통이었다. 그게 당연했다. 이상하게도 여자는 핸드백을 들고 나와 꼭 쥐고 있었다. 그는 그 핸드백을 물끄러미 쳐다보다, 결국 일을 저지르고 말았다.

"돈 내놔."

진구는 여자에게 으스스하게 말했다.

"……뭐?"

"돈 내놓으라고!"

이번에는 버럭 소리를 지르더니 핸드백을 낚아채려 했다.

"왜 이래!"

하지만 여자는 핸드백을 쉽게 놓치지 않았다. 두 손으로 손잡이를 꼭 잡고 악을 쓰며 잡아 당겼다.

"돈 내놓으라고!"

그는 다시 핸드백을 잡아채려고 흔들어댔다. 이번에도 여자는 꼭 잡고 놓치지 않았다.

"너 미쳤어?"

"돈 내놔!"

"내가 돈을 왜 줘!"

"돈 내놓으라고!"

"야!"

두 사람은 핸드백으로 줄다리기를 했다. 실랑이가 벌어지다 갑자기 여자가 비명을 지르기 시작했다.

"아아악! 사람 살려, 사람 살려!"

그 바람에 진구는 화들짝 놀라 순간적으로 손을 놓아버렸고 여자는 뒤로 나자빠지고 말았다. 얼마나 세게 잡아당겼는지 담벼락까지 밀려나 머리를 부딪치고는 정신을 잃었다.

진구는 기호를 쳐다보았다. 어쩌지, 하는 표정이었으나 보닛에 손을 얹고 연기를 하던 기호는 거의 울기 직전이었다.

"형……"

진구는 여자에게 다가가 몸을 살짝 건드려보았다. 조금 전까지 빽빽 소릴 질러대던 여자는 축 늘어져 있었다.

"어, 어, 어떻게 해……."

기호가 어쩔 줄 몰라 했다.

"죽은 거야?"

진구는 입이 바짝 타들어 가는 느낌이었다. 양손을 펴고 뭘 하려고 했지만 어쩌질 못하다 기껏 여자의 뺨을 살짝 쳐보았다.

"이봐요…… 이것 봐요. 죽었어요? 죽은 거예요?"

뺨을 몇 대 더 때리자 신음이 새 나왔다. 고개도 살짝 돌아갔다. 진구는 안도했다. 어느새 여자는 눈을 가느다랗게 뜨고는, 간신히 말했다. 정신이 든 여자가 내뱉은 첫 마디는 이거였다.

"……이 개자식."

진구는 그 말에 정신이 번쩍 들었다.

여자 곁에 같이 드러누운 핸드백이 눈에 들어왔다. 일어나려고 안간힘을 쓰는 여자와 핸드백을 번갈아보다, 핸드백을 슬쩍 집어 들었다. 보기보다 묵직했다.

여자가 붙잡으려 했으나 몸을 제대로 가누지 못했다.

진구는 벌떡 일어나 주변을 살폈다. 핸드백을 구겨넣듯 점퍼 안에 감추었다. 배가 더 불룩해졌다.

"기호야, 가자!"

기호는 입을 헤 벌리고 진구를 쳐다보고 있었다.

"야, 가자니까!"

진구가 종종걸음을 치자 그제야 기호가 움직였다. 하지만 몇 걸음 가다가 멈춰서더니, 다시 승용차 쪽으로 걸어가는 것이었다.

"뭐해?"

차로 다가가 열려 있는 운전석 안으로 몸을 집어넣고는 조수석에서 무언가를 꺼냈다.

"그건 뭐야?"

"과, 과, 과자 상자 같아."

금색 포장지로 둘러싼 그것은, 기호 말대로 과자 선물종합세트 상자 같았다.

"너 지금 제정신이야! 그냥 두고 가."

"과, 과, 과……."

"알았어. 들고 와. 빨리 달아나야 해."

진구는 한손으로는 점퍼 안쪽에 든 핸드백을 잡고 다른 한손으로는 상자를 허리에 끼었다. 뒤를 돌아보니 여자는 아직 바닥에서 일어나지 못한 채 몸부림만 치고 있었다.

진구와 기호는 입을 다물지 못했다. 뜻밖의 일은 지금부터 시작이었다.

택시를 타고 돌아와 먼저 초록색 핸드백을 허겁지겁 열었다. 그 안의 지갑부터 꺼내 현찰을 확인해보았다. 어처구니없었다. 지갑 속에는 카드만 잔뜩 꽂혀 있을 뿐 달랑 만 원짜리 한 장이 전부였다.

하도 기가 막혀 실없이 피식거리다가 나중에는 배를 붙잡고 낄낄거리며 웃기까지 했다. 태어나서 처음으로 한 도둑질이었다. 그런데 완전히 헛다리 짚고 만 것이다.

둘은 한참을 웃다 맥이 쭉 풀리자 바닥에 늘어져버렸다. 천장을 올려다보며 또 한참을 키득거렸다.

혹시나 싶어 진구는 누운 채로 핸드백을 다시 뒤적거렸고 두 칸으로 나뉜 한쪽 칸에 금색 봉투 일곱 개가 가지런히 들어 있는 걸 발견했다.

핸드백 속에서는 그 봉투가 가장 빛나고 있었지만 다른 칸에 있던 지갑에만 정신이 팔려 처음부터 눈에 들어오지 않았던 것이다. 그는 금색 봉투 하나를 꺼냈다.

금색 봉투는 정말 금으로 만든 것처럼 고급스러웠다. 봉투는 두툼하게 잡혔는데, 직사각형의 금색 스티커로 입구가 봉해져 있었다. 조심스럽게 뜯어 안을 들여다보았다.

5만원권 지폐다발이었다. 벌떡 일어나 앉았다. 액수가 얼마나 되는지 금세 가늠이 되진 않았지만 방금 인쇄기에서 뽑아낸 것처럼 모두 신권이었고, 십자형으로 두른 금색 종이끈으로 단단히 묶여 있었다.

기호는 놀라다 못해 겁먹은 표정이었다. 하나, 둘, 셋……. 나머지 여섯 개의 봉투도 다 뜯어보았다. 마찬가지로 5만원권 지폐다발이 들어 있었다. 심호흡을 몇 번 하고는 지폐를 하나씩 세어 보기 시작했다. 지폐가 너무 빳빳해 손가락을 제대로 움직이기 쉽지 않은데다 손마저 부들부들 떨려 몇 번을 다시 세어야 했다.

각 봉투에는 5백만 원씩 들어 있었다.

"형, 저, 저, 전부 얼마야?"

"오칠 삼십 오…… 3500만 원. 3500만 원이야."

"형, 너무 많아."

너무 많은 게 분명했다. 진구의 계획은 이런 게 아니었다. 차치기를 해서 운전자에게 받는 돈은 적게는 10만원에서 많을 때는 50만 원 정도였다. 하루에 두 건 하면 성공적이었다. 그의 계획은 좀 무리를 해서 하루에 세 건 하고 100만 원쯤 받아낼 요량이었다. 그렇게 일주일간 열심히 뛸 생각이었다.

그래봐야 소미가 필요한 돈에는 영 미치지 못하겠지만, 최악의 상황을 모면할 수는 있을 것 같았다. 그런데 단 한 번에 소미가 모두 갚아야 할 돈을 마련하고도 남는 돈이 눈앞에 생겼다. 기쁘다기보다는 당황스러운 게 먼저였다. 벼락 맞듯 생긴 돈이었기 때문이다.

진구는 바닥에 놓인 지폐다발을 뚫어지게 바라보다 기호에게 말했다.

"기호야, 오늘 있었던 일…… 누구에게도 말해서는 안 돼. 누나는 당연하고 그 누구에도."

"어, 어, 어떻게 할 건데?"

"어떻게 하긴 뭘 어떻게 해. 네 누나한테 줘야지."

"……아, 아, 안 돼. 큰일 나. 그 여자가 겨, 겨, 경찰에 신고할 거야."

"큰일? 너 진짜 큰일이 뭔지 알아? 양아치한테 이 돈 못 주면 네 누나는 사창가에서 이 남자 저 남자에게 몸을 팔아야 한다는 거야. 그런 꼴 보고 싶어?"

"그래도…… 겨, 겨, 경찰이."

"경찰에 붙잡혀 감방에 들어간대도 할 수 없어. 그때쯤이면 이 돈은 양아치한테 넘어간 다음이야. 돈 달라고 하면 우린 돈 다 썼다고, 배 째라고 하면 돼."

기호의 어깨에 손을 얹었다.

"기호야, 우리 그동안 네 누나한테 신세만 지고 살았어. 너하고 나, 지금까지 네 누나가 먹여 살린 거라고. 이제 우리가 누나를 도와줘야 할 때야. 만약 붙잡혀 감방에 들어가야 한다면…… 들어가자. 그래도 누나가 사창가로 팔려가는 것보다는 낫잖아? 안 그래?"

기호의 눈에 눈물이 고였다.

"울지 마. 우리 아직 붙잡히지 않았어. 우리에게 계속 이렇게 운이 따른다면 앞으로도 붙잡히지 않을 거야. 그리고 네 옆에는 내가 있잖아. 안심해."

"형……."

"기호야, 난 이 돈 다시 한 번 확인해볼 테니까, 넌 좀 쉬고 있어. 아까 차에 들이받힌 데 파스 붙여야 하지 않아? 지금은 괜찮겠지만 자고 나면 부어오를걸?"

"응, 알았어."

기호가 약통이 있는 선반을 더듬는 걸 보고 진구는 다시 돈을 세기 시작했다. 이번에는 조금 전보다 한층 차분해진 마음으로 확인할 수 있었다. 각각 봉투에 5만원권 지폐 100장씩, 봉투는 총 일곱 개, 그러니까 3500만 원이 맞았다.

돈을 다시 확인하고 나니 갑자기 이걸 방에 깔아놓고 앉아보고 싶었다. 지폐다발을 풀어서 눈처럼 집어던져 보고도 싶었다. 왜 돈으로 그런 짓을 하고 싶은 생각이 드는지 몰랐다.

기호가 불렀다.

"형, 이것 좀 봐."

기호가 그림을 하나 들고 서 있었다.

"뭐야, 그건? 어디서 난 거야?"

품안에 딱 들어올 정도의 적당한 크기였는데, 색색의 꽃들로 가득한 꽃밭을 그린 그림이었다.

"사, 사, 상자 안에 과자는 없고 이게 들어 있었어."

"그게 들어 있었던 거야? 큭큭."

진구는 어이없어 웃었다. 기호는 똥 씹은 표정이었다.

"내가 뭐랬어, 그냥 두고 오라고 했지. 혼자 헛지랄만 했잖아."

"이거 어떻게 할까?"

"어떻게 하긴 뭘 어떻게 해. 갖다 버려. 짐만 돼."

진구는 지폐로 이불을 만들어 온몸을 다 덮어보고 싶은 생각까지 들고 있었다. 그러다 무슨 생각이 났는지 기호를 불러 세웠다.

"기호야, 그거 갖고 와."

진구는 그림을 한참 들여다보다가 바로 이거야, 하는 표정으로 말했다.

"이 그림, 네 누나 주자. 지난주에 생일이었는데 선물도 못했잖아. 그림이 예쁘니까 좋아할 거야. 너, 이거 길에서 샀다고 해야 한다, 알았지?"

"응."

진구는 그림을 벽에 세워놓고 5만원권 지폐다발을 핸드백 속에 하나씩 집어넣었다. 포장지와 바닥에 풀어놓은 상자도 정리했다. 마치 아무 일도 없었던 것처럼 거실이 깨끗해졌다. 거기 낯선 핸드백 하나가 손님처럼 앉아 있었다.

그림 조각들을 모두 맞추면, 욕망

"도대체 이 일을 어떡하면 좋단 말이냐!"

세계그룹 박노수 회장은 이미 경악과 흥분과 격노의 단계를 거쳐 약간 지친 상태였다.

박회장의 저택에 마련된 회의실.

오늘 오후 이사벨이 차치기 일당에게 그림과 돈을 모두 털렸다는 충격적인 이야기를 듣고 밤늦은 시각이었지만 긴급 가족회의를 소집했다.

박회장 외에 그의 부인 신미자와 두 아들 박이도와 박주도 그리고 나준모 비서실장과 이사벨이 참석했다. 다섯 사람은 박회장의 스파크에서 발화, 화염, 불꽃까지 모두 지켜본 뒤였다.

"나실장은 어떻게 이사벨 혼자 가게 내버려두었나!"

불똥이 가장 먼저 튄 쪽은 나실장이었다.

"그쪽에서 이관장 혼자 오는 게 낫다고 해서 그랬……."

"그래도 그렇지 뒤따라가기라도 했어야 할 것 아냐!"

"죄송합니다, 회장님."

"어디 다친 데는 없고?"

불똥 대신 훈훈한 입김이 분 쪽은 옆에 착 달라붙어 앉은 이사벨이었다. 이사벨은 박회장의 시선을 피한 채 고개만 가볍게 끄덕였다.

"이관장도 참, 그냥 돈 몇 푼 던져주면 될 걸 갖고 왜 그런 무모한 짓을 해요?"

이사벨 건너편에 앉은 박회장의 첫째아들 박이도가 딱하다는 표정으로 핀잔을 주었다.

작지만 다부진 체형의 아버지를 쏙 빼닮은 그는, 세계그룹에서 가장 많은 매출을 올리는 세계제일전자 사장이었다.

"처음이라면 모를까 이전에 제가 그런 일을 두 번이나 당했어요. 그래서 그런 일이라면 치가 떨리고 참을 수 없어서 그랬어요. 죄송합니다."

이사벨은 분에 겨운 목소리로 변명했다.

"그러면 더 피했어야죠. 돈은 무슨 돈, 나 같았으면 그냥 깔아뭉개버리고 가겠다."

박회장 둘째아들이자 세계제일제과 사장인 박주도가 말했다. 그는 아버지나 형과 달리 180센티미터가 넘는 큰 키에 100킬로그램이 넘는 거구였다. 박노수가 어디서 만들어 온 자식이라는 말을 종종 듣고 있었다.

"따끔하게 혼내주려는 생각에 그만…… 죄송합니다……."

이사벨은 손수건을 꺼내 눈물을 찍어내며 울먹거렸다. 하지만 박회장만 빼고 그게 연기라는 사실을 모르는 사람은 하나도 없었다.

"복자야, 내가 몇 번이나 주의를 줬나. 회장님을 옆에서 모시려면 매사에 신중하고 또 신중해야 한다고. 도대체 언제까지 그런 철딱서니 없는 행동을 할 텐가, 쯧쯧."

이사벨과 가장 멀리 떨어져 앉은 박회장의 부인 신미자가 그녀를 대놓고 나무랐다. 후덕하고 온화한 인상의 그녀는 재벌가 귀부인처럼 보이지 않았다. 사는 것도 여느 회장 부인답지 않았다. '사랑을 품는 세상'이라는 자선단체를 만들어 직접 몸으로 뛰며 불우한 이웃과 장애인 그리고 소아암이나 심장병으로 고생하는 어린이나 희귀병에 걸린 사람을 돕는 데 앞장섰다.

박이도와 박주도의 말에는 당장 목을 매 자결할 것 같이 굴던 이사벨은, 신미자의 말에는 고개를 빳빳이 쳐들고 발끈했다.

"말씀이 너무 심하십니다. 철딱서니 없다뇨. 그리고 사모님, 제가 그렇게 이름 부르지 말라고 몇 번이나 말씀드려야 아시겠어요? 이사벨이나 이관장이라고 불러주세요, 제발."

"아니, 복자 자네!"

박회장이 테이블을 치며 신미자의 말을 끊었다.

"자, 자, 자! 이제부터 내 말 잘 들어라······."

잠시 뜸을 들이다 말을 이었다.

"지금은 초비상 상태다. 작년 내내 비자금 조성과 미술품 구입 문제로 검찰이 우리 그룹을 뒤집어놓다시피 하고, 신문과 TV와 인터넷에 하루라도 안 나온 적이 없었어. 하지만 그렇게 막바지까지 몰아붙여 놓고도 우리를 못 죽인 이유는, 그네들이 우리의 '그림창고'를 발견하지 못했기 때문이야. 그렇게 해서 일이 좀 잠잠해지나 했는데, 이런 일이 터진 거다. 후! 사태가 너무나 심각해. 도난당한 그림은 그림창고의 존재를 입증하는 증거가 되고, 또 그림과 함께 넣은 편지는 그동안 간신히 피해 온 모든 혐의를 내 스스로 까발리는 증거가 될 수 있어. 더 큰 문제는 이 일에는 한민족당 서민왕 대표까지 연루돼 있어! 그렇기 때문에 그림과 편지를 어떻게 해서든 무슨 방법을 써서라도 되찾아야 해. 반드시."

박회장은 발광 뒤엔 늘 그렇듯이 더욱 치밀해지는 면모를 보였다. 나직하면서도 묵직한 힘이 실린 목소리가 회의실에 모인 사람들을 더 긴장시켰다.

"이관장, 이관장이 보기에 그 자식들 어떤 것 같아요? 전문 차치기 일당인가요, 아님 좀도둑 수준의 애들인가요?"

박회장이 다시 생각에 잠기는 듯하자, 박주도가 물었다.

"제가 보기에는 아마추어예요. 어설프고 아무런 준비도 안 돼 있는 애들이었어요. 원래는 푼돈 몇 푼 뜯어내려다가 우발적으로 그림과 핸드백을 훔쳐 간 거예요."

"그런 멍청한 놈들한테 당하다니! 그렇다면 자신들이 훔친 그림이 얼마나 대단한 건지 모를 수도 있다는 말이잖아요."

박주도가 말했다.

"네, 돈은 챙기겠지만 그림은…… 어쩌면 내다버렸을 수도 있어요."

"그럼 더 큰일인데……."

박이도는 걱정스럽다는 투로 중얼거리다, 나실장에게 지시했다.

"나실장, 이렇게 해요. 먼저 검찰과 여당 그리고 청와대 사람들 가운데 우리가 주는 '장학금'을 받는 사람들 리스트 뽑아 갖고 오세요. 그러면 내가 몇 명 골라 알려줄 테니까 그 사람들을 극비리에 접촉하도록 해요."

"네, 사장님."

"접촉할 때는 아무도 눈치 채지 못하게……."

"아니야."

그때 박회장이 제지했다.

"이번 건은 그렇게 하면 안 돼."

그는 고개를 가볍게 저었다.

"이사벨 말대로 그 자식들이 아마추어 좀도둑이라면 그런 사람들 끌어들이는 게 더 위험할 수 있어. 밑바닥 애들은 밑바닥 애들이 다뤄야지. 나실장, 지금 당장 '은갈치파'한테 연락해 강사장 들어오라고 하게."

"은갈치파요?"

"그래, 이 일은 걔네들한테 맡겨야겠어."

"아버님, 은갈치파에게 이 일은 무리입니다. 그 치들이 그간 골치 아픈 문제를 많이 해결해준 건 인정하지만, 이 건은 달라요. 힘으로 해결할 문제가 아닙니다."

박이도의 말이었다.

"형님 말이 맞습니다, 아버님. 장학생들한테 부탁하는 게 부담스러우시면 차라리 탐정을 고용하도록 하죠. 요즘 사설탐정이 많다고 합니다."

박주도가 형의 말을 거들었다. 박회장은 소파에 몸을 묻으며 더욱 차분해진 목소리로 말했다.

"은갈치파를 과소평가해서는 안 돼. 강일 사장은 타고난 깡패야. 하는 짓이 너저분하고 무식하긴 해도, 그쪽으로는 천재적인 감각이 있어. 강사장 동생인 강이와 강삼도 마찬가지고. 세계제일건설에서 철거민들 때문에 골머리 썩고 있을 때, 은갈치파가 어떻게 했는지 생각해봐라. 결코 힘으로만 밀어붙이지 않았어. 기본적으로 전략을 쓰는 애들이라고. 게다가 은갈치파는 우리나라에 몇 안 되는 전국 조직망을 갖고 있는 조폭이야. 그 정도면 거의 경찰 조직망 수준이지."

박회장은 나실장을 돌아보며 명령을 내렸다.

"나실장, 내가 시키는 대로 하게. 강사장보고 당장 들어오라고 해!"

"알겠습니다."

나실장은 바로 밖으로 나갔다.

박이도와 박주도 그리고 이사벨은 이미 모든 계획이 박회장의 머릿속에 자리 잡았다는 걸 알았다. 더 이상의 이견을 달아봐야 소용없었다.

그는 다시 몸을 세웠다.

"자, 이제부터 정신 바짝 차려야 한다. 우리 가족이 곧 세계그룹이고 세계그룹이 곧 우리 가족이다. 이번 일은 멸문지화를 부를 엄청난 사건이야. 하지만 결코 당황하지는 마라. 어차피 일은 벌어진 거다. 이제까지 우리는 숱한 고비를 넘겨 왔어. 지금 놓인 상황은 심각하지만 그럴수록 허둥대지 말고 말끔하게 해결해야 해. 우리 가족을 위해, 우리 그룹을 위해 반드시 그래야만 해. 알았냐?"

"네, 아버님!"

박이도와 박주도, 두 아들은 절도 있게 맞춰서 대답했다. 부인 신미자만 착잡한 표정으로 그들을 바라보았다.

소미의 집도 한바탕 뒤집어졌다.
"어디서 났는지 빨리 말 안 해!"
고함 소리에 집이 흔들리는 것 같았다. 소리 지르는 소미의 어깨가 눈에 보이는 건 다 던져버릴 것처럼 들썩거렸다.
미용실 문을 닫고 집으로 돌아와보니 5만원권 지폐다발이 낯선 손님처럼 앉아 있었다. 진구가 친구한테 빌렸다는 말을 듣고 경악했다. 모두 정확히 3천백만 원이었다. 꿈에서나 보던 그 많은 돈이 단 하루 만에 눈앞에 생겼다. 그걸 진구가 데려왔다는, 아니 마련했다는 걸 믿을 수는 없었다.
"친구한테 빌렸다니까. 왜 내 말을 안 믿어?"
"친구? 네가 친구가 어디 있어. 이렇게 큰돈을 너한테 선뜻 빌려줄 친구가 어디 있냐고!"

"너한테는 말 안했는데…… 내가 몇 년 전에 인쇄소에서 잠깐 일했잖아. 그때 알게 된…… 사귀었던 친구야."

그는 너무 티가 나게 어물거렸다.

"하! 내가 그 친구가 누구냐고 묻지도 않고 있어. 그 말을 믿지 않으니까."

"내 말 믿어. 안 그러면 내가 이런 돈을 어디서 마련하겠어. 너, 나 잘 알잖아. 내가 도둑질을 했겠니, 아니면 몰래 저금해둔 돈이 있어 찾아온 거겠니."

그건 맞는 말이었다. 그래서 더 의심스러웠다.

"소미야, 그런 건 더 이상 따지지 말고 이 돈 빨리 양아치한테 갖다줘. 지금 이 돈 빌려준 친구가 누구인지, 그게 중요한 게 아니잖아?"

"아니! 그게 중요해. 빨리 말해."

진구는 손가락만 만지작거리다가 창가 쪽으로 슬며시 등을 돌리고 앉았다.

그렇게 나오자 그녀는 당장 돈의 출처를 알아내기는 힘들겠다고 생각했다. 어깨가 갑자기 축 늘어졌다.

십 년 가까이 동거해 온 소미는 지금 그가 보여주는 태도를 잘 알았다. 술에 술 탄 듯 물에 물 탄 듯 주관도 없고, 뭐든 의지하려고만 해 답답하고 짜증이 나는 스타일이었지만, 한 번 고집을 피우기 시작하면 소름이 오싹 끼치게 완강했다. 뚱한 표정으로 돌아앉아 창문을 멀거니 바라보는 뒷모습을 보며, 일 년에 한 번 있을까 말까 한 그런 상황이 바로 오늘이라고 판단했다.

'후우…….'

소미는 한숨을 내쉬었다. 이래저래 한숨만 나왔다.

그녀는 아무 생각 없이 지폐다발을 하나씩 만져보았다. 5만원권 100장이 묶인 다발이 여섯 개 그리고 5만원권 지폐 스무 장이었다. 모두 빳빳한 신권이라 지폐다발은 형광등 아래서 마치 금덩이처럼 빛났다.

돈은 황홀했다. 쓸 수 있는 돈이 아니어도, 돈은 그 자체로 아름다웠다. 이렇게 많은 돈을 처음 만져본 것은 아니다. 양아치한테 시달리다 벼랑 끝에 내몰리고, 부쩍 처지를 한심하게 느끼고 있다 보니 각별해 보였다. 같은 돈이라도 지금은 전혀 다르게 보였다. 보란 듯이 뿜어내는 황금빛 속으로 속수무책 빨려 들어갔다.

정신을 조금 차리고 앞으로의 일을 생각했다. 지난 8개월간은 악몽이었다. 하지만 그 악몽을 모두 합해도 오늘 하루 겪은 마음고생과는 비교도 안 되었다. 언제 양아치가 들이닥칠지 모른다는 것, 그러면 이전과는 삶도 판이해질 거라는 것, 세상이 생지옥에 다름 아니었다. 태어나 처음으로 자살을 생각해보기까지 했다. 그런데 이렇게 바로 눈앞에 마귀 같은 놈을 두 번 다시 안 보고, 다시 살아갈 수 있게 해줄 3천백만 원이라는 돈이 놓인 것이다.

이 돈이 부릴 수 있는 마법은 그게 전부가 아니었다. 양아치 말고도 미용실을 개업할 때 친구나 친척에게 돈을 빌렸고 은행 빚도 남아 있었다. 미용실 운영이 신통치 않으니 양아치를 털어내도 계속 살아가는 건 큰일이었다. 그러나 이상하게도 이 돈 3천백만 원만 갚는다면 다른 일들은 모두 별 탈 없이 잘 풀릴 것 같은 예감이 들었다. 양아치에게 입은 상처만 치유되면 뭐든지 할 수 있다는 마음에서 오는 자신감이었다. 그녀에게는 그게 더 절실했다.
곰곰이 생각했다. 그리고 결심했다.
어차피 당장 진구에게서 돈의 출처를 알아내기는 어렵다. 정말 친구한테 빌렸건, 어디서 돈을 찍어 왔건 우선 급한 불부터 꺼야 했다. 출처불명의 돈으로 문제가 생기면 그때 가서 해결책을 찾아도 늦지 않을 것이다. 아무리 늦어도 지금보다 늦을 일은 없을 터였다. 일단 양아치의 빚을 갚은 다음, 진구를 추궁해서 상상한 것보다 얼마나 더 끔찍한 돈인지 알아볼 요량을 굳혔다.
"기호는 어디 갔어?"
"⋯⋯응? 기호?"
그는 그녀의 얼굴이 훨씬 편하고 부드러워진 걸 보고 안도하는 것 같았다.
"PC방에 갔어."
진구는 천천히 몸을 돌렸다.
"빨리 들어오라고 해."
"오늘 밤 샐 것 같다고 하던데. 무슨 게임 시합이 있나 봐."
그녀는 석연치 않은 감정을 억지로 구석으로 밀어놓고 침착하게 말했다.
"⋯⋯좋아, 진구야. 일단 이 돈은 받을게."
"그래 잘 생각했어. 정말 잘 생각한 거야."
진구는 활짝 웃어 보였다.
"하지만 이 돈이 하늘에서 떨어진 게 아니고 네 친구한테 빌린 거라고 하니까, 나는 또다시 빚을 지는 거고 당연히 갚아야 해. 그건 네 일이 아니고 내 일이야. 그러니까 나는 이 돈을 빌려준 네 친구가 누구인지 꼭 알아야만 해. 무슨 말인지 알지? 오늘이 아니어도 좋아. 가까운 시일 내에 나한테 꼭 알려줘."
"알았어. 그리고 그건 너무 급하게 생각하지 마. 친구가 나중에 돈 많이 벌면 그때 갚아도 된다고 했어."
소미는 가슴이 먹먹했다. 이런 말을 듣는 것 자체가 답답한 노릇이었다. 계속 더 듣는다면 난데없이 인쇄소 친구가 재벌 2세로 변할 것 같아 아예 입을 다물었다.
"아, 소미야. 나, 내일 기호하고 춘천에 가."
"뭐? 춘천에는 갑자기 왜?"
"……그동안 너무 안 가봤잖아. 이모님이 와 계실 때 잠깐 갔다 오려고."
"너, 진짜…… 도대체 무슨 일이야? 무슨 꿍꿍이야?"
그녀의 목소리가 다시 높아졌다.
"뭐가?"
"그렇게 같이 가자고 해도 안 가던 애가 느닷없이 기호를 데리고 춘천에는 왜 가냐고."
"그냥…… 고향 친구들도 보고 싶고, 친척 분들께 인사도 드리고……. 네 말대로 그동안 너무 안 가봤잖아. 그래서 그런 거야."
"언제 가?"
"내일 새벽에."
"내일 새벽?"
노려보는 그녀의 눈빛을 그는 오래 견디지 못했다.
"소미야, 나 잠깐 기호한테 가볼게. 내일 출발 시간을 알려줘야 하거든."

그가 연기를 하듯 일부러 천천히 몸을 일으켰다.
"먼저 자. 나도 잠깐 게임 좀 하다가 들어올 거니까."
불난 집을 빠져나가듯 허둥거리며 문으로 걸어갔다. 그러다 갑자기 신발을 벗고 옷장으로 향했다. 옷장과 벽 사이에 넣어 둔 그림을 꺼내 들었다.
"소미야, 이거 받아."
"이건 또 뭐야?"
"그림."
"이걸 나한테 왜 줘? 이건 어디서 났어?"
"길거리에서 팔길래 너 주려고 하나 샀어. 네 생일 날 아무것도 못해줬잖아. 좀 늦었지만 받아. 예쁘지?"
진구는 살짝 소미의 반응을 살폈다. 하지만 그녀의 얼굴이 다시 일그러지자, 후다닥 밖으로 뛰쳐나갔다.

예상 밖의 한 장소에서도 도난당한 그림 때문에 심각해졌다.
경기도 북부에 있는 허름한 주택이었다.
내일이라도 당장 철거될 것 같은 음산한 분위기였지만, 겉보기와 달리 집 주변엔 경비 인력만 십여 명이었다. 집 안팎엔 각종 첨단 보안장비도 설치되어 있었다. 백 평가량 되는 실내는 전체를 이중 방음벽으로 둘러쌌고, 우아한 아칸서스 문양이 새겨진 무거운 갈색 톤의 벽지와 앤티크 스타일의 샹들리에 그리고 바로크 풍의 고급 이태리제 가구와 각종 소품들로 장식되었다. 서양의 대저택을 연상케 하는 품격 높은 분위기가 엿보였다.
거실에 안드라스 쉬프가 연주하는 바흐의 평균율 피아노 음악이 흘렀다. 50대 중반의 한 남자가 연분홍색 드레스 셔츠에 감색 슈트를 입고 짙은 갈색 중절모를 쓴 채 소파에 앉아 있었다.

알려진 바에 의하면, 남자의 드레스 셔츠는 프랑스에서, 슈트는 이탈리아에서, 중절모는 체코에서 수제로 제작한 것들로 지금 몸에 걸친 걸 합치면 수천만 원에 이르렀다.

하지만 이런 금칠한 옷이 남자를 빛내주지는 못했다. 살집이 좋은 건장한 체격에 주윤발과 로버트 드니로 그리고 장동건을 합쳐놓은 듯한 미남형의 남자는, 그 자체로 이미 충분히 빛나고 있었다.

이 멋진 남자는 바흐의 피아노 선율을 혼자 흥얼거리기도 하고 손으로 피아노를 치는 시늉도 하며 음악에 몰입했다.

이 중절모 사내를 중심으로 양편에 마주앉은 두 남자는 중절모 사내가 입은 옷에 비해 격은 떨어지지만 그런대로 고급스런 슈트를 걸쳤다.

그 뒤로는 건장한 남자 십여 명이 아마도 '눈물의 땡처리', '99% 폭탄 세일', '우리 망했다, 어쩔래?' 가게에서 단체로 구입한 듯한 정장을 입고 줄지어 서 있었다.

이상하게도 그들 모두 중절모와는 정반대로 표정이 매우 심각했다. 몇몇은 눈치를 살피며 안절부절못했다.

음악 감상에 빠졌던 중절모가 슬며시 리모컨을 집어 컴포넌트를 껐다.

그러자 도열한 남자들이 일제히 몸을 꼿꼿하게 세웠다.

중절모는 테이블에서 손거울을 들어 얼굴을 살피고 모자를 매만지고 나서는, 나직한 목소리로 말했다.

"내가 명화 절도를 한 지 30년이 넘는다. 그동안 훔친 그림만 5백여 점, 이 세계에서 기술면에서나 관록 면에서나 둘째가라면 서러운 사람이고, 미술 교재에도 올라 있는 전설적인 작업까지 한 사람이다. 7년 전부터는 큰형님을 만나 내 인생도 180도로 바뀌었고 지금의 '피카소파'를 만들어 조직을 세계적인 규모로 발돋움시켰지. CIA, FBI 명화절도 전담팀도 피카소파라면 설설 길 정도다. 그런데, 그런데……."

감정이 복받쳐 오르는지 갑자기 말을 잇지 못했다.

"내 명화 절도 인생 30년 동안 이렇게 창피한 일은 처음이다! 아직은 우리끼리만 아니까 그렇지, 만약 이 사실이 외부로 알려진다면 창피해서 자결을 해야 할 상황까지 갈지도 모른다. 〈불타는 꽃밭〉이 움직인다는 기막힌 정보를 입수하고, 근 한 달간 궁리하고 궁리해서 만든 완벽한 작전에 새로 구입한 최첨단 장비까지 동원해놓고도 이렇게 어이없이 당했다는 사실은 두고두고 내 인생의 오점으로 남을 것이다. 게다가 우리에 앞서 선수 친 자식들이!"

그는 주머니에서 무언가를 꺼내 테이블 위에 던졌다.

"경쟁 조직인 '미켈란젤로파'나 '루벤스파'도 아니고 하찮은 좀도둑, 그것도 현장에 주민등록증 하나 달랑 들어 있는 지갑을 떨어트리고 다닐 정도로 멍청한 좀도둑이었다!"

너무나 분해 견딜 수 없다는 듯이 목소리가 격앙되었다.

"도대체 이 수모와 굴욕을 어떻게 풀어야 한단 말인가!"

"형님, 고정하십시오."

옆에 앉은 남자가 말했다.

"그림을 훔쳐 간 자식의 신원을 파악한 이상, 나머지 일은 식은 죽 먹기입니다. 어떤 면에서는 위험을 감수하고 작전을 펼치지 않고도 거저먹다시피 그림을 손에 넣을 수 있게 된 겁니다. 게다가 큰형님께서는 그 자식의 목적은 여자의 돈이지 그 그림이 아닌 것 같다고 말씀하셨잖습니까. 그렇다면 그림은 그 자식 집 어딘가에 내팽개쳐져 있을 거고, 우리는 그것만 들고 나오면 됩니다."

"큰형님께서는 왜 아직까지 작전 지시를 안 내리시는 겁니까?"

건너편에 앉은 남자가 물었다.

"지금 당장 쳐들어가 그 자식을 요절내고 그림을 갖고 오겠습니다!"

연이어 뒤에 서 있는 덩치 큰 남자가 들떠 소리쳤다.

그때였다. 중절모의 핸드폰 벨이 울렸다. 핸드폰 창을 보고는 슬며시 검지를 세웠다.

"큰형님이시다. 조용히 해."

그는 자세를 갖추고 전화를 받았다.

"네, 형님……. 네, 네……. 저희들은 언제든지 출격할 수, 네, 네……. 그 일은 걱정 마십시오. 네? 그건 좀……. 아닙니다……. 죄송합니다, 형님……. 죄송합니다…… 저나 애들이나 각오 단단히 하고 있습니다……."

온갖 폼을 다 잡았던 중절모는 큰형님의 전화 앞에서 쩔쩔맸다. 땀이 흘러내려 턱에서 맺히고 있었다. 손수건은 이마를 닦기만 했는데도 흥건했다.

"……네, 네. 네…… 알겠습니다. 언제든지 명령을 내려주십시오. ……네, 네, 편히 쉬십시오."

전화를 끊었다. 그는 셔츠 단추를 풀어헤치고 수건으로 얼굴에 줄줄 흘러내리는 땀을 닦아냈다.

"큰형님께서는 뭐라고 하십니까?"

옆의 남자가 물었다.

"조금만 더 기다리라고 하셨다."

"아니, 왜요? 이렇게 지체할 아무런 이유가 없잖습니까?"

"지체하는 게 아니다. 큰형님이 입수한 정보에 의하면 세계그룹에서 사람들을 풀어 그림의 행방을 찾으려 한단다."

"그럼 더 빨리 움직여야지요!"

"큰형님도 지금 무척 당황하시는 눈치다. 지금까지 큰형님의 계획은 모두 완벽했다. 큰형님의 작전은 실패한 적이 없었어. 이번 일은 큰형님께도 큰 오점을 남겼기 때문에 신중에 신중을 기하려고 하는 거다. 큰형님께서는 구체적인 정보를 더 입수하고 세계그룹의 움직임을 철저하게 살펴본 후에 지시를 내리시려는 것 같다. 우리와 그쪽 사람들과 쓸데없는 마찰을 피하게 하려는 게지."

"참 답답합니다. 그런 애들은 우리와 상대도 안 됩니다!"

"바로 행동 개시하게 해주십시오!"

중절모는 주민등록증을 천천히 집어들었다. 얼굴 사진과 주민등록번호와 주소지가 적혀 있는 주민등록증. 그는 한동안 뚫어지게 바라보다가, 혼자 피식 웃었다.

그것은 이진구의 것이었다.

4

다음날 점심시간이 지났을 무렵이었다. 서울 외곽의 은갈치파 아지트.

세계그룹 박노수 회장이 철썩 같이 믿는 은갈치파의 아지트는 불량 재료로 비위생적인 김치를 만들다 적발돼 급히 문을 닫게 된 김치공장을 약간 개조한 곳이었다.

버려진 공장이라 어수선하기 짝이 없고, 썩어가는 식재료와 젓갈의 비릿한 냄새 그리고 음식 쓰레기로 꽉 막힌 하수구에서 뿜어 나오는 악취가 너무 심해, 처음 들어간 사람은 종종 구토를 일으켰다.

이들은 주택가에 버려진 너절한 소파들을 주워다놓고 회의실로 사용했다. 지금 이곳에는 50대 후반의 은갈치파 두목 강일을 중심으로 양쪽에 강이와 강삼이 앉아 있고, 강일의 뒤로는 건장한 남자들이 병풍을 두른 듯 서 있었다.

어떤 철학에서 나온 건지는 몰라도 은갈치파 두목 강일은 조직폭력배라면 무조건 몸무게 100킬로그램은 넘어야 한다고 생각했다. 그는 살이 뒤룩뒤룩 찐 조직원들을 뽑았고, 실력은 있는데 몸무게가 미달되면 방 안에 감금해놓고 하루에 자장면 20그릇을 먹여 살이 찌도록 만들었다.

또 그는 조직폭력배는 외모에 신경 쓰면 안 된다고 생각했다. 조직원이 외모에 조금이라도 신경을 쓰는 눈치가 보이면 가차 없이 처단했고, 조직원 전부 재활용센터에서 훔쳐 온 옷들을 입게 했다.

이러한 두목의 철학 때문에 은갈치파 조직원들은 모두 돼지 같고 거지 같았다.

막 점심을 먹고 들어온 강일은 바지 벨트를 풀고 지퍼를 반쯤 내린 채 소파에 널브러져 앉아, 손으로 거시기 근처를 긁고 있었다. 한참을 그렇게 벅벅 긁어대다 혼잣말하듯 조용히 입을 열었다.

"……박회장도 참 구질구질한 팔자야. 툭 하면 검찰에 불려가 욕을 보고, 언론사에서 소설 쓰는 기자들의 안주감이나 되고. 9시 뉴스에서 대통령보다 더 자주 나오는 사람일걸? 오죽하면 재벌 회장이 잊을 만하면 한 번씩 인터넷 검색어 순위 1위를 하겠나. 게다가 아들이라고 하는 자식들은 어떤가. 아버지한테 질세라 온갖 개망나니 짓은 다 하며 돌아다니고. 사기에, 뺑소니에, 폭행에, 도박에, 여자 문제에…… 아무튼 바람 잘 날이 없어. 그나마 박회장 부인이 자선사업인지 뭔지를 하니까 좀 봐줘서 그렇지, 그 여자까지 개판 쳤더라면 옛날에 폭탄 떨어져서 가루가 됐을 거야."
 그는 트림을 한 번 크게 하고 말을 이었다.
 "이번도 봐라. 이사벨인지 아사달인지 하는 박회장의 세컨드가 뭣도 모르고 설치다가 거물급한테 가는 뇌물용 그림을 털렸어. 그것도 강남 한가운데서! 요즘 강남 어느 구석이든 다 고화질 CCTV 카메라가 설치되어 있다는 건 초등학생도 아는 사실이야. 근데 그것도 모르고 얼굴 다 까고 일 저지른 천하의 미련한 좀도둑한테 당했어. 그래서 내가 늘 얘기하는 거다. 재벌들 부러워할 것 없어. 비록 우리가 이런 곳에서 이 모양으로 살고는 있지만 우리처럼 속 편한 사람들은 없지. 속편하게 살자! 그게 내가 바라는 세상이고, 너희들 그렇게 살게 해주려고 매일 발바닥에 땀나도록 뛰며 밤낮 없이 일하는 거야. 어때, 내 말이 맞나, 틀리나?"
 "맞습니다, 형님!"
 모든 조직원들이 한 목소리로 외쳤다. 그는 이번에는 만족한다는 듯이 한쪽 엉덩이를 들고 시원하게 방귀를 꼈다.
 "근데 박회장한테 간 막내는 왜 안 오는 거야?"
 "제가 다시 한 번 연락해보겠습니다."
 강이가 재빨리 일어나 밖으로 나갔다.
 강일은 다시 거시기 근처를 긁기 시작했다.
 "……형님, 많이 가려우십니까?"
 옆에 앉은 강삼이 조심스럽게 물었다.
 "있다가 파리약이라도 뿌려야겠어. 암튼 겉모습 보고 사람을 판단해서는 안 돼. 생긴 건 꽃미남 아이돌 스타처럼 생겨 갖고……. 그 자식 당장 내보내!"

강일은 인상을 잔뜩 구기고 계속 거시기 근처를 긁어댔다.

얼마 후, 밖으로 나갔던 강이와 조직원 한 명이 문을 열고 급히 들어왔다. 조직원은 강일에게 몸을 90도로 굽혀 인사를 하고는 CD 케이스를 건넸다.

"이게 그거야?"

"네, 형님."

강일은 CD를 한 번 살펴보고는 강이에게 건넸다. 강이가 CD를 들고 곧장 TV로 향했다.

강일이 박회장에게 연락을 받은 건 오늘 아침이었다. 박회장은 이사벨에게 일어난 일과 그림을 훔쳐 간 두 사람의 인상착의를 알려주며, 그림과 편지를 반드시 되찾아달라고 부탁했다.

강일은 박회장의 간곡한 부탁과 생각 이상의 보수에 그 자리에서 일을 맡았다. 그는 먼저 강이와 강삼을 데리고 사건 현장부터 가보았다. 그림을 훔쳐간 두 사람이 복면은커녕 모자도 안 쓰고 일을 저질렀다는 이사벨의 이야기를 떠올렸고, 바로 박회장에게 경찰 쪽 지인한테 연락해 비밀리에 인근의 CCTV에 녹화된 영상을 모조리 입수해 달라고 했다. 지금 그것을 건네받은 것이다.

강이가 TV와 DVD 플레이어를 조작하자 곧 CCTV 녹화 영상이 화면에 떠올랐다. 어느 골목 입구를 넓게 비추고 있었는데, 화질은 거의 HD급으로 바닥에 떨어진 담배꽁초까지 생생하게 볼 수 있을 정도였다.

잠시 후, 화면 한쪽 구석에서 통통한 체형의 남자와 다리를 저는 남자가 힘없이 걸어오는 게 보였다. 강일은 한눈에 그들이 일을 저지른 인물임을 알아봤다.

골목 어귀에서 갑자기 통통한 남자가 다리를 저는 남자의 팔을 붙잡고 뒷걸음쳤다. 통통한 남자가 다리를 저는 남자에게 무슨 말을 하자, 다리를 저는 남자가 골목 안을 살짝 들여다보았다. 그리고…… 이후에는 참으로 웃음밖에 나오지 않는 일이 골목에서 나온 BMW를 사이에 두고 두 남자와 이사벨 사이에서 벌어졌다.

"다시 돌려봐."

강일이 명령하자 강이가 영상을 앞으로 돌렸다. 그는 다시 한 번 영상을 살펴보다가 소리쳤다.

"멈춰!"

강일은 정확히 한 장면을 지적했다. 그것은 주변을 두리번거리던 다리를 저는 남자의 얼굴이 CCTV 카메라에 정면으로 찍힌 장면이었다. 그는 한동안 그 얼굴을 쳐다보다가 담배 한 대를 입에 물었다. 옆에 앉은 강삼이 재빨리 불을 붙였다. 그는 담배 한 모금을 천천히 피우고 나서, 목소리에 힘을 실어 말했다.

"저 자식 사진을 수천 장 복사해 우선 서울에 있는 똘마니들한테 나눠줘라. 하는 짓거리를 보면 족보에도 없는 백수건달 놈팡이 같지만, 하늘이 돕는 건지 저 자식이 절름발이라 아는 애들이 있을 거야. 폼을 보면 서울 변두리에서 어슬렁거리는 애들이 분명해. 그래도 혹시 모르니까 서울에 거미줄을 다 친 다음에 지방에서 활동하는 애들한테도 나눠주고. 박회장이 일주일의 시간을 줬어. 저들을 붙잡아 그림과 편지를 찾아오는 대가로 이번에는 돈이 아니라 세계그룹 계열사 하나를 준다고 했고. 일주일을 넘기면 이 일은 보나마나 박회장이 관리하는 애들에게 넘어갈 거야. 그 꼴 내게 보이지 마라. 전국에 깔린 애들을 총동원해 무슨 일이 있어도 저 자식을 찾아 그림과 편지까지 갖고 와야 한다, 알았나?"
"네, 형님!"
지저분한 창고가 무너져내릴 것처럼 목소리가 우렁찼다.
"움직여라, 지금 당장!"
강일의 말이 떨어지자마자 강이가 재빨리 CD를 빼냈다. 그리고 안에 있던 조직원들과 함께 밖으로 뛰쳐나갔다.
강일은 소파에 몸을 깊숙이 파묻고 다시 담배를 피우기 시작했다. 여전히 거시기 근처가 가려운지 계속 긁어대고 있었지만, 그의 표정은 이전보다 훨씬 느긋하고 편안했다.

5

 "알았네…… 수단과 방법을 가리지 말고 과감하게 하라고. 내가 지원할 수 있는 게 있으면 언제든지 말하고. 난 강사장만 믿겠네."
 박회장은 한숨을 내쉬며 전화를 끊었다.
 부인 신미자 그리고 두 아들인 박이도와 박주도는 저녁 식사를 마치고 저택 거실에 앉았다. 차를 마시며 〈불타는 꽃밭〉 도난사건의 대책회의를 열었다.
 은갈치파 두목 강일의 보고를 들은 박회장은 조금은 안심하는 표정이었다.
 "강사장이 뭐라고 합니까?"
 박주도가 물었다.
 "그놈들 얼굴 수천 장을 복사해 서울 시내를 돌며 알아보고 있다는군. 내일부터는 지방에서도 움직일 거라고 하고. 믿는 구석이 있는지 자신 있는 목소리야."

"이제 24시간이 지났으니까…… 최소한 모레까지는 붙잡아야 합니다. 안 그러면 굉장히 힘들어질 수 있어요."

"강사장을 믿는 수밖에."

"이관장은 뭐라고 합니까? 다음 주 예정인 전시를 열겠답니까?"

박주도 옆에 앉은 박이도가 물었다.

"아직까지 충격에서 벗어나지 못한 것 같지만, 준비는 다 마친 상태라 예정대로 하겠다더군. 그래야지. 이미 언론사에 보도자료 배포하고 초청 인사들에게 초대장까지 다 돌렸는데 갑자기 취소해버리면 오히려 괜한 의심을 받을 수 있어."

박회장은 차를 한 모금 마셨다.

"세계미술관 개관 10주년 기념전은 굉장히 중요한 행사야. 작년 일로 실추된 그룹 이미지를 단번에 만회할 수 있는 기회라고. 게다가 백남준의 미공개 비디오 아트를 세계 최초로 공개한다는 사실 때문에 전 세계의 관심이 집중되어 있어. 뜻하지 않은 사건으로 초비상 상태지만 전사 차원에서 그 일도 각별히 신경 쓰도록 해."

"제가 한 말씀 드릴게요."

아무 말 없이 부자의 이야기를 듣고만 있던 신미자가 찻잔을 내려놓으며 작정한 듯 입을 열었다.

"이참에 사건의 발단이 된 이복자를 당장 내보내세요."

이내 박회장의 인상이 구겨졌다.

"뭐요?"

"이번 사건은 어떻게 보면 예견된 일이었는지 몰라요. 제가 5년간 세계미술관 관장으로 있었을 때 우리 미술관은 정말 우리나라 문화예술의 향상을 위해 기여한 곳이었어요. 그런데 이복자가 온 이후, 미술관은 가장 더러운 일을 하는 곳이 되어버렸어요."

"당신 대체 무슨 말을 하려는 거요?"

"저는 지금까지 그룹 일에는 아무 소리도 하지 않았어요. 당신이 비자금을 조성하건, 탈세를 하건, 정치인들한테 로비를 해 불법적인 일을 저지를 때도 뒤로 물러나 있었어요. 남자 일에 여자가 나서서는 안 된다는 생각도 했고, 저 역시 사업하시는 아버님 밑에서 자라 어떻게든 이해하려고 노력했어요. 하지만 이젠 참을 수 없어요. 이복자를 데리고 와 미술품 돈세탁의 참모로 앉혀놓았을 때부터 이건 아니라는 생각이 들었어요. 예술을 그런 식으로 이용하는……."

"시끄럽소!"

박회장이 버럭 소리를 지르며 신미자의 말을 끊었다.

"좋아, 당신이 내 이야기를 하니까 나도 당신 이야기를 해볼까? 부잣집에서 호강하며 자란 당신이 몇 년 전부터 뭘 잘못 먹기 시작했는지는 몰라도, 당신 이름으로 고아원 짓고, 장애인 센터 짓고, 여기저기 기부하고 심지어는 팔자에도 없는 멀고 먼 아프리카까지 날아가 돈 퍼줄 때도 난 아무 소리 안 했소. 우리 그룹이 절체절명의 위기에 처하고 긴급 자금이 필요할 때도 창고에 돈 쌓아놓고 사는 처남들한테 손 좀 벌려 보라고 부탁하고 싶었지만, 난 아무 말도 안 했소. 진짜 참고 지내는 건 당신이 아니라 나요. 그걸 알아? 그러니 내 앞에서 이사벨을 내보내라느니 미술관이 더럽다느니 어쩌느니 하는 말 두 번 다시 하지 마시오."

"아니요, 이젠 그냥 두고만 보고 있을 수 없어요."

"그럼 뭘 어떻게 하겠단 말이요?"

"이복자 일은 단지 운이 없어 벌어진 일이 아니에요. 이건 하나의 경고, 최소한 예술로는 그런 짓을 하지 말라는 엄중한 경고라고 생각해요. 그렇기 때문에 이번 일도 당신이 늘 했던 식으로 처리하다가는 더 큰일을 불러올 수 있어요. 그림을 되찾는 걸 포기하고 조금 전에도 말씀드렸듯이 이번 일의 책임을 물어 이복자를 당장 해고하세요. 당신이 못하면 제가 하겠어요."

"하하, 벌써 망령이 들었군."

박회장은 기가 차다는 듯이 웃었다.

"……당신, 혹시 이사벨을 질투하는 거요?"

신미자는 대답할 가치도 없었는지 눈을 질끈 감아버렸다.

박회장도 말이 심했다고 생각했는지 숨을 돌리고 차분하게 타이르려 했다.

"당신이 예술을 사랑하는 것은 잘 알고 있어. 미술관도 사실 당신의 소장품을 사람들에게 보여주기 위해 만들면서 시작된 거잖소. 다 아오. 하지만 내가 몇 번이나 말했듯이 미술관을 그런 상태로 계속 머물게 해서는 안 되는 거요. 더 키워야 하고 그래야 더 많은 사람들이 미술품을 보러 오게 되는 거지. 그러기 위해서는 젊은 감각이 필요하단 말이오. 이사벨은 당신이 말한 그런 일 말고도 많은 일을 하고 있소. 당신 눈에는 이사벨의 모든 면이 다 못마땅해 보이겠지만, 요즘 미술품을 보는 탁월한 심미안과 그걸 돈으로 연결시키는 사업성을 동시에 갖춘 그런 엘리트 인재는 구하기 힘들어요."

"이복자는 사기꾼이고 범죄자예요. 파리에서 뭘 하다 왔는지 제대로 밝히지도 않았고, 또 미국에서 세계 큐레이터 상을 받았다는 것은 완전히 거짓말이었다는 게 들통 났잖아요. 당신도 그걸 잘 알고 있어요. 단지 미술품을 이용해 돈세탁을 하려고……."

"시끄럽소!"

"아버님 말씀이 다 옳아요."

박이도가 아버지를 거들며 끼어들었다.

"저는 어머니가 이제 와서 그런 말씀하시는 게 어이없어요. 어머니가 그동안 우리 그룹을 위해 뭘 하셨어요? 외할아버지한테 막대한 유산 물려받았을 때, 우리와 한마디 상의도 없이 모조리 다 자선단체에 기부하셨어요. 좋아요, 그건 뭐 우리 가족 천국행 티켓 값이라고 해두죠. 하지만 아버님 말씀대로 우리 그룹이 어려움을 겪고 있을 때, 특히 작년 같은 경우는 거의 멸망할 뻔했다고요. 그때 어머니는 어디서 뭘 하셨죠? 어머니는 어딘가 몰래 숨겨놓은 재산으로 자선사업만 하고 있었어요."

"너 말이 좀 심하구나. 몰래 숨겨놓은 재산이라니!"

"그럼 그 많은 자선사업 비용은 다 어디서 나는 거죠? 구두쇠 외삼촌들이 도와줄 리는 없을 텐데요."

"내가 말했잖니. 주위에서 자발적으로 도와주는 사람들이 많다고."

"거짓말하지 마세요!"

박이도가 어머니를 향해 대놓고 소리쳤다.

"이도 형님 말이 맞습니다."

이번에는 박주도가 형을 거들었다.

"저는 어떤 때는 어머니가 진짜 우리 가족인지 확신이 안 들어요. 어머니는 이관장 일을 계속 못마땅하게 여기시는데, 아버님이 그걸 재미삼아 하시는 게 아니잖아요. 누구 때문에 그런 위험을 감수하고, 수모까지 당하면서 그러시는 거겠어요? 다 어머니와 형님과 저를 위해 그러시는 거라고요. 우리 가족을 위해서요! 그런데 어머니는 그걸 바라시지 않는 거 같아요. 다 망해버려 거렁뱅이가 되기를 바라시는 것 같다고요."

신미자는 작정하고 성토하는 두 아들의 작태에 기겁할 지경이었다. 손발이 다 떨리고 얼굴마저 벌겋게 상기되었다. 목소리가 떨려 나왔다.

"난 지금까지 너희 둘을 위해 살아왔다. 너희들이 그룹 일로 힘들어할 때마다 가슴이 찢어지듯 아팠지만, 너희들 스스로 정직한 사업가의 길을 찾고, 그게 더 큰 꿈을 이루기 위한 길이라는 것을 깨닫길 바랐기 때문에 가만히 있었던 거야. 난…… 난, 너희들이…… 아버지와는 다른 사업가가 되길 바랐어. 가끔 말썽을 피울 때조차도 너희들을 사랑했고 믿었어. 그런데 이제 보니까……."

"도덕 교과서 읽고 있네."

박이도가 콧방귀를 뀌며 빈정거렸다.

"어머니, 부탁드릴게요. 불난 집에 기름 붓지 마시고 그냥 원래 하던 일이나 계속하세요. 나가서 고아들 코나 닦아주고 장애인이나 희한하게 태어난 아이들 껴안아주고 뽀뽀해주고 그러시라고요. 어머니가 숨겨놓은 돈 달라고 그러지 않을 테니까요."

박주도도 싸늘하게 쏘아붙였다.

신미자는 입술만 바르르 떨 뿐 아무 말도 못했다. 눈에 어느새 눈물이 고여 있었다. 얼마 지나지 않아 뺨을 타고 흘러내리자 그녀는 더 이상 자리에 있을 수 없었다. 도망치듯 자리를 빠져나왔다.

6

　소미는 그림을 테이블 위에 던져놓았다. 미용실은 어제와 다를 게 없었다. 자신도 달라질 게 없었다. 습관처럼 진공청소기를 꺼내려다 관두고는 소파로 가 털썩 주저앉았다. 잠시 생각을 정리해야 했다.
　진구는 어떻게 그 많은 돈을 그렇게 빠른 시간에 마련한 것인지. 줄행랑을 치듯 이른 새벽에 춘천으로 간 꿍꿍이는 무엇인지. 입을 자물쇠로 채우고 버티기로 들어갔을 때 세상에 있을 것 같지 않은 진구의 친구는 어떤 사람일까, 그 존재의 가능성을 믿고 싶기도 했다. 하지만 생일선물이라며 그림을 들이밀었을 때 확신했다. 그가 엉뚱한 짓을 저지른 게 분명하다고.
　생일선물을 줄 수는 있어도 그게 그림이라니, 남몰래 독학해 사법고시에 수석으로 합격했다는 말을 듣는 것만큼이나 모든 게 터무니없는 거짓이라는 걸 깨달았다. 그림이라는 물건 하나로 정신 못 차리던 현실감각을 온전히 회복했다.

그럼에도 그녀는 더 파보지 않았다. 멱살을 잡고 다리를 꺾어서라도 실토하게 만들어야 했지만 어제는 그러지 않았다. 이유는 간단했다. 돈. 돈 앞에서는 모든 게 싱거워졌다. 마약이 사람을 그렇게 만든다고 들었다. 지금 기분이 일종의 마취 상태와도 같은 것일지도 모른다. 마취가 깨면 오히려 더 고통스러울 수도 있겠지만, 계속 깨어나지 않을 수 있다면 그 길을 택할 수도 있을 것 같았다.

양아치에게 돈을 갚는 게 그만큼 급했다. 진구는 춘천에서 돌아오면 끝까지 파보리라.

전화번호를 눌렀다.

"여보세요?"

양아치의 목소리가 들렸다.

"나야. 소미 미용실 김소미."

"웬일이야. 이렇게 직접 전화까지 주고."

"네 돈 갚으려고."

"오호, 그래? 벌써 다 마련한 거야?"

그는 매우 놀라는 눈치였다.

"빨리 계좌번호나 알려줘. 인터넷으로 송금할 거야."

돈은 오는 길에 입금해놓았다.

"……근데 너, 말이 좀 짧아졌다?"

"이젠 너한테 아쉬운 게 없는데 너 같은 애한테 계속 말 높여줄 필요 없잖아?"

"허허, 이것 봐라? 화장실 들어갈 때 다르고 나올 때 다르다더니, 돈 갚는다고 오래비뻘 되는 사람한테 막말하네. 인간관계를 그렇게 하면 안 되지."

당황한 기색이 역력했다.

"인간관계 같은 소리 하고 자빠졌네. 계좌번호나 빨리 알려줘."

그녀는 다 받아 적은 후 곧바로 전화를 끊으려 했다. 그때 수화기 너머로 입맛을 다시는 소리가 들렸다.

"쩝, 이거 아쉬운데? 돈 문제를 떠나 너하고 잘해보려고 했거든. 우리 이걸로 끝나는 거 아니지?"

"먼저 이빨이나 닦고 다녀."

"뭐?"

"넌 입이 똥구멍이냐? 너 말할 때마다 냄새나 죽을 뻔했어."

"이런 씨!"

"그리고 시간 나면 비뇨기과에 가봐. 그렇게 악귀 같이 돈 벌어서 어디다 쓰니? 요즘 거시기 확대 수술 잘하는 병원 많다는데, 수술이나 하지. 정말 눈 뜨고 못 봐주겠더라."

"야!"

소미는 전화를 재빨리 끊었다.

속이 다 후련했다. 지갑에 만 원을 넣고 다니는 사람과 100만 원을 넣고 다니는 사람은 걸음걸이부터 다르다는데, 돈이 생기니까 말투부터 달라졌다. 그동안 당한 걸 생각하면 가루로 만들어도 시원치 않았다. 오늘로 양아치와의 모든 관계는 끝난 것이고, 앞으로 더 이상 볼 일이 없기를 바랐다.

송금을 하려고 일어서다 테이블 위의 그림으로 눈길이 저절로 돌아갔다. 돈에만 신경을 썼지, 그림은 받아놓고 자세히 들여다보지도 않았다. 개운해지고 나니 그림도 눈에 들어오는 건가. 이젠 찬찬히 살펴보게 된다.

그림이 오래됐는지 아니면 때가 탄 건지 퇴색되어 보였고 약간 매캐한 냄새가 나는 것 같기도 했다. 액자도 너무 구닥다리였다.

하지만 그림은 예쁘고 아름다웠다. 꽃밭을 그린 그림이었는데, 화가가 세상에 있는 예쁜 물감이란 물감은 다 써서 그린 듯 색채가 다채롭고 화려했다. 단순히 예쁘기만 한 게 아니라 시선을 끈끈하게 잡아끄는 묘한 매력도 있었다. 미용실에 걸어놓으면 실내 분위기를 화사하게 만들어주고 손님들도 좋아할 것 같았다.

그녀는 두리번거리며 그림을 걸 만한 장소를 찾았다. 지난 달 낡은 벽시계를 떼어낸 곳이 딱 좋아보였다. 문 열고 들어오면 바로 보이는 데였다. 그림을 들고 자리에서 일어나 벽으로 향했다.

7

 양아치가 소미의 전화를 받은 곳은 신촌의 한 모텔이었다. 그는 그곳에서 여자 안마사를 불러 안마를 받고 있었다.
 "무슨 일이야?"
 여자가 다리를 주물럭대며 양아치에게 물었다.
 "신경 쓰지 마. 안마나 계속해."
 전화를 받았을 때 소미가 딴판으로 나와도 그다지 놀라지 않았다. 그게 소미답다는 걸 진작 알고 있었으니까. 일부러 고분고분하게 굴었을 뿐이라는 것도. 더 많은 것까지 알았다.
 그녀는 영리하고 똑똑했으며 남자 못지않게 배짱도 있었고, 둘째가라면 서러울 성깔도 있는 여자였다. 약점을 잡아 사람들을 괴롭혀 온 양아치는, 늘 인간의 숨겨진 본성을 파악하는 데 민감했으며 그것을 귀신 같이 들여다보는 재주가 있었다.

그래서 그는 더욱 입맛을 다셨다. 그녀는 일주일 후에도 돈을 못 갚을 게 뻔했고, 그땐 마지막까지 밀어붙여 섹스의 노리개로 삼을 계획이었다.

소미 같은 여자는 무척 강하고 까칠해 보여도 한 번 꺾이면 한없이 주저앉아버린다. 그는 무참하게 분질러서 고분고분하게 만드는 그런 상황을 무척 즐겼으며 그 순간 깊은 쾌감을 느꼈다. 그녀는 그가 지금까지 본 여자 가운데 가장 매력적이었다.

양아치는 이미 구체적인 시나리오까지 다 짜놓았다.

먼저 그녀의 발목에 쇠고랑을 채운 후, 지하실에 감금해놓을 것이다. 그리고 개, 돼지처럼 사육하면서 섹스를 하고 싶을 때마다 끌어내어 갖고 놀려고 했다. 평범한 섹스는 원하지 않았다. 그는 포르노 동영상 다운로드 사이트 검색창에 '희귀', '경악', '구토' 등의 단어를 치면 나오는 갖가지 변태적인 방법으로 그녀를 철저히 농락하며 살아있는 섹스 머신으로 만들 계획이었다.

하지만 이런 시나리오는 그녀가 돈을 갚는다고 나오면서 물거품이 되게 생겼다.

"야, 야, 야."

안마를 하던 여자가 갑자기 옷을 벗으려 하자 양아치가 성질을 냈다.

"아무리 그게 본업이라지만, 그래도 뭔가 좀 하는 척이라도 하고 해야 할 거 아니야!"

"치, 괜히 신경질이야. 알았어."

여자는 다시 다리를 주무르기 시작했다.

김소미…….

양아치는 그녀의 얼굴을 천장에 떠올렸다. 입이 저절로 헤, 벌어졌다.

물거품? 천만의 말씀이다. 결코 포기하지 않는다. 그만한 이유가 있다.

최후통첩을 날린 지 단 이틀 만에 돈을 갚겠다고 나왔다. 하지만 그녀는 그럴 능력이 전혀 없었고, 같이 사는 밥통 같은 두 녀석의 상태로 보아서는 어디서 빌려 갚을 확률도 제로였다. 유일한 방법은 소개시켜 준 '사채빚 청산 전문 사채업자'한테 돈을 빌려 갚는 것인데, 그녀는 절대로 그렇게 할 여자가 아니었다.

십중팔구 소미나, 아니면 빌붙어 사는 두 놈이 무슨 사고를 친 게 분명했다. 약점을 잘 뒤지는 그만의 독특한 직관이 그렇게 말하고 있었다. 게다가 어떤 종류의 사고인지 몰라도 규모가 결코 작지 않을 것이라고 직감했다.

그렇다면 그건 전화위복의 기회였다. 만약 그게 무엇인지 캐낼 수 있다면, 빚 문제만 청산되면 끝나는 관계가 아니라 오히려 완전하고도 영원한 주인과 노예의 관계로 만들 수 있었다.

그런 생각이 들자 온몸의 피가 거시기 쪽으로 몰리는 것을 느꼈다. 어제 본 〈최음제 먹고 떡실신〉과 〈도촬! 변태 여관〉이란 영화를 떠올렸다. 영화의 한 장면 한 장면이 너무나 감동적이었다. 그는 그 장면들을 떠올리며 그녀를 마음껏 갖고 노는 상상을 했다. 벌써 흥분돼 견딜 수 없었다. 그런데 그건 상상 속의 일만은 아니었다. 이미 발기된 물건에서는 새로운 감각이 느껴지고 있었다. 그는 여자에게 몸을 맡긴 채 질펀한 쾌락의 세계로 저 혼자 빠져들어 갔다.

안드로메다은하에서 생긴 일

1

 어둠이 어슴푸레 깔리자, 양아치는 미용실을 스쳐 지나며 소미가 안에 있는 것을 확인했다. 곧장 그녀의 집으로 향했다. 돈을 받아내러 몇 번 가봐서 위치는 물론 집 구조까지 잘 알고 있었다.
 돈은 점심때쯤 정확히 입금되었다. 그 많은 돈을 갑자기 어떻게 만든 것인지 궁금해서 견딜 수가 없었다.
 현찰을 훔쳤을 가능성은 희박했다. 신용카드 시대에 그렇게 많은 현찰을 두는 집이 얼마나 될까. 그런 희귀한 집을 골라 거액의 현찰을 바로 훔치는 건 프로들이나 가능했다. 다음으로는 귀금속 같은 고가의 물건을 훔쳐 현찰화하는 일인데, 사실 그것 역시 프로의 영역이었다. 소미나 두 놈이나 그런 일을 할 수 있는 위인이 못 된다. 생각하면 할수록 궁금해서 미칠 것 같았다. 발걸음이 저절로 빨라졌다. 어떤 뜻밖의 일을 저질렀는지 빨리 알아내고 싶었다.

  집에 거의 다다랐을 때 일단 전화를 걸었다. 동거남과 동생이 밤늦게까지 병원에서 간병을 한다는 사실은 알지만 만일을 대비해 확인해봐야 했다. 통화 연결음만 계속 들릴 뿐 예상대로 아무도 전화를 받지 않았다. 그는 안심하고 다세대 주택 지하로 내려갔다.

  양아치는 문에 귀를 바짝 대고 안에 누가 있는지 다시 한 번 확인했다. 아무 소리도 안 들리는 걸 확인한 후, 만능키를 꺼내 열쇠구멍에 넣고 몇 번인가 가볍게 조작했다. 곧 문이 열리자 재빨리 안으로 들어갔다.

  불을 켜고 먼저 거실을 훑어보았다.

  예전에 보았던 것과 별반 다르지 않았다. 남들이 다 쓰다 버린 가구나 집기들을 주워다 채운 듯 구색이 맞는 게 하나도 없었다. 궁상스러운 분위기에, 과자 봉지부터 남자 속옷까지 잡다한 게 너저분하게 흩어져 있었다. 싱크대 위에는 설거지도 안 한 접시와 컵들이 지저분하게 쌓여 있었고, 치우다 만 음식물 쓰레기에서는 파리가 날아다녔다. 이 가운데 흘려놓았을 미지의 단서를 찾으려니 꼭 보물찾기를 하는 기분이었다.

  거실은 나중에 살피기로 하고 먼저 소미 방으로 들어갔다. 가장 중요한 건 그녀의 옷장 서랍에 들어 있었다. 옷장 문은 물론이고 서랍도 잠겨 있지 않았다. 맨 위 서랍부터 천천히 뒤져보았다. 은행 통장, 각종 계약서, 서류들, 텅 빈 지갑, 도장, 앨범……. 궁상스럽게 살아 그런지 돈이 될 만한 건 하나도 없었다. 다음 서랍을 열어보았다.

안을 들여다보려는 순간, 갑자기 머리에 강한 충격이 덩, 소리를 내며 뒤덮였다.

눈앞에서 별 몇 개가 번쩍였다. 극심한 고통이 아주 잠깐 머리를 죄어 왔지만, 그 시간은 그리 길지 않았다. 그는 바로 정신을 잃었다.

얼마나 지났을까?

양아치는 몽롱하게나마 의식이 돌아왔다. 머리가 빠개지는 듯 아팠고 온몸이 다 축축했다.

"형님, 정신이 돌아오나 봅니다."

"한 번 더 끼얹어라."

아련한 목소리에 고개를 들자, 세찬 물세례가 얼굴을 때렸다. 그제야 정신이 번쩍 들었다.

몸을 움직여보았으나 바닥에 붙은 것처럼 꼼짝도 하지 않았다. 발목과 손목이 묶여 있다는 사실을 알았다.

고개를 돌려 전후좌우를 살폈다. 이곳은 구석에 출입문 하나만 달랑 있는 꽉 막힌 사각형 공간이었다. 실내는 천장에 간신히 매달린 어둑한 형광등 불빛 하나로 밝혀지고 있었다.

바닥과 벽 모두 시멘트로 대충 발라놓았고, 천장 여기저기서 물이 떨어져 내렸다. 쓰레기가 널린 바닥에서는 생선 썩은 내와 지린내가 진동했다.

태어나서 이렇게 더럽고 냄새나는 덴 처음이었다. 몇 해 전에 술에 취해 거리를 헤매다 시궁창에 빠진 적도 있었지만, 이 정도는 아니었다.

그때 갑자기 쥐 한 마리가 눈앞을 쏙 지나갔고, 그는 흠칫 놀라 몸을 발딱 일으켰다. 그때서야 정면에 열 명쯤 되는 남자들이 서 있는 게 보였다.

도대체 무엇을, 어떻게, 얼마나 처먹었는지는 몰라도 남자들은 모두 좁은 우리에서 먹이만 먹고 살만 찌운 돼지 같이 부풀어 있었다. 몸은 물론 얼굴까지 살이 찔 대로 찌는 바람에 이목구비가 다 찌그러진 상태여서 죄다 쌍둥이 형제들 같았다.

하지만 눈뜨고 봐줄 수 없는 건 따로 있었다. 바로 이들이 입고 있는 옷이었다. 쓰레기 더미에서 주워 와 입은 게 분명한 남루한 옷차림에다, 그 옷들조차 다 작아 어른이 애들 옷을 입은 듯 보였다. 더욱이 어떤 남자는 옷에 '헬로 키티'가 그려져 있기도 했고, 어떤 남자는 애들이나 입을 멜빵바지를 입고 있어 우스꽝스럽기 짝이 없었다.

그렇다고 그들이 마냥 우습게 보였다는 말은 아니다. 꼴은 거지꼴이어도 거대한 벽처럼 두른 남자들이 풍기는 분위기가 매우 위압적이어서 그들의 육중한 몸에 진짜로 깔리는 기분이었다.

도대체 여기는 어디지? 저 사람들은 누구지? 내가 여기에 왜 있지?

이런 궁금증이 머릿속을 연방 울리는데, 남자들 가운데서 혼자 의자에 앉은 한 남자와 눈이 마주쳤다.

나이가 가장 많아 보이는 그는, 바지 벨트를 풀고 속에 입은 분홍색 팬티가 거의 다 보일 정도로 지퍼를 반쯤 내리고 있었다. 그런 칠칠치 못한 꼴임에도 눈매가 다른 남자들과 비교도 할 수 없이 매서워 양아치는 시선을 피했다.

남자는 곧 걸걸한 목소리로 명령했다.

"똑바로 세워라."

그러자 두 거구가 다가와 그를 질질 끌어다 두목인 듯 보이는 남자 앞에 무릎 꿇렸다. 머리가 계속 아팠고 팔을 뒤로 꺾어 손목을 묶었기 때문에 중심을 잡기 힘들었다. 몇 번을 휘청거리다가 간신히 몸을 바로 할 수 있었다.

그는 이들이 조폭임이 분명하고 분홍색 팬티를 입은 남자는 분명 두목이며, 자신은 꼼짝없이 갇히고 제압당했다고 판단했다. 그리고 지금 이 자리에 있어야 할 사람은 자신이 아니라 소미나 진구여야 하는데 그들이 잘못 끌고 온 것이고, 그 두 사람은 짐작대로 사고, 그것도 대형 사고를 친 게 확실하다는 데까지 생각이 미쳤다.

이런 상황일수록 정신을 똑바로 차려야 했다. 그는 여기서 할 만한 게 거의 없고 곧 설설 기는 상황이 되겠지만, 자신이 결코 만만치 않은 사람이라는 것을 보여줘야 한다고 생각했다. 결코 당황해서는 안 된다고 몇 번을 다짐하면서 두목을 향해 큰 소리로 말했다.

"당신들 뭐하는 사람들이야! 도대체 이게 무슨 짓이야! 남의 집에 함부로 들어와 죄 없는 사람 이렇게 납치해도 되는 거야! 우리 집에서 내가 없어진 걸 알면 경찰에 신고할 거고, 그럼 어떻게 되는지 알아?"

떨리는 심장을 진정시켜 가며 소리쳤다. 하지만 남자들은 아무 말도, 아무런 표정 변화도 없이 무심한 시선으로 양아치를 쳐다보기만 했다. 그것은 그 자체로 공포였다.

서늘한 침묵의 시간이 흘러갔다.

두목이 공간 전체를 울리는 방귀를 한 번 뀌더니 자리에서 일어났다.

바지를 치켜 올리며 천천히 양아치에게 다가왔다. 무릎을 꿇고 앉은 양아치 바로 앞까지 온 두목은 잠시 멈춰 서서 빤히 내려다보다 거시기 근처를 긁적였다.

양아치는 침을 꿀꺽 삼키고 두목의 시선을 피했다. 그러자 그의 눈에 임신부처럼 튀어나온 두목의 배와 열린 지퍼 속으로 보이는 분홍색 팬티 그리고 분홍색 팬티에 지저분하게 묻은 오줌자국이 선명하게 보였다. 두목이 조금씩 더 다가오자 그는 몸을 힘겹게 움직여 뒤로 물러나려 했다.

바로 그 순간, 두목이 갑자기 양아치의 뒤통수를 손으로 움켜잡더니 그의 거시기에 얼굴을 그대로 밀착시켰다. 그리고 얼굴을 사정없이 문대기 시작했다. 양아치는 숨이 막힐 듯한 답답함과 두목 거시기의 물컹하고 징그러운 느낌 그리고 무엇보다도 그의 팬티에서 나는 말로 표현할 수 없는 구린내 때문에 견딜 수가 없었다.

한참을 그렇게 문대던 두목은 얼마 후, 공을 던지듯 양아치의 머리를 바닥에 내팽개쳤다. 바닥에 쓰러진 양아치가 독가스라도 마신 것처럼 기침을 하며 몸을 부르르 떨어대자 조폭 두 명이 다가와 다시 일으켜 무릎을 꿇렸다. 당황하지 말자고 굳게 마음먹었지만, 너무나 굴욕적인 수모를 당하고 나니 정신을 차릴 수 없었다.

어느새 자리로 돌아간 두목이 물었다.

"그림 어디다 숨겨놓았어?"

"……네?"

"그림을 어디다 숨겨놓았냐고!"

두목은 실내가 쩌렁쩌렁 울리도록 소리를 질렀다.

"무, 무슨 그림이요……."

"절름발이 친구하고 같이 훔친 그림 말이야."

"저는 그런 거 몰라요. 전 그냥…… 소미네 집에 간 거였어요."

"소미?"

"진구 애인이요."

"진구?"

"……기호 형. 아니, 소미 동생이요."

"거기가 네 집이라며?"

"네? 맞아요. 우리 집…… 아니, 우리 집이 아니에요."

양아치는 자신이 횡설수설하고 있다는 것을 알았다. 빨리 정신을 차려야 했지만 그게 쉽지 않았다. 두목은 무언가를 골똘히 생각하는지 말없이 양아치를 노려보기만 했다. 그러다가 다시 물었다.

"거기는 왜 간 거야?"

"소미한테 빌려준 돈 받으러요."

"돈 받으러 갔는데, 아무도 없는 집에 들어가 여기저기 뒤지나?"

"돈은 받았어요. 돈은 받았는데…… 아니, 안 받았어요……."

"그럼 돈을 훔치러 들어간 거였어?"

"네. 아니요. 돈은 받았거든요……."

"이게 지금 무슨 소리야!"

두목은 버럭 소리를 질렀다. 양아치는 몸이 파르르 떨렸다.

"자기 집이라고 했다가 다른 사람 집이라고 하고, 빌려준 돈 받으러 갔다고 해놓고선 돈은 받았다고 하고……. 안 되겠군. 강삼아!"

두목은 돌아보며 한 남자를 불렀다.

"얘가 아직 정신을 못 차리고 있어. 네가 빨리 정신 들게 도와줘라."

"네, 형님."

뒤에 서 있던 한 남자가 대답했다.

"근데, 무엇으로 할까요?"

두목은 잠시 양아치를 쳐다보고는 지시했다.

"네가 잘 하는 A4 용지로 해라. 몇 대 맞으면 될 거 같기도 하지만 낮에 먹은 선지국이 아직도 소화가 안 됐는데, 피똥 싸는 거 보고 싶지 않아."

"알겠습니다. 막내야, A4 용지 한 장 갖고 와. 빳빳한 걸로."

그러자 뒤에 서 있던 남자가 문을 열고 밖으로 나갔다. 양아치는 무슨 말을 주고받는지 몰랐다.

밖으로 나갔던 남자가 곧 A4 용지 한 장을 갖고 와 강삼에게 건넸다.

두목이 양아치에게 말했다.

"잘 들어. 네가 그 집에 왜 들어갔고, 거기서 뭘 찾으려 했으며, 거기에 사는 자식들과 무슨 관계인지 숨김없이 다 말해야 할 거야. 얘가 A4 용지 고문의 세계적인 실력자거든. 일본 야쿠자도 그 기술을 배우러 올 정도니까. 계속 그딴 식으로 횡설수설하면 빨리 죽기 힘들 거야."

양아치는 무슨 말을 하려고 했지만, 입이 안 떨어졌다. 곧 뒤에 서 있던 남자 두 명이 재빨리 다가와 그의 손을 묶은 끈을 풀었다. 그리고 각각 그의 오른팔과 왼팔을 팔짱에 끼고 두 손으로는 그의 오른손과 왼손을 활짝 폈다. 두 사람 모두 큰 덩치였고 힘이 세 양아치는 그 사이에서 꼼짝도 할 수 없었다.

강삼이 다가왔다. 그는 바닥에 떨어진 헝겊조각 하나를 주워 양아치의 입에 거칠게 쑤셔넣었다. 그를 보며 빙긋 웃었다.

"너, 고문할 때 제일 짜증나는 게 뭔지 알아? 고문한 지 5분도 안 돼 불어버리는 거야. 그럼 재미없거든. 고문하는 사람의 수고와 체면도 생각해줘야지. 이제부터 한 20분간 고문만 할 거야. 그런 다음 재갈을 뺄 거니까 그동안 정신 차리고 해야 할 말 정리해 놓고 있어."

강삼은 A4 용지 양끝을 두 손으로 잡더니 입으로 한 번 혹 불었다. 그리고 종이를 옆으로 세워 날카로운 옆면으로 손가락과 손가락 사이의 깊은 골을 천천히 긋기 시작했다. 양아치는 온몸의 신경이 삐쭉삐쭉 서는 고통에 몸부림을 치며 비명을 질렀다. 물론 몸은 전혀 움직일 수도 없었고, 비명은 들리지도 않았다. 강삼은 계속해 A4 용지의 날카로운 옆면으로 각각의 손가락 사이를 천천히 그었고, 이어서 손가락 마디와 마디 사이 그리고 손톱 사이를 그었다.

고문은 그것으로 끝나지 않았다. 신경 구석구석까지 극심한 고통을 전달하는 손가락 고문이 끝난 후에는 귓불과 얼굴이 이어지는 부분을 몇 번이나 반복해 그었고, 뒤이어 코와 목의 민감한 부분을 계속 그었다. 얼굴이 끝나고 나서는 신발과 양말을 벗기고 발가락도 손가락과 마찬가지로 고문했다. 재갈을 물린 양아치는 눈물범벅이 된 채 목 메인 소리만 낼 뿐이었다.

그렇게 20분 정도 고문이 지속된 후에, 강삼이 양아치의 재갈을 빼주었다.

재갈이 빠져나오자마자 양아치는 침을 한 움큼 쏟아내고 목 놓아 울기 시작했다. 하지만 마냥 울고만 있게 내버려두지 않았다. 남자 두 명이 고문 받았던 곳을 겨냥해 호수로 물을 뿌린 후, 또다시 고통에 몸부림치는 양아치를 무릎 꿇렸다.

두목은 의자에 앉아 담배를 피우고 있었다. 그는 양아치가 좀 진정되기를 기다렸다가 천천히 물었다.

"자, 이제 다 말해."

정신이 번쩍 든 양아치는 자신이 사채업자라는 이야기 그리고 소미와의 거래와 돈을 받은 후 강한 의구심을 갖게 돼 집에 간 이야기까지 낱낱이 다 말했다. 그 정도만 얘기해도 됐을 텐데, 고문으로 군기가 들 대로 든 상태라 말할 필요도 없는 자신의 엉망진창인 가족관계, 이전에 저질렀던 비열한 작태들, 자신과 비슷비슷하게 양아치 짓만 하는 친구 이야기, 차마 들어줄 수 없을 정도로 치사하고 더러운 여자관계까지 주절주절 다 쏟아냈다.

이야기를 다 들어주던 두목은 표정이 서서히 일그러지더니 기어이 고함을 터뜨렸다.

"너희들 도대체 일을 어떻게 하는 거야! 어디서 이런 엉뚱한 양아치 새끼를 데리고 온 거야!"

두목이 양아치를 향해 담배꽁초를 냅다 던졌다. 뒤에 서 있던 남자들은 모두 고개를 푹 숙였다.

"강이, 말해봐!"

"저놈이 절름발이 집에 들어가길래 데리고 온 겁니다. 같이 있던 자식이라고 생각해…… 일을 빨리 해결하려는 마음에……."

"넌 그렇게 성질이 급한 게 탈이야. 뭐가 그리 급해? 일 시작한 지 12시간 만에 절름발이의 신원을 파악했어. 일주일이라면 시간 넉넉하잖아? 그럼 여유를 갖고 작전을 펼쳐도 될걸, 왜 그렇게 서둘러서 쓸 데 없이 정력을 낭비해."

"죄송합니다, 형님."

"밖에 지금 몇 명 나가 있나?"

"집 안을 뒤진 세 명이 계속 주변을 감시하고 있습니다."

"연락해서 절름발이만 정확히 끌고 오라고 해. 2, 3일 기다리다 안 나타나면 그때 가서 절름발이 주변 인물들을 찾아내 조지면 되는 거야."

"알겠습니다."

"후……."

두목은 목을 몇 번 꺾고 나서 담배를 꺼내 물었다.

잠시 후, 뒤에 서 있던 강삼이 조심스럽게 물었다.

"형님, 이 자식은 어떻게 할까요?"

두목은 담배 연기를 내뿜으며 양아치를 흘겨보았다.

"그냥 묻어버리죠. 영 재수 없습니다."

강이가 지저분한 걸 빨리 처리하고 싶다는 듯 말했다.

"형님들, 형님, 살려주십시오! 형님, 아무 말도 안 하겠습니다, 형님!"

자신의 처리문제가 나오자 양아치는 눈물 콧물 다 빼며 애원했다.

"형님, 제발 살려주십시오! 저는······."

"시끄러!"

두목이 소리쳤다. 두목은 생각에 잠긴 듯 눈빛이 몽롱해졌다. 고개를 가볍게 젓고는 강이에게 말했다.

"멍게로 해."

"멍게요?"

"그래. 그 전에 핸드폰 번호 받아놓고, 주민등록증으로 저 자식 신원과 가족과 친구들 신원까지 다 파악해놓도록 해."

"알겠습니다."

강이의 표정이 환하게 밝아졌다.

두목은 담배를 거칠게 밟아 끄고는 거시기 부근을 벅벅 긁어댔다. 그러다 양아치를 향해 천천히, 그러나 위협적인 어조로 말했다.

"너, 내 말 잘 들어. 널 살려서 내보내줄 거야. 하지만 너 같은 애 다시 이곳으로 데려오는 데 30분도 안 걸린다는 걸 명심해라. 만약 설치고 돌아다니면서 여기 일 나불거리고 다니는 게 내 귀에 들어오면, 그날부터 평생 인공 항문 차고 다닐 줄 알아. 내 말 무슨 뜻인지 알지?"

"네, 형님! 감사합니다!"

양아치는 소리쳐 대답하고 또 다시 흐느껴 울기 시작했다.

그로부터 한 시간 후, 양아치는 눈이 가려진 채 차에 실려 어디론가 가고 있었다.

앞은 볼 수 없었지만 차에는 자신을 포함해 다섯 명이 타고 있다는 걸 알았다. 자신이 뒷좌석 구석에 앉아 있다는 것 그리고 옷이 다 벗겨져 있다는 사실도 알았다. 그런데 그들이 팬티까지 다 벗기고 어디로 데려가는지 몰라 너무 두렵기만 했다. 바르르 떨며 거시기 부분을 가린 두 손만 만지작거렸다.

"……저기, 형님들, 어디로 가는 겁니까?"

그는 간신히 용기를 내서 조심스럽게 물었다.

"알 것 없어."

옆에 앉은 거구가 말했다.

"그래도 네가 형님 취향이니까 살려주는 거야. 안 그랬으면 지금쯤 땅속에서 흙 먹고 있을걸?"

그 옆의 거구가 말했다.

"제가…… 취향이라뇨?"

양아치는 무슨 말인지 몰라 고개가 저절로 갸웃거려졌다.

거구들은 어울리지 않게 킥킥거리며 웃기만 했다.

"형님, 이쯤에서 이 자식을 어떻게 할 건지 대충 이야기해줘도 되지 않을까요? 큭."

운전하고 있는 거구가 말했다. 그러자 조수석의 거구가 대답했다.

"조금 있으면 강남역 사거리에 도착할 거야. 사거리 한복판에서 너를 내려놓을 거다."

"저를요? 이 상태로요?"

"응."

웃는 소리들이 차 안을 스테레오로 울렸다.

"……아니, 이렇게 옷을 다 벗기고 거기 내려놓으면 어떡합니까? 그러지 마십시오, 형님들."

"오늘 밤 아주 멋진 경험할 거야. 기대하고 있어, 크큭."

양아치는 제발 봐 달라고 사정했지만 아무 소용이 없었다. 웃음소리만 볼륨을 높였다.

차는 얼마를 더 가다 갑자기 급정거를 했다. 곧 한 거구가 양아치의 눈가리개를 풀었다. 양아치는 잽싸게 주위를 둘러보았다. 처음에는 텅 빈 안개 속이었지만 차츰 주변 상황이 눈에 들어왔다. 이곳은 정말 강남역 사거리였다. 밤이라도 건물과 상가에서 나오는 불빛과 네온 간판 그리고 수많은 차량 불빛으로 대낮보다 더 밝았다. 차가 강남역 사거리 한복판에 갑자기 서는 바람에 도로를 달리던 차들이 모두 멈춰 서 클랙슨을 울리고 있었다.

"형님, 형님들!"

양아치는 울먹이며 소리쳤다.

"자, 내려라."

양아치 옆의 거구가 재빨리 문을 열고는 그를 발로 냅다 걷어찼다.

차에서 튕겨져 나온 그는 발가벗겨진 상태로 도로 바닥에 나뒹굴었다. 자신을 태우고 온 차는 곧장 출발했고, 그는 뭘 어떻게 해야 할지 몰라 안절부절못했다. 주위에서 들리던 클랙슨 소리는 한층 요란해졌다. 그는 그 소리에 떠밀리듯 후다닥 일어나 두 손으로 거시기를 가린 채 아무 생각도 없이 인도 쪽으로 달려갔다.

그것은 큰 실수였다. 인도 쪽에 있던 수많은 인파들은 발가벗은 채 거리를 헤매는 그를 보자마자 비명을 질러댔다. 하지만 이상하게도 비명만 질러댈 뿐 피하지 않고 오히려 그를 포위하듯 주변을 빙 두르며 모여들었다.

  비명을 지르던 사람들은 어느 순간부터 하나둘씩 핸드폰을 꺼내 들었다. 그리고 다양한 포즈를 잡으며 그의 알몸을 사진으로 찍기 시작했다. 번쩍이는 수많은 핸드폰 플래시 불빛 가운데서 간간히 콤팩트 카메라도 보였다. 심지어는 전문가용 DSLR 카메라도 있었다.

2

 자정이 가까웠지만 소미의 발걸음은 무척 가벼웠다. 진구가 티눈처럼 신경 쓰여도, 오늘은 정말 몇 개월 만에 맘 편하게 일한 날이었다. 좋은 일은 한꺼번에 오는지 오늘따라 손님도 갑절로 많이 들었다. 이모에게 어머니 병세가 많이 좋아졌다는 얘기까지 들어 이래저래 기분 좋은 하루였다.
 그녀는 다세대 주택 건물들이 밀집한 골목으로 꺾어 들어갔다. 근처 마트가 아직 영업을 하길래 잠깐 들러 먹을거리를 샀다. 늦은 시각이었지만 오늘은 혼자라도 자신만을 위한 특식을 해먹고 싶었다.
 마트에서 나와 집을 향해 걸었다. 집들이 다닥다닥 붙어 이 시간에도 생활 소음들이 끊이지 않고 들렸다. 성가신 소리일 수 있지만 그녀에겐 늘 정감 있게 들렸다. 모처럼 홀가분한 기분 탓에 오늘은 그 소리가 무척 포근하게 다가왔다.

집이 있는 다세대 주택이 눈에 들어올 즈음, 발걸음을 멈췄다. 집 건너편 가로등 불빛 아래가 낯설었다. 그 아래 정체불명의 남자 세 명이 있었다. 모두 깍두기 머리에 건장한 체격이었는데, 한 명은 버려진 소파에 앉아 담배를 피웠다. 둘은 가로등 아래서 서성였다. 이 동네에 십 년 가까이 살았어도 저런 조폭 분위기가 물씬 풍기는 사람들을 보는 건 처음이었다.

이상하고 무서운 기분까지 들어 잠시 그 자리에 멈춰 섰다. 하지만 밖에서 들리는 사소한 소란에도 여기 사는 사람들은 창을 열고 다 내다본다는 걸 알기에 안심하고 다시 집으로 향했다.

집 가까이 이르자 세 남자의 시선이 일제히 자신에게 쏠리는 게 느껴졌다. 살짝 흘겨보자 그들은 자연스럽게 시선을 돌렸다. 그래봤자 나와는 관계없는 사람들이다. 그렇게 스스로를 재차 안심시켰다.

문을 열고 안으로 들어갔다. 문을 단단히 잠근 후 전등 스위치를 켰다.

실내가 눈에 들어온 순간, 소미는 손으로 입을 막고 비명을 질렀다. 집 안은 마치 태풍이 쓸고 간 것처럼 엉망진창이었다. 싱크대와 찬장 속에 있어야 할 그릇과 주방용품들이 죄다 바닥에 떨어져 뒹굴었다. 거실의 옷장과 사물함에서도 마치 한순간에 토해낸 듯 온갖 물건들이 튀어나와 있었다.

입만 쩍 벌리고 둘러보다 번뜩 드는 생각에 방으로 뛰어들었다.

그녀의 입에서는 이젠 숨넘어가는 소리가 나왔다. 방도 마찬가지였다. 옷장은 아예 까뒤집어놓은 것처럼 속이 텅 비었다. 거기서 쏟아진 옷들과 잡화들이 방바닥에 쌓여 있었다. 경대는 거의 분해가 됐으며 구석에 있는 장식장은 험한 꼴로 쓰러져 있었다. 너무나 기막힌 장면이라 숨을 제대로 내쉬지 못했다. 옷가지들 위로 털썩 주저앉았다.

한참을 그렇게 있다, 갑자기 물세례를 맞은 듯 정신이 번쩍 들었다.

5년 전에도 집에 도둑이 든 적이 있었다. 그때를 생각해보면 이건 도둑의 소행이 아니었다. 지금 이 상황은 물건을 훔치겠다는 게 아니라 집 안을 뒤집어놓겠다고 작정하고 한 짓이었다. 생각이 거기에 미치자 밖의 수상쩍던 남자들이 떠올랐다. 그리고 곧바로 진구의 미심쩍은 행동도, 3천백만 원도, 뜬금없는 그림도…….

그녀는 큰일이 터진 거라고, 바로 진구가 저질렀을 것이라고, 그게 발각된 게 분명하다고 직감했다. 자리에서 벌떡 일어났다. 무언가를 해야 한다는 생각해 몸을 일으켰지만 무얼 해야 할지 알 수 없었다. 손톱을 물어뜯으며 안절부절못하다가, 다시 천천히 그 자리에 앉았다.

침착하고 냉정해야 했다. 수상한 것은 진구만이 아니었다.

이치대로라면 지금 집에는 경찰이 들이닥쳐야 했다. 그런데 집 밖에는 조폭 같은 남자들이 서 있고, 집 안은 엉망이 되어 있다. 상식적인 일이 아니었다. 무슨 일이 어떻게 돌아가는지 도무지 알 수가 없었다. 한 가지만 확실했다. 빨리 집에서 빠져나가야 한다. 밖으로 나가 어떻게든 진구를 만나 자초지종을 들어야 한다! 언제고 부닥칠 일이라고 여겼지만 너무 빨리 온 게 아쉬웠다. 오늘 단

하루의 행복과 맞바꿔야 할 불행의 총량이 어느 정도일지 섬뜩해졌다.

문으로 향했다. 우뚝 발걸음을 멈췄다. 바깥의 남자들도 결코 안심할 수 있는 사람들이 아니었다. 만약 자신과 진구가 같이 산다는 사실을 알고 있다면 어떤 해를 끼칠지 몰랐다. 아니다. 그럴 거라면 조금 전 집으로 돌아오는 길에 행동을 개시했을 것이다. 지금이라도 당장 들이닥치지 이렇게 지체할 리 없었다. 아니다, 혹시 또 모른다. 자신이 어떻게 나오는지 좀 더 지켜보려는지도.

문 앞에서 이러지도 저러지도 못하는 그녀의 눈에 낯선 게 보였다. 냉장고와 벽 사이에 모아 놓는 폐지나 종이 쇼핑백들 사이로 금색 포장지가 반짝였다. 한눈에 봐도 굉장히 고급스러운 포장지였다. 이 집에 사는 세 사람은 그런 포장지를 쓴 적도 없고 쓸 일도 없었다.

벽 사이에서 꺼내다가 펼쳐보았다. 꼼꼼하게 접어 넣어둔 걸 보니 기호가 그랬을 것이다. 그런데 포장지를 다 펼친 순간, 무언가 툭 떨어졌다. 포장지와 똑같은 금색 봉투였다. 재빨리 봉투를 집어 안을 열었다. 편지가 들어 있었다. 열어 보면 안 될 것 같은 기분이 들었지만 손이 먼저 봉투에서 편지지를 꺼내 펼쳤다.

　　서민왕 대표 귀하

　　건강하시고 가내 두루 평안하신지요.
　　서대표의 활동은 여러 경로를 통해 듣고 있소. 한민족당 대권 후보로서 서대표의 활약에 아낌없는 격려를 보내고, 부디 서민의 왕이 되는 꿈을 이루기 바라오.

내 직접 인사를 드리러 가야 하나, 아시다시피 아직 운신의 폭이 넓지 않소. 여전히 보는 눈들이 많아 도움주신 분들께 식사 한 끼, 전화 연통 한 번 제대로 하지 못하는 처지요.

허나 내 여건을 구실로 서대표의 은덕에 마냥 고개를 돌릴 수만은 없는 터, 약소하게나마 작은 성의를 표하오. 이는 작년 내 처지를 이해하고 도와준 데 대한 보은이자, 대권 후보로서 다망한 활동에 힘을 실어주고자 하는 내 순수한 마음이요. 모쪼록 아무 사심 없이 거둬주시길 바라오.

시간이 지나 상황이 좀 나아지면 내 직접 찾아뵙고 인사드리리다. 다시 한 번 감사드리고, 앞으로도 지속적인 관심 부탁드리오.

박노수 배상

추신: 〈불타는 꽃밭〉에 대해서는 이관장이 자세히 설명해드렸을 것이오. 그림의 처리 또한 이관장에게 부탁해놓았소. 이 편지는 읽은 후 소각해주기 바라오.

소미는 심장이 멎는 것만 같았다. 이런 식의 충격은 난생 처음이었다. 두드려 맞은 충격이 아니라 물속으로 다리를 쑥 잡아끌어 가슴이 철렁 내려앉는 기분이었다. 서민왕과 박노수. 이 나라에 이들을 모르는 사람은 없었다. 서민왕은 여당인 한민족당 대표이자 차기 대권 후보로, 얼마 전 조사에서 '여성이 뽑은 가장 죽이고 싶은 남자' 1위에도 올랐고, 박노수는 대기업인 세계그룹 회장으로 잊을 만하면 한 번씩 문제를 일으켜 언론에 오르내리는 인물이었다.

머릿속에 뱅뱅 돌던 의문들이 제자리를 찾아가며 짜 맞춰지고 있었다. 여전히 확실하진 않아도 진구가 저지른 큰일을 전보다 구체적으로 파악할 수 있었다.

그녀는 편지를 주머니에 구겨 넣고 싱크대로 갔다. 망설이기만 했던 그녀는 이젠 주저함이 없었다. 싱크대 위에 작은 창이 나 있었다. 그 창을 열고 나가면 마른 사람 하나 간신히 지나갈 수 있는 좁은 길이 나온다. 그 길은 주변에 다세대 주택이 다닥다닥 붙어 있어 자연스럽게 생긴 곳으로, 뒷길로 이어진다. 싱크대로 올라가 창문을 열었다.

쾅, 쾅, 쾅.

그때였다. 누군가 문을 세차게 두드렸다. 밖에 있던 남자들이 분명했다. 서둘러 창문 안으로 몸을 밀어 넣었다. 집이 반 지하에 있어 몸이 유연하지 않으면 벽에 막혀 움직이기 힘들었다. 몸을 휠 수 있는 데까지 휘어 간신히 창문을 빠져나왔다. 이젠 문을 두드리는 소리가 아니라 무언가로 문을 부수는 소리를 들을 수 있었다.

그녀는 뒤도 돌아보지 않고 좁은 길을 빠져나와 뒷길로 들어섰다.

뒷길로 나오자마자 죽을힘을 다해 달리기 시작했다. 내 집에서 도망가는 기분은 말도 못할 만큼 참담했다. 모든 걸 버리고 몸만 달아나는 비참함이란 게 이런 거구나, 알 것 같았다.

힐끗힐끗 돌아보며 틈틈이 확인했다. 그녀가 향하는 곳은 미용실이었다. 집이 저 지경이 된 걸 보면 미용실도 곧 폭격을 맞을 것이고, 그 전에 걸어놓은 그림을 떼어내 숨겨야만 했다. 훔친 그림을 왜 숨겨야 하는지 그녀 자신도 잘 몰랐다. 본능이, 소미 네가 지금 할 수 있는 건 그것밖에 없다고 밀어붙이는 기분이었다. 지금 상황에서는 그것만 믿기로 했다. 지금 믿을 게 그것밖에 없다는 게 너무도 외롭고 두려웠다.

단숨에 미용실에 도착했다.

핸드백에서 열쇠를 꺼냈다.

손이 부들부들 떨려 열쇠구멍을 찾는 데 애를 먹었다. 미용실 안으로 들어가자마자 곧바로 벽에 걸어놓은 그림을 떼어냈다.

바로 미용실을 나와 문을 닫아걸었다.

그림을 옆구리에 끼고 다시 달렸다. 신촌 로터리 뒤편까지만 가면 될 것 같았다. 거긴 모텔 밀집 지역이었다. 일단 모텔로 피한 후 오늘 벌어진 일을 차분하게 생각하기로 했다. 그러나 실은 빨리 온몸을 안전하게 쓰러뜨릴 곳이 간절하게 필요했다. 맥이 다 빠져서 견딜 수가 없었다.

신촌 로터리에 이르러서는 더 이상 달리지 않았다. 자정이 넘은 시각에 여전히 번화한 신촌 한복판을 달리면 눈에 더 잘 띌 것이다. 그녀는 편의점에 들러 대형 쇼핑백을 구입해 그림을 담고, 종종 걸음으로 모텔 밀집가로 들어갔다.

가장 후미진 곳에서도 가장 눈에 안 띄는 모텔을 찾았다.

방을 받아 안으로 들어가자마자 침대 위로 쓰러졌다. 침대에 닿은 가슴의 요동이 엄마 잃은 아이의 울음소리처럼 절박하게 느껴졌다. 제정신으로 여기까지 온 것 같지 않았다. 태어나서 처음

무지막지하게 쫓겨보는 경험이었다. 돈에 쫓기더니 이젠 직접 쫓기게 생겼다. 몸살이라도 날 것처럼 온몸이 뜨거워졌다.

숨이 많이 진정되자 천천히 몸을 일으켰다. 테이블 위의 생수를 따서 단숨에 들이켰다. 몸은 기진맥진인데 이상하게도 머릿속은 필름을 천천히 거꾸로 돌리고 있었다. 차근차근 상황을 복기하고 있었다.

살아오면서 속상하고 화나고, 때로는 충격을 받은 일들은 그야말로 숱했다. 마치 고난이라는 상대편과 배드민턴을 치는 것처럼 고통의 깃을 펄럭이며 고난은 수시로 네트를 넘어왔다. 그때마다 그녀는 잘 받아쳤다.

세상물정 모르는 소녀였지만 노련한 시장 상인들 사이에서 주눅 들지 않고 꿋꿋하게 일했다. 서울에 와서도 터무니없는 대우, 자존심 뭉개는 처우엔 당당하게 맞서 싸웠다. 진구와 기호가 사고를 칠 때도 모든 뒤처리를 다 해줬다. 엄마가 쓰러지고 나서도 정신을 놓거나 하지 않았다. 최근에는 악질 사채업자인 양아치의 비열한 횡포도 견뎌냈다.

하지만 이건 아니었다. 그동안의 사건은 그녀가 담긴 그릇 안에서 벌어진 일이었다. 지금 벌어지고 있는 일은 자신의 그릇으로 담기엔 한참 벗어난 용량이었다. 아니, 아예 차원이 달랐다.

세계그룹 박노수 회장과 한민족당 서민왕 대표라니. 거기에 그림까지. 안드로메다은하가 어디쯤 있는지는 몰라도 그런 델 온 것 같았다.

그렇다고 지구로 돌아오지 않을 수는 없는 일이다. 진구와 기호. 이건 두 사고뭉치만의 문제가 아니었다. 그 두 사람의 일은 바로 자신의 일이었고, 또 병원의 엄마까지 연결되는 것이기도 했다. 박노수와 서민왕이라는 어마어마한 사람이 개입된 채로 엄연히 존재하는 대사건이었다. 감당도, 용납도 안 되는 일이란 바로 이런 것을 두고 하는 말일 것이다.

두려웠다. 온몸이 뜨거운데 그 속은 얼어붙을 것처럼 으슬으슬 추웠다. 이대로 잠들고 싶어도 감각이 얼마나 겁먹었는지 팽팽하게 긴장하는 통에 정신만 말짱해졌다. 온몸이 땅 속에 파묻히고 얼굴만 내밀고 있으면 이런 기분일까, 따끔한 통증들이 발끝에서, 손끝에서, 머리끝에서 스멀스멀 기어들었다. 먼저 자초지종을 알아봐야 한다는 생각이 들었다.

누운 채로 핸드백을 더듬어 핸드폰을 꺼냈다. 진구에게 전화를 했다. 하지만 받지 않았다. 몇 번이나 더 시도해보았지만 연결되지 않았다.

도대체 뭘 하고 있는 걸까? 이렇게까지 전화를 안 받는 경우는 드물었다. 몇 번이나 더 송신을 해보았지만 마찬가지였다.

후우…….

한쪽 벽에 검은색 PC 모니터가 눈에 들어왔다. 그걸 보자 별안간 차분해졌다. 안드로메다에서 지구로 돌아갈 수 있는 게이트를 찾은 기분이었다. 그녀는 심호흡을 한 다음 엉금엉금 기어 PC로 다가가 게이트를 열어줄 버튼을 눌렀다.

3

 박노수 회장은 세계그룹 사옥에 마련된 접견실에서 이사벨 관장과 나준모 비서실장이 동석한 가운데 교양일보 경제부 기자와 인터뷰 중이었다. 오전 10시부터 진행되어, 화제는 주로 금년도 세계그룹 전자 분야의 러시아 진출이었다가, 자연스럽게 최근의 이슈로 넘어갔다. 좀 민감한 부분을 포함하고 있었다.
 "……작년 세계그룹 불법 비자금 사건 말인데요, 아직도 검찰이 봐주기 수사로 일관했다고 믿는 데가 많습니다. 야당, 시민단체, 일부 언론사들이요. 사회노동당 양기만 의원이 근거라고 제시한 리스트 있잖습니까. 세계그룹으로부터 수년 간 뇌물을 받았다는 정관계와 검찰, 심지어 청와대 인사들 리스트까지 공개한 거요."
 기자의 질문이 투박하면서도 조심스러웠다.

"리스트, 리스트, 리스트…… 도대체 그 리스트라는 게 뭐요? 우리 그룹과 관련된 정체불명의 리스트들이 많이 떠돈다는데, 그 가운데 진실로 밝혀진 게 어디 있소. 리스트라는 건 그 자체에 의미가 있는 게 아니라 거기 거론된 사람들이 리스트와 관련된 사실을 시인하느냐, 안 하느냐에 의미가 있는 거요. 그런데 정작 본인들은 기가 막혀서 말할 가치도 없다잖아요. 양의원도 말만 요란했지 구체적인 증거를 제시하지는 못하잖소. 그런 리스트야 사무실에서 컴퓨터로 얼마든지 만들 수 있는 거요. 난 그런 터무니없는 중상모략에 이미 질릴 대로 질렸고, 이젠 차라리 무심한 상태요."

"그 건에 대해서는 단호한 입장이시군요. 이왕 리스트 얘기가 나왔으니 말인데, 다시 '박회장의 그림창고와 40점의 그림'이 화두에 올랐습니다. 세계그룹과 관련된 건들은 시간이 지나면서 서서히 잊히는데, 유독 이 문제는 사그라지지 않습니다. 이에 대해서도 같은 입장인가요?"

"허허허, 그 알리바바와 40인의 도적 이야기요? 허허허."

박회장은 어처구니없다는 듯 웃고는, 이사벨을 쳐다보았다.

"이관장이 대답해주지. 아무래도 전문적인 설명이 필요할 테니까."

이사벨은 준비하고 있었다는 얼굴로 자신만만하게 입을 열었다.

"작년에 GN TV의 오…… 무슨 기자였죠?"

"오타 기자요."

"그래요, 오타 기자. 이미 GN TV의 오타 기자의 보도가 오타였다는 사실은 검찰에서 다 밝혀졌죠."

농담으로 운을 뗐다.

"사실 그 주장은 처음부터 틀린 가정에서 출발한 거예요. 오기자는 세계그룹이 비자금 5천억 원을 조성해 고가의 그림 마흔 점을 비공식적으로 구입했다며 그림 리스트를 공개했지만, 비자금 5천억 원이라는 것 자체가 없었다는 게 검찰의 수사 결과였어요. 오기자의 논리는 거기서 다 무너진 겁니다. 설사 그 가정이 맞다 해도 그래요, 그 돈으로 세계적인 명화 마흔 점을 비공식적인 루트로 구입했다는 주장은 말이죠, 이건 그림의 구입 경로를 조금이라도 아는 사람들에겐 소설 속에서나 가능한 이야기예요. 그 정도 수준의 그림이라면 한 점을 구입하는 데도 수십 장의 서류가 움직이는데 마흔 점이나 구입하려면 파일 몇 개 분량의 서류가 여기저기 흔적처럼 남아 있어야 하니까요. 근데 아무 근거도 제시하지도 못했고, 검찰도 찾아내지 못했잖아요?"

"거기에 이사벨 관장님이 개입됐다고 주장했습니다. 크고 작은 여러 갤러리와 차명계좌를 이용해서요."

"오기자는 제가 총 지휘해서 움직였다는 갤러리들과 차명계좌에 대해서도 '그랬을 것이다'는 추정이었지 확실한 근거를 제시하지 못했어요. 당연히 검찰 수사에서도 사실무근으로 밝혀졌고요. 오기자가 그 갤러리들한테 고소까지 당한 것 아시죠? 근거가 없으면 지금 이 자리에서 제가 그 사실을 시인해도 유죄 성립이 안 되는 세상인데, 가설 수준의 스토리를 그렇게 대담하게, 마치 혼자 엄청난 사실을 발견한 것처럼 떠들었는지 모르겠어요. 이건 한마디로 특종 지상주의라는 욕망의 끔찍한 파멸이 어떤 건지 보여준 거예요. 결국 그 사람, 거짓 기사 때문에 방송국에서 쫓겨났고,

지금은 폐인이 다됐다고 들었어요. 사필귀정이죠."

"최근 그 목록의 그림 몇 점을 박회장님과 두 아드님의 저택, 별장 등지에서 본 사람들이 있다던데요?"

"저도 그 내용들 유심히 살펴봤는데, 그런 주장을 한 사람들 보니까 평소 그림엔 별 관심도 없던 사람들이더군요. 그런 사람들이 그림을 혼동하는 수가 많죠. 한 작가가 그린 그림 가운데서도 비슷한 작품들이 많고, 여러 점의 같은 작품을 만들어 제목만 바꾸는 경우도 있고, 비슷한 작품을 같은 제목으로 발표하는 경우도 있어요. 특히 추상회화나 현대회화는 그 경향이 더 심합니다. 저 그림을 보세요."

이사벨은 벽에 걸린 그림을 손가락으로 가리켰다.

"저 그림은 회장님이 소장하고 있는 추상회화의 거장 칸딘스키의 그림입니다. 그런데 오기자의 목록에도 칸딘스키의 그림 두 점이 있죠. 아마 기자님도 인터넷에서 떠도는 오기자의 리스트를 보셨을 거예요. 인터뷰 끝나고 돌아가셔서 다시 검색해 찾아보세요. 저 그림과 쉽게 구분하지 못할 겁니다. 그럼 그때 이렇게 이야기하는 거죠. 이 그림, 박회장님 접견실에서 봤다고요. 이야기가 이렇게 된 거라고요."

이사벨은 한술 더 떴다.

"어떤 가수의 노래가 표절이라고 주장할 때 어떻게 하나요? 그냥 표절했다고 일방적으로 주장하지 않잖아요. 표절한 곡 한 소절 한 소절 일일이 다 분석해서 공개하잖아요? 대중가요를 갖고도 그렇게 해요. 그것도 대부분 젊은 애들이요. 그런데 아까 말씀하신 그림을 봤다는 사람들 주장을 보면 다 눈어림으로 짐작하고 하는 말이에요. 신중해야 할 어른들이 그러면 안 되죠. 또 그 말을 아무런 의심 없이 그대로 기사화하는 언론사나, 그걸 정치적으로 이용하려는 정치인들도 마찬가지고요."

"세계미술관 어딘가에 있다는 그림창고의 존재도 부정하시겠군요? 그림 마흔 점이 통째로 보관되어 있다는."

이사벨은 피식 웃었다.

"오기자의 그림창고 얘기는 동화예요. 작년 가을 그 건으로 검찰에서 우리 세계미술관을 샅샅이 수색했잖아요. 그때 미술관을 부수려고 작정한 줄 알았어요. 그런데."

이사벨은 두 손을 옆으로 활짝 펴며 아무것도 없었다는 제스처를 했다.

"그럼 이관장님은 왜 이런 루머들이 여전히 퍼지고 있다고 생각하십니까?"

"좀 솔직해지죠. 대기업 일가에 대한 관음증에 가까운 욕망 아닌가요? 일반인들이 비자금 조성이니 미술품 돈세탁이니 그림창고니, 이런 말들에 관심이 있었나요? 그게 뭔지도 모르는 사람들이 더 많을걸요. 그보다는 자신과 다른 사람들, 평범한 나와는 다른 특별한 사람들의 숨겨진 이야기를 들추어내고 안주 삼아 떠들고 즐기는, 일종의 '변형된 연예인 스캔들'에 가깝다고 봐야죠."

"변형된 연예인 스캔들이라······."

"네, 잘 들여다보세요. 매일 생산되는 흔하디흔한 연예인 스캔들과 같은 구조잖아요······. 제가 부탁드리고 싶은 건, 대기업이 미술에 관심을 쏟아 부으면서 파생되는 긍정적인 측면에 관심을 기울여달라는 거예요. 세계미술관만 해도 많잖아요. 얼마나 많은 작가들을 지원하고 그 작품들을 구매하는지, 우리나라 미술 교육에 얼마나 많이 투자를 하고 있는지, 외국에 나가서도 보기 힘든 훌륭한 전시회를 얼마나 자주 열고 있고 해외 유수의 작가들의 작품들도 얼마나 소장하고 있는지, 이런 것들 말이에요. 세계그룹은 기업의 메세나(mecenat) 활동에 다른 어느 그룹보다도 적극적이라는 사실을 이젠 좀 알아주셨으면 해요."

이젠 미술품 돈세탁에 대해서라면 이사벨은 기자를 구워삶을 수준이 되었다. 경험 부족으로, 작년만 해도 기자들과 인터뷰를 할 때 유도질문에 말려 해서는 안 될 말까지 흘리는 경우가 많았다. 인터뷰를 하도 많이 하다보니까 관록이 붙어 오히려 여론에 항변하거나 입장을 포장하는 여유를 부렸다.

스캔들만 관심 있는 기자들은 그런 말을 주절주절 늘어놓으면 노골적으로 무관심한 태도를 보인다. 하지만 상관없었다. 그 말은 그딴 질문은 더 이상 하지 말라는 신호였고, 기자들은 그 신호를 잘 알아먹었다.

"아, 네…… 세계미술관에 관련된 이야기는 여기까지 하고요, 다시 그룹 경영에 관한 얘기를 계속 나눠보도록 하겠습니다. 금년 세계그룹에서는 터키에 세계제일백화점 분점……."

인터뷰는 이후 세계그룹의 신규 사업과 프로 야구단 창단 계획으로 넘어갔다. 세 시간 가까이 진행된 인터뷰는 신미자의 자선사업을 끝으로 마무리되었다.

인터뷰가 끝나고 나실장이 기자를 배웅하러 나가자, 박회장은 과도한 운동을 끝내고 하는 스트레칭 동작을 몇 가지 섞어 몸을 흔들었다.

"이젠 인터뷰도 힘들어 못하겠어……."
"고생 많이 하셨어요, 회장님."
이사벨이 박회장을 위로하듯 말했다.
"저 자식도 겉으로는 그룹 경영에 대해 인터뷰하는 것 같지만 결국은 비자금과 미술품 얘기를 떠보고 싶었던 거야. 아무튼 기자 새끼들이란!"
"신경 쓰지 마세요, 회장님. 어떻게든 주목 받는 걸 건드려보는 거예요. 언론사야 늘 그랬잖아요."
"그런데 좀 이상하지 않나? 그동안 뜸했던 언론사 인터뷰가 다시 들어오기 시작하고. 다음 주와 그 다음 주에도 하나씩 잡혀 있다며? 혹시 이것들이 뭔가 눈치 챈 건 아닐까?"
"하하, 너무 과민하세요. 아마 세계미술관 개관 10주년 기념전 때문에 그럴 거예요. 쟤네들이 알면 뭘 알고 있겠어요. 그리고 옆에 제가 있잖아요. 제가 다 알아서 할 테니까 걱정하지 마세요."
"그래, 난 이사벨밖에 없어."
박회장은 징그럽게 히죽거리며 이사벨의 손등에 손을 얹었다. 이사벨도 박회장의 손등에 손을 얹고 살살 쓸어주었다.
그때 배웅하러 나갔던 나실장이 들어왔다. 박회장이 손을 빼며 물었다.
"돌아갔나?"
"네, 회장님."
"돈은 건넸고?"
"네, 넙죽 받아먹던데요."
"더러운 종자들……. 참, 강사장한테서 새로운 기별은 없었나?"

"네."

"도대체 뭘 이렇게 꾸물거리는 거야! 벌써 3일이나 지났는데. 그 자식들이 누구고 어디 사는지도 다 파악이 됐다고 했잖나!"

박회장은 갑자기 언성을 높였다.

"고정하십시오, 회장님. 회장님께서도 잘 아시겠지만 강사장이 생긴 것과 달리 신중한 사람입니다. 확실하게 상황이 만들어지지 않으면 결코 몸을 움직이지 않죠. 아직 그림을 갖고 간 절름발이가 나타나지 않아 계속 지켜보는 듯합니다."

"절름발이 하나 못 잡아 쩔쩔매고 있다니, 쯧."

"회장님, 전 서대표한테 가볼게요."

이사벨이 일어나며 말했다.

"아, 그래. 빨리 가봐. 어제 말한 대로 개관 10주년 기념전 때문에 그림 정리가 필요해서 한 일주일 정도 늦어질 거라고 해. 서대표가 보기보다는 자잘한 사람이라 괜한 오해를 살 수 있으니까 잘 말해야 할 거야."

"네."

"나실장, 자네가 같이 가주지. 또 뭔 일이 터질지 아주 불안불안해."

"알겠습니다, 회장님."

이사벨은 박회장에게 깍듯이 인사하고 물러났다.

그 뒤에 딱 달라붙어 나실장이 뒤따라 나갔다.

박회장은 소파에 몸을 깊이 파묻고 만사가 다 귀찮다는 듯 눈을 감았다.

그는 기자라면 이를 갈았다. 그들은 잊을 만하면 한 번씩 세계그룹의 탈법과 비리 사실을 파헤쳐 자신을 곤경에 빠트렸다. 작년엔 미술품 돈세탁 문제로 세계그룹 역사상 가장 큰 곤혹을 치렀다. 바로 전 GN TV 기자 오타의 작품이었다.

도대체 어디서 정보를 입수했는지, 그는 박회장과 이사벨이 벌인 일의 거의 핵심까지 손끝이 닿을 뻔했다. 결정적인 자료가 안 나왔고, 그동안 쌓아 놓은 정관계와 검찰 쪽 인맥을 총동원해 막았으니 망정이지 안 그랬으면 세계그룹은 멸망했을지도 몰랐다.

박회장은 오기자의 폭로 이후 온 국민이 자신과 세계그룹에 퍼부은 비난의 화살, 아니 비난의 융단 폭격을 잊을 수 없었다. 국민들의 욕을 먹는 건 어제 오늘 일이 아니었지만, 작년에는 너무도 화가 나 군대가 있었으면 이 나라를 다 깔아 뭉개버리고 싶을 정도였다.

이 나라처럼 부자를 삐딱한 시선으로 보는 덴 전 세계 어디에도 없다. 가난한 게 죄가 아닌 것처럼 돈 많은 것도 죄가 아니라는 건 세계적으로 공통된 인식이다.

특히 대기업과 관련된 모든 일에는 거의 히스테리에 가까운 반응을 보인다. 그러다보니 대기업 총수 일가는 완전히 죄인 취급을 받는다. 그러면서도 저희들은 악착같이 돈을 벌어 부자가 되려고 한다. 못난 놈들.

작년 온 국민이 퍼부었던 비난에 사회 정의라는 말이 빠지지 않았지만 실은 시샘과 질투를 그럴싸하게 포장한 데 지나지 않았다. 사회 정의는 개뿔. 자기들은 능력이 안 돼 그런 짓을 하고 싶어도 못하는 게 아닌가. 국민들은 어떻게 하면 재벌이 망해 거지가 되는 꼴을 볼 수 있을까, 하는 것뿐이지 정의니 도덕이니 하는 것 따위는 애당초 관심도 없다.

　국민들은 이 점은 분명히 알아야 한다. 이 나라 10대 대기업이 국민 3분의 2를 먹여 살린다는 사실을. 대기업의 횡포가 심하다고 하지만, 대기업이 없었다면 이 나라는 1950년 전쟁 직후와 크게 달라지지 않았을 것이다. 또 대기업 때문에 스포츠를 즐기고, 문화를 즐기고, 대기업 때문에 국위선양도 하고, 대규모 자선 사업도 가능하다는 사실을 잊지 말아야 한다. 그럼 고마운 줄 알아야지.

　재작년 송죽그룹에서 프로 야구단을 해체했다. 팬들이 그룹에서 투자를 안 한다느니 선수들을 노예 계약으로 묶어두었다느니 연일 시끄럽게 시위를 벌이자 구단 운영을 안 하고 말겠다며 공중 분해시켜버렸다. 그런데 어처구니없게도, 그때부터 팬들이 두 번 다시 시끄럽게 안 하겠으니 제발 해체는 하지 말라고 또 다시 시위를 벌였다. 국민들이란 원래 천한 족속들이다. 그렇게 당하고 나서야 대기업이 등을 돌리면 자기들만 손해라는 사실을 뒤늦게 깨닫는 것이다.

　검찰에서 무죄 판결을 받았지만 국민들은 오기자가 폭로한 내용이 사실이라고 믿고 있다. 그래서 여전히 세계미술관이 세계그룹 비자금 돈세탁의 아지트라고 욕을 한다.

　세계미술관은 세계 30대 미술관 가운데 하나다. 이미 이 나라의 훌륭한 문화유산이자 자랑거리가 되었다. 수백 명의 국내 작가들에게 창작 지원금을 주고, 세계적인 국내외 작가들의 작품을 꾸준히 구입하고 소장하고 있으며, 지속적인 연구로 미술계에 적지 않은 업적을 남겼다. 이런 수준의 미술관은 이 나라에 세계미술관

밖에 없다. 이런 미술관이 없다면 국민들만 손해다.

그런데 욕을 해? 사람에게는 아량이라는 게 있다. 그동안 세계그룹에서 나라 발전을 위해 기여한 혁혁한 공로를 생각한다면, 안정된 경영을 위해 비자금을 좀 모아놓는 사소한 행위 정도는 관대하게 봐줘야 한다. 이 나라 미술계에 미친 세계미술관의 엄청난 영향을 인정한다면, 그림 수십 점으로 유용한 비자금 만든 걸 욕할 게 아니라 오히려 그 '예술적 방법'에 박수를 보내줘야 한다. 그게 매너 있는 국민들의 자세다.

기자들과 만나고 나면 늘 이렇게 불쾌하기만 했다. 대기업을 악당으로 몰아붙이는 기자들과 그 기자들의 선동질에 놀아나 자신들의 박복한 인생을 화풀이하듯 대기업에 욕을 퍼부어대는 국민들. 도난당한 그림 때문에 신경이 곤두설 대로 곤두서서 그런지 그런 일들이 견딜 수 없을 정도로 짜증이 났다.

감은 눈꺼풀이 파르르 떨렸다. 박회장은 악몽에 시달리는 듯 소파에서 몸을 뒤척거렸다.

4

H·P·L·O·V·E·C·R·A·F·T

정확히 일치하는 그림, 한 자도 틀리지 않은 영문 스펠링. 소미는 손이 떨려 더 이상 자판을 두드리지 못했다.

어젯밤 모텔에서 진구에게 전화한 게 백 통이 넘었다. 급한 일이 생겼으니 전화하라는 문자도 수십 통 날렸다. 춘천의 친구나 지인들에게도 하나씩 연락하다 보니 '진구 발견, 즉시 연락'이라는 통신망이 저절로 짜여졌다. 하지만 진구의 위치는 오리무중이었다.

소미는 연락하는 틈틈이 PC에서 세계그룹을 검색해보고, 특히 그림과 관련된 기사들을 집중적으로 찾아 훑었다.

그러던 중 작년에 국민적 영웅으로 떠올랐던 GN TV 오타 기자의 기사도 발견했다. 오기자가 전격 공개해 나라를 발칵 뒤집었던 '박회장의 그림창고와 40점의 그림'이었다.

그녀는 글에서 밝힌 그림 리스트와 실제 그림들을 하나씩 찾아보고는 경악했다. 리스트에 오른 그림 가운데 진구가 훔친 그림이 있었다.

그가 훔친 그림은 미국의 화가 하워드 필립스 러브크래프트 (Howard Phillips Lovecraft)가 1923년에 발표한 〈불타는 꽃밭〉이란 작품이었다. 그녀는 눈을 비비고 그림을 꼼꼼하게 비교했다. 하단부 오른쪽에 있는 영문 사인도 차이가 있는지 살폈다. 틀림없이 러브크래프트의 〈불타는 꽃밭〉이 맞았다.*

그녀는 자꾸 가빠오는 가슴을 쓸어내리며 '박회장의 그림창고 40점의 그림 집중 분석'이라는 기사를 읽었다.

……리스트 서른두 번째 올라 있는 〈불타는 꽃밭〉은 27살에 요절한 미국의 천재 화가 러브크래프트의 첫 번째 작품으로, 미술시장 시세가로는 대략 천만 달러, 우리 돈으로 100억 원에 달한다고 한다. 하지만 이 그림의 실제 가치는 이보다 2~3배 높다는 게 일반적인 견해다. 〈불타는 꽃밭〉은 2007년 익명을 요구하는 한 영국인 사업가가 구매한 것으로 알려져 있다…….

소미는 박노수 회장의 편지도 꺼내 다시 읽었다. 추신으로 덧붙인 메시지를 이젠 정확히 해석할 수 있었다.

---

* 가상으로 설정한 화가와 작품명.

······〈불타는 꽃밭〉에 대해서는 이관장이 자세히 설명해드렸을 것이오. 그림의 처리 또한 이관장에게 부탁해놓았소. 이 편지는 읽은 후 소각해주기 바라오······.

이관장이라면 세계미술관 관장인 이사벨일 것이다. 그렇다면 진구와 이사벨, 아니 보나마나 기호도 같이 있었을 테니 두 사람과 이사벨 사이에 어떤 일이 벌어졌는지, 또 집 안은 왜 그렇게 됐는지, 그리고 낯선 남자들은 정체가 뭔지 대강 추리해낼 수 있었다.

그때 핸드폰 벨이 울렸다. 하도 긴장한 탓에 몸이 들썩일 정도로 놀랐다. 더욱이 발신번호도 낯선 것이었다.

전화를 받아야 하나 말아야 하나······. 혹시 어제 그 남자들? 경찰이면 어떻게 하지? 진구를 찾고 있으면? 불길한 생각들이 짧은 순간 머릿속을 휙휙 날아다녔다. 불빛을 깜박이는 핸드폰이 열 번쯤 울었을 때, 과감하게 전화를 받았다.

"······여보세요?"

목소리가 떨리다 못해 물 먹은 것처럼 가르랑댔다.

"소미니? 나야, 진구."

진구였다. 지금 시각이 오후 1시니까, 거의 12시간 만에 연락이 되었다. 그 목소리가 절명의 순간 희미한 구조신호를 알아차린 생명의 은인 같았다.

그러나 5초쯤 더 지나자, 자신을 죽기 직전까지 몰아넣은 게 바로 그 생명의 은인이라는 걸 알았을 때의 어마어마한 분노로 바뀌었다.

그러나 입을 꽉 다물었다. 욕이 목구멍에 딱 걸린 채 바동거렸다. 악 지르는 소리가 튀어나오려는 걸 간신히 막았다. 목소리만으로 진구의 멱살을 잡을 수는 없었다. 성대가 핏대를 세우고 욕이 튀어나가도록 내버려두면 어떻게 될까? 전화가 바로 끊어질 것이다. 그리고 진구는 숨어버릴 것이다.

"······어디 있었어. 내가 전화를 얼마나 했는지 알아? 문자도 많이 날리고."

소미는 말하는 내내 이마의 양 옆을 꽉 누르고 있었다.

"그래? 미안해. 아 씨, 핸드폰을 잃어버렸어. 그래서 혹시나 해서 전화해본 거야. 전화 잘했네. 별일 없지?"

별일 없냐고? 지금 별일 없냐고 묻고 있는 거냐!

"진구야, 기호 데리고 빨리 올라와야겠다. 저기······ 엄마가 많이 아파······. 너하고, 특히 기호를 보고 싶대."

슬픈 감정을 섞어보려고 했지만 자기도 모르게 이를 갈면서 말하고 있었다.

"정말? 위독하신 거야?"

"그런 건 아닌데······ 좀······ 여러 가지로 힘드신가 봐. 그러니 빨리 올라와. 두 사람 얼굴을 너무 보고 싶어 해."

"알았어. 빨리 올라갈게!"

"진구야, 지금 바로 택시 타고 올 수 있겠니? 길도 뚫렸으니까 두세 시간이면 도착할 수 있을 텐데."

"알았어. 택시 타고 바로 갈게."

그녀는 손톱이 살을 파고 들 만큼 주먹을 움켜쥐고 부르르 떨었다. 아무리 급해도 진구는 춘천에서 서울까지 택시를 타고 올

위인이 아니다. 그런 그가 뭘 믿고 숨도 쉬지 않고 그렇게 하겠다고 대답했는지 짐작 가는 게 있었다. 도대체 얼마나 큰일을 저질렀고, 수중에 위험한 돈이 얼마나 더 있는 거냐! 또 다시 화가 치밀어 올랐다.

"곧바로 병원으로 가면 되지?"

"아니야! 저기…… 신촌에서 보자. 신촌마트 앞에서. 마트에서 반찬거리 몇 가지 사 갈 거거든. 거기서 만나 같이 가자."

"그래, 알았어."

"빨리 와. 기다릴게."

그녀는 전화를 끊고 핸드폰을 공중으로 쳐들었다.

어딘가로 속 시원하게 던져버리고 싶었지만 어디로도 손을 뻗을 수 없었다. 어디로도 손 내밀 데가 없었다. 감당할 수 없는 일을 손에 쥔 것이다. 던져버릴 수도 없는 위험한 물건이 손에 착 달라붙었다. 모든 게 산산조각 나는 미래가 어떤 모양일지 몰라도 그건 집어던진 핸드폰이 박살나는 것처럼 비참할 것이다. 소미는 눈에서 갑자기 눈물이 흘러내리는데도 닦고 싶은 생각이 조금도 들지 않았다.

3시간은 순식간에 지나갔다.

진구와 기호는 정말 춘천에서 택시를 타고 출발해 서울 신촌에 도착했다. 신촌마트 앞에서 내리는 두 사람을 보자마자 소미는 양손으로 둘의 귀를 틀어잡고 모텔까지 끌고 왔다.

모텔 방에 들어오자마자 두 사람을 바닥에 내팽개쳤다.

"왜 그러는 거야?"

"아, 아프잖아!"

귀를 비비며 볼멘소리를 한다.

"어머니한테 가자고 해놓고 여기는 왜 왔어?"

그녀는 한쪽에 세워둔 그림을 들고 와 침대에 책상다리를 하고 앉았다.

"너희 두 사람, 이제부터 솔직하게 말해야 해. 이 그림 어디서 난 거야? 그리고 내게 준 돈은?"

"내가 말했잖아, 돈은 친구한테 빌린 거고 그림은 길 가다가……."

"시끄러!"

그녀는 진구와 기호를 차라리 학교 운동장으로 데리고 갈 걸 그랬다고 후회했다. 앞에 끌어다 놓고도 속 시원하게 소리를 지를 수 없었다. 어젯밤을 통해 방음이 그다지 신통찮다는 걸 알았기 때문이다.

"그래, 너희들한테 이야기를 듣느니 내가 직접 하는 게 낫지. 지금부터 잘 들어. 내 말이 거의 맞을 거야. 너희 둘, 어딘가 주차해놓은 차에서 어떤 여자의 핸드백과 이 그림을 훔친 거지? 아니면 어설프게 강도짓을 하다 그랬던가. 아마 원래는 핸드백만 훔치려고 했을 거야. 그림은 그림인지도 모르고 그냥 들고 온 거고. 맞지?"

둘은 소미의 말에 눈을 휘둥그레 뜨고 돌조각처럼 굳어버렸다.

"이런 멍충이들아!"

둘은 깜짝 놀라 뒤로 반쯤 쓰러졌다.

"편의점에서 과자나 훔칠 주제들이 왜 그런 무모한 짓을 해! 너희들이 얼마나 큰일을 저질렀는지 알아!"

"……소미야, 어떻게……."

"내가 어떻게 알았는지 궁금한 거야? 너희 둘이 잡아끈 줄에 뭐가 매달려 나오는지 알고 싶어?"

그녀는 주머니에서 편지를 꺼내 눈앞에 들이밀었다. 어젯밤 집에서 일어났던 사달과 인터넷으로 알아본 사실 그리고 그걸 토대로 그녀가 추리한 내용에 대해 말해주었다. 하지만 두 사람은 잘 알아듣지 못하는 눈치였다.

"근데 누나, 그 사람들이 우, 우, 우리를 어떻게 안 거야?"

기호가 순진한 목소리로 물었다.

"너희들이 평소 하는 걸 보면 여기저기 뭔가 질질 흘리고 다녔겠지. 그래서 도둑질도 하던 애들이 하는 거야, 알아?"

그녀는 기호의 머리에 꿀밤을 먹이며 말했다.

"어쩐지…… 돈이 많이 들어 있다 했어."

옆에 있던 진구가 또 순진하게 말했다.

"돈? 참 나! 내가 한 말이 무슨 말인지 잘 모르겠어? 지금 그깟 돈은 문제도 안 돼. 그 여자는 그 돈 신경도 안 쓸 거야. 너, 이 그림이 얼마짜리인 줄 알아?"

그녀는 그림을 진구 코앞에 갖다 밀며 말했다.

"이게 말이야, 백, 아니 2백, 3백이나 하는 거란다."

"뭐? 이게 2, 3백만 원이나 해? 미쳤다."

"하…… 2, 3백만 원이 아니라 2, 3백억이야."

둘은 표정마저 순진하게 변했다. 가늠할 수 없는 숫자와 비교할 수 없는 가치가 둘의 머릿속을 깨끗하게 비워내고 있는 모양이었다.

"내가 장난치는 것 같지? 이렇게 진지하게 얘기하니까 진짜인 것 같기도 하고. 그래, 나도 처음에는 믿지 않았어. 근데 그게 그렇대. 이 그림 하나면 진구야, 네가 그렇게 타고 싶다는 벤츠 백 대, 잘하면 2, 3백 대까지 살 수 있어."

"네가 잘못 안 거 아니야? 무슨 그림 하나가."

"그러니까 대기업 회장이 대권 후보한테 뇌물로 주려고 한 거지. 게다가 이 안에는 편지까지 들어 있었어. 그 때문에 조폭까지 동원해 우리 집을 다 뒤집으며 찾으려 하는 거야."

여전히 두 사람은 공백의 상태에서 헤어 나오질 못했다.

"둘 다 이리 와봐. 백문이 불여일견이라고 했다."

그녀는 PC가 놓인 책상으로 가 앉았다. 진구와 기호도 그녀의 뒤로 가 나란히 섰다. PC를 조작하자 곧 모니터에는 활짝 웃고 있는 이사벨의 사진이 떠올랐다.

"이 여자 알아 몰라?"

두 사람은 못 볼 거라도 본 것처럼 깜짝 놀란 얼굴을 하다가, 말없이 고개만 끄덕였다.

"참 잘했다, 잘했어."

그녀는 한심하게 돌아보았다가 다시 인터넷을 검색했다. 그러자 이번에는 대여섯 사람들이 골프장에서 찍은 사진이 떠올랐다.

"자, 봐."

그녀는 그 중 한 사람을 손가락으로 가리켰다.

"이 사람이 세계그룹 박노수 회장이야. 우리나라에서 열 손가락 안에 드는 부자라고. 고위 공무원이나 정치인들과 짝짝꿍으로 부당 거래, 불법 상거래, 불법 비자금 조성, 탈세 같은 나쁜 짓을 많이 저질러 연예인보다 사람들 입에 더 많이 오르내리고 있지.

이번 일처럼 조폭들을 동원해 골치 아픈 일들을 처리하기도 하고, 전생에 무슨 원수를 졌는지 노조라고 하면 히스테리 반응을 보여 노동자들이 노조를 결성하니까 사제 폭탄을 사다가 사무실을 날려버리려고도 했어. 하여간 갖가지 방법으로 돈만 긁어모으고 행동도 불량스러운 악덕 기업주야. 너희도 이 사람에 대해서는 대충 들었지?"

그녀의 물음에 두 사람 모두 고개를 저었다.

"인터넷으로 야동이나 보고 게임이나 하지 말고 세상 돌아가는 것 좀 읽어보고 그래. 짜증나."

그녀는 한 번 온몸을 뒤흔들고는, 다시 손가락으로 사진을 가리켰다.

"박노수 회장 바로 옆의 이 남자가 첫째아들인 박이도. 이 사람은 알 거다. 몇 년 전 중학생 다구리 사건. 우리 TV 뉴스에서 그 이야기 듣고 한참 웃었잖아."

"어? 들어본 것 같기도 한데."

"몰라? 이 사람하고 다른 재벌 2세들 몇이 술 잔뜩 먹고 취해, 학원에서 집으로 돌아가는 중학생 세 명한테 괜히 시비 걸었다가 실컷 얻어터진 이야기. 근데 다른 재벌 2세들은 너무 쪽팔려 쉬쉬하고 있었는데, 박이도 이 사람은 아버지한테 일러바친 거야. 그래서 아버지가 조폭들 동원하고, 그것도 모자라 자기가 몰래 갖고 있던 러시아제 기관총까지 들고 가 중학생들이 공부하는 학원을 초토화시켰어."

"아! 알아. 이 사람은 다른 나라에서 도박하다가 걸리지 않았나? 뺑소니로 사람도 치어 죽이고."

"맞아, 아주 악질이야……. 그리고 바로 옆의 이 남자는 사이코 정신병자로 통하는 둘째 아들 박주도. 이유 없이 사람들을 패며 돌아다니는 사람이고."

"이, 이, 이 아줌마는 알아."

기호가 갑자기 사진 속의 여자를 가리키며 말했다.

"전에 봤어. 모임에서."

"그래? 넌 알 수도 있겠구나. 이 사람은 박노수 회장의 부인. 남편과 아들과는 차원이 다른 사람이지. 자선사업가로, 많은 존경을 받고 있어. 이 사람 때문에 그나마 세계그룹이 아직도 망하지 않고 있는 거야."

그녀는 천천히 몸을 돌려 두 사람을 올려다보았다.

그리고 이전과는 달리 차분한 말투로 말했다.

"바로 이 사람들이 저 그림의 주인이야. 이제 무슨 말인지 정리가 되니? 이 사람들이 국회의원한테, 그것도 다음 대통령 선거에 나올 여당 대표한테 잘 부탁한다고 수백억 원짜리 그림을 뇌물로 주려고 한 거야. 그 그림을 이사벨이라고 세계그룹이 운영하는 미술관 관장이 운반하는데, 너희들이 그걸 훔쳐 온 거고. 너희들, 아니 우리들, 제대로 걸렸어. 아주 제대로 걸린 거야. 이 사람들이 보통 사람들이 아니거든. 보라고. 그림을 도난당한 지 단 하루 만에 우리 집을 알아내고 조폭들을 시켜 난장판으로 만들어놨어. 우리, 이 사람들한테 잡히면 흔적도 없이 사라질지도 몰라."

그녀는 다시 침대로 가 책상다리를 하고 앉았다.

"자, 어떻게 할래? 어떻게 할 거야?"

팔짱을 끼고 두 사람을 번갈아보며 물었다.

진구와 기호는 어깨를 축 늘어트리고 한쪽 구석의 테이블에 가 앉았다. 세 사람은 한동안 약속이라도 한 듯 침묵했다.

기호가 먼저 입을 열었다.

"겨, 겨, 경찰, 경찰에 신고하자. 아니 자수하자. 아니 신고……."

소미는 피식 웃었다.

"경찰? 박노수 회장은 대통령도 우습게 볼 정도로 막강한 사람이야. 그동안 숱하게 나쁜 짓을 했어도 감방 한 번 안 간 이유가 뭔데. 그 사람을 봐주는 정치인, 언론사, 검찰이나 경찰 쪽 사람들이 많아. 이 그림이 공개되면 그 사람들도 좋을 게 하나도 없으니 오히려 박회장을 보호해줄걸? 게다가 이 그림에는 다음 대통령 선거에 나올 여당 대표까지 연결돼 있어. 들고 가봤자 우리만 바보, 아니 바보 정도가 아니라 잘못하면 아주 크게 다칠 수 있어."

"그럼 박노수 회장한테 돌려주자. 훔친 돈은 나중에 갚겠다고 하고."

이번에는 진구가 말했다. 소미는 고개를 저었다.

"그것도 좋은 생각은 아니야. 그동안 그 인간들이 했던 짓을 보면 얌전하게 돌려준다고 해서 우리를 가만 둔다고 보장할 수 없어. 우리가 모든 사실을 알고 있는 이상 돌려준다고 해도 절대로 그냥 두지 않을 거야. 처음에는 괜찮다, 없었던 일로 하겠다며 웃어넘기는 척하다가 일이 잠잠해질 때쯤 뒤통수를 칠지도 몰라. 난 그게 더 무서워."

그녀는 손가락으로 턱을 만지작거리다 말을 이었다.

"사실 방법이 아주 없는 건 아니야. 박노수 회장한테 이를 가는 언론사나 국회의원한테 가면 되거든."

"그래, 맞아. 그러면 되겠다!"

하지만 그녀는 침울해진 표정으로 말했다.

"그것도 결코 좋은 방법은 못 되는 것 같다. 이 그림이 그런 식으로 공개되면 세상이 발칵 뒤집어질 거고, 우리는 이리저리 불려 다니며 아주 피곤해져. 그리고 그때부터는 그 사람들한테 이용당하기 시작할 거야. 결국 똑같은 사람들……. 난 지금까지 그랬던 것처럼 우리 가족끼리 오순도순, 조용히 평범하게 살고 싶어."

그렇게 말해놓고 나니 오순도순, 조용히 평범하게 살기가 이다지도 힘든 일이라는 걸 이제야 깨닫는 기분이었다. 양 어깨에 진구만 한 무게가 얹힌 것처럼 몸이 무거웠다. 이렇게 무거우니 못 버티고 다리 밑으로 뛰어내리는 거겠지. 그것도 온 가족을 끌고. 소미는 세상 끝에 내몰린 가장의 아픔까지도 느껴지는 듯했다. 진구와 기호를 보는 눈이 촉촉하게 젖어들었다. 그때 느닷없이 진구가 선생님께 칭찬을 받으려 손을 번쩍 든 초등학생처럼 눈을 반짝이며 말했다.

"소미야, 이렇게 하자! 그림 돌려줄 테니 일억 원만 달라고 하는 거야."

소미가 고개를 휙 돌려 진구를 노려보았다.

"……아, 아니 내 말은, 그렇게 돈을 주면 우리도 확실하게 입 다물겠다는 거지. 그래야 그 사람들도 믿을 거 아니야. 우리도 공범이 되는 거고 어디 나가서 떠벌리지도 못하는 거고. 박노수 회장이라는 사람, 막강하다며. 이미 그림이 넘어간 상태에서 돈을 받고도 떠벌리면 죽은 목숨이라는 거 우리도 아는데, 그럴 리 없다고…… 그 사람들한테 일억은 돈도 아니잖아. 너를 생각해서 그런 거야. 네가 늘 그랬잖아. 돈 벌면 미장원 넓히고 싶다고. 내가 가지려는 게 아니야……."

진구는 횡설수설했다. 괜한 얘기를 꺼내 안 그래도 불덩어리인 소미를 불의 화신으로 만들었다는 후회가 물밀 듯이 밀려들었다.

하지만 그렇지 않았다. 소미는 진구가 마냥 순하고 착해 맹물 같기는 해도 가끔 깜짝 놀랄 정도로 번뜩이는 생각들을 해내는 걸 알고 있었다. 그가 말한 계획은 어쩌면 최선의 방법이자 거의 유일한 해결책일 수 있었다.

더욱이 일억이라는 말을 들었을 때, 머릿속에 그저께 집에서 본 빳빳한 신권만으로 묶인 5만원권 지폐 다발이 눈앞에 가득 쌓인 장면이 그려졌다. 100억이라는 돈은 현실적으로나 감각적으로 전혀 와닿지 않았지만 일억이란 말을 들었을 때는 너무나 생생하게 다가왔다. 그것은 달콤한 유혹이자 확실한 해답처럼 보였다.

"진구야, 안 돼."

"하하, 그럼 그렇게 해. 난 그냥 해본 소리야. 네가 알아서 해, 하하."

"일억으로는 그 사람들과 공범이 될 수 없어."

"……그게 무슨 말이야?"

"5억."

5억, 그 정도는 되어야 했다.

"계획대로 안 되는 게 인생이니까"

1

 소미는 신촌에서 버스를 타고 광화문으로 향했다. 위험지대가 된 신촌을 벗어나 광화문에서 전화를 걸 계획이었다. 어제 저녁 내린 결론은 돈을 받고 그림을 세계그룹에 넘긴다는 거였다. 공중전화로 박노수 회장에게 직접 통화를 시도할 참이었다.
 진구에게 사흘 전 이사벨과 무슨 일이 있었는지 자세한 이야기도 들었다. 또 다시 화가 치밀어 올라 이불을 뒤집어쓰고 온갖 욕을 다 쏟아놓았다. 이 사태를 해결하는 건 진구나 기호가 아니었다. 뒤치다꺼리는 언제나 그렇듯이 자신의 몫이었다. 이 지저분한 팔자를 저주하면서 꺼이꺼이 숨이 다 넘어가도록 울어버렸다.
 간신히 진정이 되자 어쩐지 엄마 얼굴이 떠올랐다.
 하필 병원 침대에 잠든 엄마의 얼굴이었다. 그 평온한 표정을 내려다보며 소미는 자신의 존재 이유를 발견했다. 자신이 존재하지 않는다는 건 곧 진구와 기호도 존재할 수 없다는 것이었다. 그건 엄마를 잃어버리는 것이다. 가족이 모두 사라지는 비극이다. 그래서 어떻게든 살아야 한다고 마음먹었다. 그래야 가족이 살아남을 수 있다고.

마침내 그림을 둘러싼 사태가 얼마나 심각한지 알게 된 진구와 기호는 몸을 웅크렸다. 고슴도치가 몸을 말고 그 자리에 쥐 죽은 듯 있는 것처럼. 그것 말고는 할 게 없는 것처럼. 소미는 자신 있게 말했다. 할 수 있을 거라고. 계획대로만 된다면 오순도순, 조용히 평범하게 살 수 있을 거라고.

그녀의 자신감은 상황을 조금 바꿔 보니 생겼다. 그림을 잃어버린 그들 역시 절박하긴 마찬가지일 것이다. 박회장은 5억이 아니라 50억을 달라고 해도 줘야 할 만큼 급박한 처지가 아닐까. 그렇기 때문에 역설적으로 5억이라는 돈을 선뜻 주지 않을 수도 있었다.

차라리 그림을 다 분해해 어디다 갖다 버릴까도 생각했다. 모든 게 깨끗해질 것 같았다. 하지만 이미 신원이 다 발각되었으니 백지로 돌리는 일은 불가능했다.

그녀는 일단 부닥쳐보자고 마음먹었다. 저들이 정말 생각만큼 위기에 빠져 있는지도 확인하고 싶었다. 자신들만 이렇게 궁지로 몰리는 건 억울했다. 어쩌면 매달려주지 않을까 하는 기대도 생겼다. 그래도 그림을 돌려주는 거니까 아주 나쁜 놈이라도 아량이라는 게 있을지 몰랐다. 게다가 나도, 진구도, 기호도 세계그룹의 소비자다. 그렇게만 해준다면 대대손손 세계그룹의 제품만 쓸 것이다.

광화문에 도착해 버스에서 내린 그녀는 공중전화부터 찾았다. 광화문 한복판인데도 공중전화가 눈에 띄지 않았다. 길 건너편 세종문화회관으로 꺾어지는 길모퉁이까지 가서야 부스를 발견했다.

수화기를 들기 전에 먼저 머릿속으로 5억 원이라는 돈을 쌓아보았다. 5만원권 지폐가 적당했다. 5억이 얼마나 되는지 알아야 요구하는데 현실감이 느껴지지 않을까 싶었던 것이다. 그러나 한 뭉치씩 쌓아 올릴 때마다 오히려 이건 결코 현실이 될 수 없다는 불길한 예감이 단단한 벽돌을 쌓는 것만 같았다.

주머니에 잔뜩 준비해 온 백 원짜리 동전을 하나 꺼냈다. 세계그룹 회장실 전화번호를 적은 메모지도 꺼냈다. 그리고 신촌 전자상가에서 산 디지털 녹음기도 주머니에서 꺼내 스위치를 켰다. 마이크를 귀에 꽂았다.

통화 연결음이 서너 차례 울린 후, 비서가 전화를 받았다.

"세계그룹 회장 비서실입니다."

"박노수 회장님 계신가요?"

"네, 집무실에 계십니다만, 어디신가요?"

"……통화를 좀 하고 싶은데요."

"어디시라고 전해드릴까요?"

비서의 말투가 친근하게 느껴졌다. 박회장도 그랬으면 좋겠다는 생각이 들었다.

"아는 사람이에요. 긴히 드릴 말씀이 있어서요."

"어디에 계시는 누구신지 말씀해주셔야만 연결해드릴 수 있습니다."

"그냥 바꿔주세요. 급한 일이에요."

"그렇게 해드릴 수는 없습니다. 회장님께서 어디에 계시는 누구신지 아셔야만 전화를 받으십니다."

비서의 목소리가 다분히 사무적으로 바뀌었다. 인간적인 억양도 사라졌다. 소미는 깊은 숨을 몰아쉬며 단도직입적으로 말했다.

"그럼 이렇게 전해주세요. 그림을 갖고 있는 사람이라고요."

"누구신가요?"

"그림을 갖고 있는 사람이라고 전하라니까요! 그러면 알아들으실 거예요."

소미가 신경질을 부리자 비서는 마지못해 응해주듯 대답했다.

"……잠시만 기다려주십시오."

소미는 그 사이 숨을 여러 번 급하게 반복했다. 곧 박회장과 전화가 연결될 것이다. 연습대로만 해야 한다.

그녀는 어제 박회장과 통화를 하면 무슨 말을 어떻게 해야 할지 궁리하고 또 궁리했다. 진구를 상대로 연습도 여러 번 했다.

'겁먹지 말고 세게 밀어붙이는 게 가장 중요해.'

소미는 주먹으로 이마를 톡톡 두드렸다. 막강한 권력을 휘두르는 대기업 회장인데 주눅이 들어 소심하게 나가면 얕잡아 보일 게 분명하고 그럼 쉽게 잡아먹힐 것이다. 영화 속 지능범처럼 능글능글하게 존댓말을 쓰는 말투도 자칫 어설프게 보일 수 있었다. 오버한다는 생각이 들 정도로 대담하고 되바라지게 나가야 밀리지 않고 대화가 될 것이다.

전화 기계음이 몇 번 들리더니 수화기 너머로 나이 지긋한 남자의 목소리가 들렸다.

"여보세요?"

박회장이 분명했다. 그녀는 억양을 살짝 올려 연습한 대로 작업에 들어갔다.

"박노수 회장이야?"

"제가 박노수입니다만, 누구신지……."

"내가 그림 갖고 있어."

"무슨 말씀이신지요?"

점잖은 말투였다.

"능청 떨지 마. 내가 훔친 그림 갖고 있다고."

잘하고 있다는 자신감이 붙기 시작했다.

"허허, 이게 도대체…… 잘못 연결된 것 같은데, 전화 끊겠소."

"무슨 말인지 정말 모르겠어? 내가 〈불타는 꽃밭〉 갖고 있다고. 이러면 알아듣어?"

"알아듣고 못 듣고를 떠나 아가씨, 무슨 일인지는 모르겠지만 칠순을 넘긴 노인네한테 그렇게 함부로 말할 나이는 아닌 것 같은데."

"아무튼 이런 인간들이 꼭 반말 존댓말 따진다니까. 내가 반말 하는 게 그렇게 아니꼬우면 경찰에 신고해."

"허허허."

그는 별 맥락도 없이 헛웃음을 쳤다.

그녀는 얼마나 집중해 있는지 그 웃음에서 상대가 생각보다 당황하고 있다는 것을 직감적으로 알아챘다. 그는 얼마간 말이 없었다. 그녀는 그가 지금 아주 바쁘게 머리를 굴리는 중이라고 생각했다.

박회장의 목소리가 다시 들렸다.

"아가씨가 그 그림을 진짜 갖고 있는지 내가 어떻게 알겠소?"

이전과 다름없는 점잖은 말투였지만, 그 말은 이제부터 진지한 대화를 해보자는 신호였다. 그녀는 주머니에서 편지를 꺼냈다. 그리고 또박또박 읽기 시작했다.

"……서대표의 활동은 여러 경로를 통해 듣고 있소. 한민족당 대권 후보로서 서대표의 활약에 아낌없는 격려를 보내고, 부디 서민의 왕이 되는 꿈을 이루기 바라오. 내 직접 인사를 드리러 가야 하나, 아시다시피 아직 운신의 폭이 넓지……."

"그만해."

그가 말을 싹뚝 끊어냈다.

"원하는 게 뭐야!"

돌연 싸늘하게 변했다.

"이제야 말이 통하는군……. 너도 짐작했을 거야. 이건 원래 우리가 원한 게 아니었어. 어쨌든 우리가 훔친 건 사실이고, 네가 사람들 시켜 우리 집을 뒤집어놓은 걸 보면 빨리 돌려줘야 할 것 같아서."

"생각 잘했네."

"그런데 도둑질했다고 그림 들고 경찰서로 가 자수하면 세상이 발칵 뒤집어질 거고, 그건 너도 원하지 않을 거야. 그렇다고 그냥 돌려주자니 네가 한 짓이 괘씸하고. 그건 내가 억울하지."

"그래서."

"그림을 돌려주는 대가로 5억 준비해놔."

"하하…… 하하하…… 하하하하……."

웃음소리였다. 조롱과 경멸이 스파크를 일으켜 터져 나온 웃음이었다.

"맹랑한 계집애. 하룻강아지 범 무서운 줄 모른다고, 겁도 없이 설치는군. 내가 정말 그 돈을 줄 거라고 생각하나? 나 세계그룹 박회장이야. 대통령도 설설 기게 만드는 박노수 회장이라고! 내가 우습게 보이나?"

"응."

소미는 짤막하게 대답했다.

"까불지 마. 그러다가 크게 다치는 수가 있으니까."

"그동안 네가 이 나라에서 한 짓을 아는데 그럴 리가 있겠어. 그래서 하는 얘기야. 다시 한 번 말하지만 5억 주면 그림 깨끗이 돌려준다."

"제안은 내가 하는 거야. 지금이라도 당장 군소리 없이 돌려주면 없었던 일로 해주지."

"5억 주기 싫다 이거지?"

"5억이 아니라 5백 원도 주지 않을 거니까 헛꿈 꾸지 마."

"알았어. 그럼 옷단장하고 형사들 맞이할 준비나 해. 안녕."

그녀는 망설임 없이 전화를 끊었다.

손에 땀이 흥건히 고여 축축했다. 그 손을 펄떡거리는 심장에 가져다댔다. 반쯤 성공한 것 같다고 평가했다. 박노수는 싱거울 만큼 예상대로 나왔다.

그녀는 전화 부스에서 나와 편의점으로 들어갔다. 생수 한 통을 사 그 자리에서 벌컥벌컥 다 들이켰다. 캔 커피를 하나 사 들고 나오자 기별도 안 갈 미풍이었지만 바람이 시원했다.

10분 정도 지난 걸 확인하고 다시 전화 부스로 들어가 번호를 눌렀다.
"세계그룹 회장 비서실입니다."
아까 그 비서가 전화를 받았다.
"박회장 바꿔."
비서는 이번에는 아무 소리 않고 전화를 돌렸다. 박회장의 목소리가 들렸다.
"박노수요."
"생각해봤어?"
그의 목소리가 묵직하게 변했다.
"좋다. 회사로 올 건가?"
"미쳤니? 내가 호랑이굴로 들어가게. 내가 원하는 시간, 원하는 장소, 원하는 방법으로 교환할 거야."
이번에도 곧바로 대답이 없었다. 짐작컨대 솟구치는 부아를 억누르느라 반응이 늦어지는 것 같았다.
"……말해봐."
"내일 정오, 종로경찰서 정문 앞. 방법은 이렇게 해. 5억은 모두 5만원권 지폐 백 장을 한 묶음으로 백 개 준비해놔. 모두 **빳빳한 신권**이어야 해. 그걸 빨간색 여행용 가방에 잘 챙겨서 넣고, 마치 여행을 가는 것처럼 끌고 와. 네가 직접 나오지 않아도 돼. 나도 그림을 눈에 확 띄는 빨간색 포장지로 싸서 들고 있을 거야. 물론 그 안에 편지도 넣을 거고. 그걸 서로 교환하면 되는 거지. 종로경찰서 앞은 주변이 번잡하니까 사람들 시선에 구애받지 않고 교환할 수 있어."

"궁리를 많이 했군."

"단, 나도 혼자 나갈 거지만 날 만나는 사람도 반드시 혼자 나와야 해. 만약 네가 늘 그랬던 것처럼 깡패들 우르르 끌고 나오거나 꿍꿍이짓 하는 낌새가 보이면 5억이고 뭐고 다 때려치우고 그림 갖고 곧장 경찰서 안으로 들어갈 거니까 알아서 해."

"네 말대로 하지."

수화기로 뿜어내는 날숨이 기분 나쁜 짐승 소리처럼 들렸다.

"……내일만 지나면 서로 이야기할 일이 없으니까 미리 말해두지. 만약 돈을 받은 후에도 딴 맘 품고 엉뚱한 짓 한다면, 그때는 죽은 목숨이라고 생각해야 할 거다. 그림이 내 손에 다시 들어온 상태라면 나도 도망갈 구멍이 많다는 걸 명심해."

경고와 협박이었다.

"나도 더 이상 네 더러운 일에 발 담그고 싶지 않아. 내일 이후부터 너와 이 일에 대해서 싹 잊을 거니까 그런 걱정하지 마. 나도 한마디 하지. 만약 그림이 손에 들어왔다고 나중에 어떻게 할 생각하면 오산이야. 또 가방 안에 휴지를 넣거나 계산을 틀리게 하거나 해도 그냥 안 돼. 그 그림, 사진은 물론 동영상 촬영까지 해두었고, 편지는 복사도 해놨어. 또 지금 이 통화는 다 녹음되고 있고. 이거, 아무 탈 없이 무덤까지 갖고 갈 수 있게 해줘. 내일 약속 시간 잘 지키고 내가 말한 방법 잊지 않도록 해."

"끙……."

앓는 소리가 다 들렸다. 하지만 그녀는 마지막 한 방을 날리는 걸 잊지 않았다.

"아, 그리고 한 마디만 더 할게. TV에서 네 얘기 들을 때마다 꼭 하고 싶은 말이 있었어."

"뭐야?"

"너, 인생 그렇게 살지 마. 이번 일 계기로 이제부터는 좀 인간답게 살아봐."

소미는 말을 마치자마자 수화기를 쾅 내려놓았다.

머릿속이 핑핑 돌고, 뭐가 올라올 것처럼 속이 메슥거렸다. 다리 힘마저 풀려 그 자리에 풀썩 쪼그리고 앉았다. 그녀는 지구의 속도로는 느낄 수 없는 광속의 현기증을 상상했다. 지구로 돌아온 게 아니었다. 자신의 삶은 점점 더 지구에서 벗어나 안드로메다은하로 날아가는 것만 같았다. 평생 만날 일도 없는 사람과 전화 통화를 하고, 평생 해볼 일도 없는 일을 그녀는 조금 전에 했다. 이것으로 마무리가 될지 도무지 감을 잡을 수 없었다. 이대로라면 계획대로 되어야 하지만 여전히 현실감이 따라오지 않았다.

"도대체 지금 어디로 가고 있는 거야. 어디로······."

소미는 좁은 전화 부스에 몸을 웅크린 채 중얼거렸다. 캄캄한 우주를 떠도는 미아처럼 언제까지고 일어날 줄 몰랐다. 아무도 부스를 두드리지 않았고, 그녀의 존재도 모르는 것 같았다.

"보통 계집이 아닌데요?"
 전화 스피커로 통화 내용을 다 들은 나실장이 박회장을 힐긋거리며 조심스레 말했다.
 박회장은 깍지를 꽉 끼고 어딘가를 끝없이 노려보고 있었다. 그러다 으아, 갑자기 괴성을 지르더니 자리에서 벌떡 일어나 책상 위에 있는 집기들을 하나씩 집어 던지기 시작했다.
 나실장은 구석으로 몸을 피해 발작이 끝나기를 기다렸다.
 더 이상 던질 게 없자 씩씩거리며 박회장은 소리쳤다.
"가족회의 소집해! 전부 모이라고 해!"
"네, 회장님."
 한 시간이 지나서야 회장 집무실로 두 아들, 박이도와 박주도가 도착했다.

"이관장은 참석하지 못할 것 같습니다. 지금 서민왕 대표를 만나고 있다고 합니다."

나실장이 보고하듯 말했다.

"또? 어제 만나지 않았나?"

"서대표 쪽에서 자료를 좀 더 보완해달라고 연락이 왔답니다."

"할 수 없지……."

"사모님은 어린이 교통사고 재활병원 개원식에 참석 중이고요."

"그 사람은 안 오는 게 나아."

"아버님, 무슨 일입니까?"

박이도가 물었다.

박회장이 손짓하자 나실장이 녹음기를 틀었다. 박이도와 박주도의 얼굴이 이내 일그러졌다.

"그림을 훔쳐 간 자식들은 남자 두 명이라고 했잖습니까? 그것도 아주 멍청한 놈들이요."

박이도가 흥분해서 물었다.

"같은 패거리겠지."

"말하는 걸 보면 어디서 껌 좀 씹어본 애 같은데요?"

박주도가 몸을 기울이며 말했다. 박회장은 손가락으로 뺨을 만지작거리며 고민했다.

"아버님, 어떻게 하시겠습니까? 5억을 준비해놓을까요?"

"5억은 무슨 5억!"

박회장이 버럭 소리를 질렀다.

"이런 미천한 것들을 잘 알아. 5억을 준다고 끝나지 않아. 잊을 만하면 한 번씩 연락해 찍어놓은 사진이나 복사한 편지를 들이밀며 돈을 뜯어낼 게 분명해. 천한 것들은 기본적으로 거지 근성이 있다고. 하지만 그건 문제가 아니야. 달라면 얼마나 더 달라고 하겠나? 까짓것 돈 줘버리면 그만이지. 내가 참을 수 없는 건!"

박회장은 큰 숨을 한 번 몰아쉬었다.

"내가 50년간 사업을 해오면서 안 들어본 욕이 없고, 질타와 비난, 심지어 협박까지 받았어도, 이런 경우는 없었다. 그 계집만큼 대놓고 적나라하게 퍼부은 인간은 없었단 말이다. 그런 미천한 것이 감히 나한테! 이건 우리 그룹의 문제가 아니라 내 개인의 문제야. 지금까지 이렇게 내 권위와 자존심을 비참하게 짓뭉갠 연놈은 없었다. 도저히, 도저히 용서가 안 돼! 도저히 참을 수가 없어!"

박회장이 다시 설설 흥분하는 것 같았다.

"회장님, 고정하십시오. 뭣도 모르고 설치는 애가 한 말 따위는 잊어버리십시오."

나실장이 진정시키려고 안간힘을 썼다.

"그럼 어떡하시겠습니까? 말하는 걸 보면 돈을 안 줬다가는 당장이라도 대형사고를 칠 기세인데요."

박이도가 걱정스런 표정으로 물었다.

"둘 다 잡아야 해."

"네?"

"그림과 그년 둘 다 잡아야지."

"여자애는 어떡하시게요……."

박주도가 더욱 조심스럽게 물었다.

"그림은 그림대로 찾아오고, 그년은 죽기 바로 직전까지 밟아버려야지. 두 번 다시 허튼 수작 못하게, 상대를 못 알아보고 겁도 없이 까불다가는 어떻게 되는지 뼈저리게 깨닫게 해야지. 세계그룹의 박노수라고 하면 오줌을 질질 지리고 거품을 물 정도로 폐인을 만들어버려야 해. 계집이기 때문에 거친 애들 몇 명이 다루면 쉽게 망가트려놓을 수 있어."

박주도가 눈을 반짝거리며 맞장구를 쳤다.

"아버님 말씀이 맞습니다. 그렇게 혼구멍을 내주면 정신 바짝 차릴, 아니 아예 정신줄 놓을 겁니다."

"하지만 좀 위험하지 않을까요? 종로경찰서 정문 앞이라면."

박이도가 걱정스럽게 물었다.

"허헛, 모르는 소리."

박회장은 같잖은 듯이 웃었다.

"요즘 뉴스를 봐라. 중고등학생들이 담력 테스트한다며 경찰서 앞에서 패싸움을 벌인다. 조폭들은 동료를 구한다면서 각목과 쇠파이프 들고 경찰서로 난입을 하고. 등잔 밑이 어둡다고 경찰들이 제일 느슨하게 풀어져 있는 곳이 경찰서야. 그 계집이 제 딴에는 머리를 굴린답시고 정한 것 같지만, 방범초소 앞에서 만나는 것보다도 안전해. 속전속결로 몇 초 안에 그림을 들고 있는 계집을 차에 처넣어버리면 돼."

박이도와 박주도는 고개를 주억거렸다.

"나실장, 지금 당장 은갈치파 강사장한테 전화 넣어. 진짜 실력을 발휘할 건수가 생겼으니까 들어오라고 해."

"네, 회장님."

박노수는 다시 뺨을 만지작거리며 생각에 잠겼.

무슨 상상을 하는지 입가에 야릇한 미소가 번져 나갔다.

 이사벨과 서민왕 한민족당 대표는 대천 서대표의 별장에서 뜨거운 시간을 보내고 있었다.
 "난 말이야."
 서대표는 통통하게 튀어나온 배를 쓰다듬으며 말했다.
 "나는 이사벨이 섹스를 할 때 읊조리는 불어를 들으면 마치 실크로 밑 닦는 듯한 기분이 들어. 아주 묘해."
 "프랑스 사람들이 그 말을 들으면 아마 전쟁을 선포할 거예요."
 "작년 겨울에 프랑스 대통령이 왔잖아. 그때 만찬회장에서 인사말을 하는데, 어찌나 흥분되는지 나도 모르게 발기가 되더라고, 하하하."
 서대표는 호탕하게 웃고는, 두툼한 허벅지를 이사벨의 다리 위에 슬쩍 얹었다. 두 사람은 침대 위에 홀딱 벗고 누운 채로, 열기로 달아올랐던 몸을 천천히 식히는 중이었다.

서대표가 이사벨 쪽으로 몸을 기울였다.

"저기 이사벨, 이젠 내 작업도 좀 해주지. 미술품으로 돈세탁 하는 것 말이야."

"얼마 정도 생각하시는데요?"

"70억쯤 되지?"

"그 정도면 어렵지 않아요. 언제든지 말씀하세요."

"거기서 끝나지는 않을 거야. 돈이 생기는 대로 가능하면 미술품이나 골동품으로 바꿔놓으려고 해. 박회장이 하는 걸 보고 배울 점이 많았어. 괜찮겠지?"

"이래봬도 5천억 원짜리 작업을 한 여자예요. 안심하고 맡기세요."

"좋아. 정리가 되면 이야기할게……. 참, 이사벨 통해서 알게 된 미술의 세계는 놀랍고도 또 놀라워. 몰래 재산 불리고 세금 안 뜯기고 상속하는 데 그림만 한 게 있나 싶다니까. 그림을 사고파는 데 익명 보장되지, 그게 어려우면 차명 계좌 쓰고 대리인 내세우면 되지, 보유세나 양도소득세도 없지, 가진 사람이 신고하지 않는 이상 상속세나 증여세도 낼 필요 없지, 갖고 있다가 그림 값 오르면 돈 벌어 좋지……."

"근데 무슨 용도로 하시려고요? 정치자금이에요, 개인 재산이에요?"

"정치자금이자 개인 재산이지. 대통령도 5년이면 끝나. 이 나라는 대통령직에서 물러나면 찬밥 신세야. 자리에 있을 때 챙길 건 챙기고 퇴임 후에 쓸 품위관리 비용 정도는 만들어놓아야 해."

"하지만 좋은 시절도 마냥 길지만은 않을 거예요. 지금 법률적으로 여러 장치들을 걸어놓으려 하고 있어요."

"걱정하지 마. 내가 살아 있는 한 그런 일 없게 할 테니까."

"못됐어."

이사벨은 짓궂게 말하며 그의 물건을 살짝 꼬집었다.

"누가 알았겠어, 미술품이 그런 식으로 쓰일지. 난 이사벨을 만나기 전까지 말이야, 예술이라면 고상하고 우아한 것으로만 알았다니까. 예술가는 속세를 초월해 구름 위에서 이슬만 먹고 사는 사람이라고 말이야."

이사벨은 천장의 장식을 보며 쓴웃음을 지었다.

서대표의 생각이나 일반인들의 통념이나 거기서 거기였다. 사극에서 마당쇠는 하루 종일 마당만 쓸고 있는 것처럼, 사람들이 생각하는 예술가는 21세기에도 늘 덥수룩한 머리와 수염을 하고 술에 취해 해롱거리는 캐릭터다. 추가로 가난하게 살아도 낭만적이고 괴짜라도 매력적이다. 사랑하는 것도 멋있고, 시련과 슬픔도 덩달아 멋있고, 심지어는 불치병에 걸려도 멋있다. 그것 갖고도 모자라 자살하는 것도, 요절하는 것도 멋있다.

영화와 드라마 그리고 서점 예술서적 코너에 잔뜩 깔린 엉터리 책들 때문이다. 사람들은 실상 예술이나 예술가 따위에는 관심이 없다. 그냥 이미지만 있을 뿐이다. 그것도 하루 벌어 하루 먹고 살기 빠듯한 각박한 세상에 답답한 처지를 예술가에게 투사해 만든 판타지일 뿐이다. 그러니 예술가가 만든 예술 역시 현실에서 벗어나 하늘 위를 둥둥 떠다니는 거다.

사람들도 알아야 한다. 예술도 현실이라는 걸. 아니, 예술만큼 현실적인 것이 없다는 사실을. 예술이 얼마나 돈과 권력에 가까운지는 예술사가 낱낱이 보여주고 있다. 예술가 뒤에는 늘 후원자가 있었고, 예술의 기호는 사실상 그 후원자들이 쥐락펴락했다.

사람들은 미켈란젤로나 레오나르도 다빈치 그리고 티치아노나 카라바조와 같은 거장들을 하늘에서 뚝 떨어진 천재적인 예술가로만 안다. 하지만 당시 왕실과 귀족 그리고 성직자들의 후원이 없었다면 단 한 점의 그림도 그리지 못했을 것이다. 그들이 인류 문화에 길이 남을 훌륭한 그림을 그릴 수 있었던 건, 그들이 천재적인 예술가이기 이전에 후원자의 후원을 듬뿍 받아내는 천재적인 정치성이 있었기 때문이다.

그럼 반 고흐나 이중섭은 뭐냐고 물을지 모른다. 가난하고 비참한 생활을 했던 천재적인 예술가들은 어떻게 설명할 거냐고. 20세기 들어 그런 류의 예술가들이 많이 등장한 건 사실이다. 그러나 그들이 대부분 한 박자 늦게 평가받았다는 사실이 중요하다. 그들의 작품이 위대한 예술이 된 건 작품 자체보다는, 그 작품을 놓고 돈 놓고 돈 먹기를 해 온 현대판 후원자들 덕분이었다. 이게 뭘 말하는 것일까?

작년 세계미술관의 미술품 돈세탁 문제가 떠들썩했을 때 사람들은 자신을 맹비난했다. 어떻게 순수한 미술품으로 그런 짓을 할 수 있냐고. 돈벌이에만 혈안이 된 재벌이 미술을 건드려 다 망쳐 놓았다고. 그땐 너무 답답해 미쳐 죽는 줄 알았다.

할 수만 있다면 사람들을 다 모아놓고 이런 말을 해주고 싶었다.

너희들이 생각하는 것처럼 예술은 순수했던 적이 없었어! 미술품을 갖고 어떻게 돈세탁을 할 생각을 했냐고? 그것도 예술 행위의 일부분이야! 메디치가(Medici family)가 후원하지 않았다면 미켈란젤로나 레오나르도 다빈치가 없었던 것처럼 지금은 재벌이 뒤에서 봐주지 않으면 예술도 예술가도 없어, 이 멍청이들아!

이사벨은 다시 가슴이 꽉 막히는 것 같았다. 그녀는 고개를 절레절레 흔들었다.

"무슨 생각을 혼자 그렇게 해?"

이사벨이 조용해지자 서대표가 물었다.

"……아니에요. 아무것도 아니에요."

그녀는 서대표 쪽으로 천천히 몸을 돌렸다. 서대표는 이사벨을 끌어안으며 몸을 딱 붙였다.

"대표님."

"응?"

"제가 대표님 돈세탁 하는 거 도와드리면 저한테는 뭘 해주실 거죠?"

"뭘 원해?"

"음…… 그림 좀 팔아주세요."

"그림? 미술관은 그림을 매매할 수 없을 텐데?"

"미술관 그림 말고요, 제가 개인적으로 관리하는 작가들이 있어요."

"그래? 박회장이 저금통을 많이 안 채워주나 보지? 개인적으로 따로 챙기려 하고. 하긴 그 짠돌이 중의 짠돌이가 제 것 챙기기도 바쁠 테지."

"그런 건 아니고요…… 저도 대표님과 비슷한 이유예요."

"어려운 부탁도 아니네. 만약 내가 대통령이 되면 청와대는 당연하고 고위 관리와 재벌가 집에는 이사벨의 손을 거친 그림들이 걸려 있을 거야."

"고마워요."

이사벨은 빙긋 웃으며 서민왕의 입에 살짝 키스를 했다.

"원하는 게 고작 그거야?"

"나머지는 알아서 선물로 주세요."

"뭘 선물로 줄까…… 장관 자리는 어때?"

이사벨은 고개를 저었다.

"그럼 대학 교수 자리는?"

"그건 좋아요. 대학 교수는 한 번 해보고 싶었어요. 제가 부탁한 것에 그 정도 선물이면 대표님의 일을 성심성의껏 해드리죠."

"예뻐 죽겠어."

이번에는 서대표가 이사벨의 입에 살짝 키스를 했다. 이사벨은 계속 입을 맞춘 채, 그의 물건을 살살 만져줬다. 금세 발기가 됐다.

"비아그라 먹었어요? 금방 서네요?"

"이사벨이 좋아서 그런 거야."

이사벨은 또 한 번 하려고 서대표를 눕히려 했다. 그러자 서대표는 멈칫하며 이사벨을 다시 끌어안았다.

"그건 그렇고, 그림은 정말 아무 문제없는 거지?"

"그렇다니까요."

"약속한 날짜에 안 오니까 괜히 걱정되잖아."

"……걱정도 팔자셔. 개관 기념전이 끝나면 바로 갖고 올게요."

"러시아 쪽 사람이 다음 주말에 오기로 했다고. 그때 바로 넘겨야 해."

"걱정 마시라니까요. 러시아 컬렉터들은 제가 잘 다뤄요. 저한테 다 맡기고 레이더망에 안 잡히는 현금 통장이나 준비해놓으세요."

"박회장한테 나머지 그림들도 차질 없이 보내라고 꼭 전해줘. 선거가 가까워지면서 슬슬 뭉칫돈이 들어가고 있다고."

"에휴, 이렇게 잔걱정이 많아서 무슨 대통령을 한다고······."

이사벨은 빙긋 웃고는, 서대표를 눕히고 그 위로 올라탔다.

"내가 그렇게 좋아?"

"여자가 성공하려면 아낌없이 다 대줘야 하잖아요, 후훗."

"큭큭큭······."

지체 없이 합체가 이루어지자 서대표의 입에서는 곧바로 신음이 새 나왔다.

"이번에는 '선녀하강'이에요······."

이사벨의 포지션 설명이 끝나자마자 그녀의 몸은 서대표의 둥근 배 위에서 요동쳤다. 그리고 잠시 후부터 도살장에 끌려가는 돼지 울음소리 같은 서대표의 괴성과 이사벨이 읊어대는 아름다운 프랑스 시가 별장 구석구석으로 울려 퍼지기 시작했다.

4

그는 아지트의 음악실에서 크리스티안 틸레만이 지휘하는 베토벤 교향곡 7번을 감상하고 있었다. 흰색 드레스 셔츠에 옅은 연두색 슈트를 입고, 적갈색 중절모를 썼다. 연두색 슈트는 소화하기 쉽지 않지만 타고난 패셔니스타이다 보니 우아하고 댄디해 보였다.

오늘따라 포 인 핸드 타이 대신 보 타이를 맸는데, 독특한 취향답게 드레스 셔츠와 같은 컬러인 흰색을 골랐다. 좀 떨어져서 보면 보 타이를 맨 듯 안 맨 듯 미묘한 느낌을 주었다. 이 또한 그만의 패션 감각에서 나온 매치였다.

알려진 바에 의하면, 드레스 셔츠와 슈트는 캘빈클라인 사에 특별 주문해 공수해 온 것이고, 중절모는 영국에서, 보 타이는 이태리에서 수제로 제작한 것으로, 지금 걸친 가격만 수천만 원에 이르렀다.
 컴포넌트 볼륨을 잔뜩 키워 귀가 멍멍할 정도였지만, 그는 거의 몰아 상태였다. 그런 지경에도 수시로 손거울로 요리조리 들여다보며 모자와 보 타이를 매만져댔다.
 감색 슈트를 입은 남자가 조심스럽게 문을 열고 들어왔다.
 알려진 바에 의하면 그가 입은 감색 슈트는 인터넷 쇼핑몰에서 구입한 거였다. 감색 슈트는 중절모에게 살금살금 다가와 손끝으로 어깨를 살짝 건드렸다. 몇 번을 두드리고 나서야 중절모가 고개를 돌렸다.
 감색 슈트는 아무 말 없이 손에 든 녹음기를 보여주었다.
 중절모가 리모컨을 집어 컴포넌트를 껐다.
 "어지간한 일이 아니면 방해하지 말랬지."
 목소리가 신경질적이었다.
 "어지간한 일입니다, 형님."
 "뭔데?"
 "들어보십시오. 오늘 낮에 도청된 박회장의 통화 내용입니다."
 감색 슈트는 소파에 앉으며 녹음기를 켰다. 그는 다소 들뜬 표정이었다.
 중절모는 의식처럼 손거울을 들어 한 번 비춰보고는 귀를 기울였다.
 "……허헛."
 다 듣고 나자 중절모가 싱겁게 웃었다.
 "거 참 재미있는 아가씨네. 이진구라는 애하고는 무슨 관계래?"
 "그건 모르겠습니다. 한 패거리겠죠."

"남자애는 한심하기 짝이 없는데, 아가씨는 당차군."

"혹시…… 다른 조직의 조직원이 아닐까요?"

중절모는 고개를 저었다.

"군데군데 목소리가 떨리고 오버하는 걸 보면 천상 아마추어다. 되바라진 것 같지만 순하고 착한 여자야."

"이진구라는 바보와 똑같은 좀도둑이라는 말씀이시죠?"

"5억 원이라는 돈보다는 후환 없이 그림을 빨리 처리하고 싶어 저러는 것 같다. 큰형님 말씀대로 박회장 사람들이 움직이기 시작한 게 분명해. 손에 들어온 게 폭탄이라는 걸 뒤늦게 알아차린 게지. 하지만 박회장이!"

중절모는 입술을 부르르 떨더니 혼자 생각에 잠겼다.

정적이 계속 되자, 감색 슈트가 답답한 나머지 먼저 입을 열었다.

"내일 정오에 교환한다는데, 그 전까지 그림을 갖고 오지 못하면 〈불타는 꽃밭〉은 영영 못 볼지도 모릅니다."

"이건 큰형님이 결정하셔야 할 문제다. 큰형님도 알고 계신가?"

"아마 그럴 겁니다."

"내가 바로 연락해보도록 하지."

중절모가 상의 안주머니에서 핸드폰을 꺼냈다. 바로 그때 핸드폰이 울렸다. 핸드폰의 발신창을 보고는 인상을 살짝 찌푸렸다.

"여기에도 도청장치를 해놨나?"

"정말 귀신같은 분입니다."

중절모는 날숨을 한 번 끝까지 내쉬고는 핸드폰을 받았다.

"큰형님이십니까?"

"지금 뭐하나?"

"네, 틸레만이 지휘하는, 아, 아, 아니 두, 둘째와 회의 중이었습니다. 형님도 박회장 애기 들으셨습니까?"

중절모는 한마디밖에 안 했는데 벌써 이마에 송글송글 땀이 맺히기 시작했다.

"들었네."

"어떡하시겠습니까? 명령을 기다리고 있었습니다."

"어떡하긴. 그림을 낚아채야지."

"알겠습니다. 바로 작전을 짜도록 하겠습니다."

"신중해야 하네. 박회장은 5억 원을 선뜻 내줄 사람이 아니야. 아마도 십중팔구 우리와 같은 생각일 걸세. 그동안 써 먹었던 건달들 예닐곱 명 풀어 그림을 낚아채려 들겠지."

"저도 그렇게 생각하고 있었습니다."

"그게 걱정일세. 그렇다면 자칫 크게 부딪치는 수가 있어."

"형님, 그딴 건달들을 저희 애들과 비교하지 마십시오! 저희 애들은 정식으로 훈련받은 정예고, 이 분야 최고입니다. 최고의 시범을 보여드리겠습니다!"

중절모가 흥분해 소리쳤다.

"자네, 제발 그 우쭐대는 버릇 고치라고 몇 번이나 말했나. 늘 신중하고 또 신중하라고 그렇게 말했건만, 쯧."

중절모가 허리를 납죽 꺾었다.

"죄송합니다, 형님. 주의하겠습니다."

"아무튼 자네는 옷 사고 겉치장하느라 전 재산 다 쏟아 부어넣는 것하고, 매사에 혼자 제일 잘난 체 구는 그 버릇 정말 고쳐야 해. 도대체 나이가 몇인데 아직까지 왕자병인가."

"죄송합니다, 죄송합니다."

"약속 장소가 종로경찰서 정문 앞이라는 걸 명심하게. 박회장 사람들과 부딪쳐서도 안 되고, 부딪치더라도 시간이 늘어지면 안 된다는 말일세. 생각해봐, 건장한 사내 열댓 명이 뒤엉켜 경찰서 앞에서 치고 박고 하면 어떻게 되겠나? 최선은 그쪽에서 움직이기 전에 미리 선수 쳐 그림을 낚아채는 거라고."

"그렇게 하겠습니다. 먼저 움직여 빨간색 포장지로 싼 그림만 갖고 오겠습니다."

"그림만 갖고 오면 안 되고."

"네?"

"그 아가씨도 함께 데리고 오게."

"아가씨까지 말입니까?"

"그래. 그 아가씨, 흥미 있어. 머리도 제법 굴릴 줄 알고 배짱도 두둑한 것 같고."

"하찮은 애일 뿐입니다. 무식하면 용감하다고, 뭣도 모르고 까부는 겁니다."

"아닐세. 그렇지 않아. 작전 짜기가 좀 번거로워지겠지만, 다른 생각이 있어서 그러니 내 말대로 하게."

"다른 생각이요? 그게 뭡니까?"

"아직 자네에게 말할 단계는 아니야."

"……알겠습니다."

"그 아가씨가 직접 나오지 않을 수도 있어. 영리한 애라 박회장이 호락호락 돈을 주지 않을 거라고 생각할 수 있네. 그럼 그림 든 다른 애라도 데려와. 어떤 애들인지 보고 싶으니까."

"네, 형님."

"자, 그럼 준비하게. 내일 정오니까 부지런히 작전을 짜야 할 걸세."

"네."

전화가 끊어지자 중절모는 수건을 가져오게 해 땀투성이 얼굴을 닦아냈다.

"뭐라고 하십니까?"

감색 슈트가 물었다. 중절모가 명령을 내렸다.

"애들 다 소집해라! 긴급 작전회의를 시작할 거니까."

감색 슈트가 나가자 중절모는 소파에 무너지듯 앉았다. 그리고 의식처럼 손거울을 들여다보며 하도 머리를 흔들어대느라 흐트러진 모자와 옷맵시를 매만지기 시작했다.

5

 양아치는 신촌 로터리의 한 피부과 의원에서 치료를 받았다. 사흘 전 정체불명의 악당들에게 납치되어 'A4용지 고문'을 당한 후, 고문 받은 부위마다 피부가 부어오르고 면도칼로 베이는 것처럼 아파서 잠을 제대로 못 잤다.
 정신적인 후유증도 만만치 않았다. 그날 이후 길을 가다 신문, 전단지, 포스터만 봐도 몸이 움찔했고, 집에서도 종이만 보면 소름이 끼쳐 메모지 한 장 남김없이 치워버려야 했다.
 처방전을 받아 나온 양아치는 아래층 약국에서 연고와 약을 샀다. 약국을 나서면서 자동적으로 욕이 튀어나왔다. 도대체 그 돼지 같은 조폭들은 누구며, 왜 그렇게 더럽고 무식한 거냐!
 사채시장에 뛰어들어 웬만한 유형의 조폭들은 다 본 것 같은데, 그런 조폭은 난생 처음이었다. 두목은 어떤가! 처절하게 자신을 능욕한 두목은 꿈에도 나타나 별의 별 해괴한 짓을 다했다.
 그 정도는 참을 만했다. 멍게인지 뭔지, 옷을 다 벗기고 강남역 사거리에 던져놓은 일은 평생 잊지 못할 수치였다.
 길거리에서 사람들한테 둘러싸여 굴욕을 당하고, 나체로 강남역 뒷골목을 헤매다 헌옷 수거함을 발견했을 때만 해도 이런 걸 두고 오아시스라고 하나 보다 감격해 했다. 그러나 옷을 빼내려다 수거함을 부수는 통에 지나던 아줌마들에게 욕을 먹는 수모를 당했다. 간신히 옷가지 몇 개 빼내 달아났다가 확인하니 죄다 여자 옷이었다. 집으로 돌아오면서 한 번 더 망신을 당했다.
 일은 거기서 끝나지 않았다. 양아치는 그 다음날 인터넷을 검색하다 경악했다. 옷을 다 벗은 채 온갖 민망한 포즈를 한 사진들이 인터넷 여기저기 떠돌고 있었던 것이다. 창피하고 분해서 울화병에 걸리는 줄 알았다. 어디 하소연할 데도 없고, 어디다 떠벌이는 것 자체로 또 한 번 충격을 먹을 것 같았다. 복수심에 설쳐대다간 더 큰 화를 입을 게 뻔했다.
 약국 앞에서 마스크를 다시 하고 모자를 눌러썼다. 혹시라도 알아보는 사람이 있을까 봐 집에서부터 착용하고 나왔다. 로터리를 지나 노고산동 집으로 향했다. 오전 10시도 안 되었는데, 신촌에는 제법 많은 사람들이 지나다녔다. 그는 고개를 푹 숙이고 땅만 보며 걸었다.
 치욕적인 수모를 겪었지만, 그는 놀라운 사실을 알게 되었다. 소미와 진구, 기호가 사고를 쳤고 그 덕에 빚을 빨리 갚게 됐을 거라는 예상은 맞았다. 그런데 그 사고가 초대형급이라는 사실도 알게 된 것이다.

그날 두목은 분명 도난당한 그림을 찾고 있었다. 그렇다면 그들은 그림을 훔쳤다는 얘기고, 그것도 조폭들이랑 연루된 그림이라는 거였다.

양아치는 같은 일 하는 친구에게 채무자가 돈을 갚지 못하자 집에 걸린 그림을 들고 나왔다는 말을 들은 적이 있다. 그때 그까짓 그림 들고 나와 뭐에 쓰냐고 하자 친구는 요즘 유명 작가들의 그림 가격이 수천만 원, 심지어는 수억 원까지 나간다고 말했다. 그 친구가 들고 나왔다는 그림도 시세가 일억 원이 넘는다는 걸 알고 별 희한한 세상이 다 있구나 싶었다.

바로 그런 그림일 것이다. 조폭들이 광분해 사람을 납치하고 고문하고 죽이겠다고 협박할 정도면 훔친 그림은 어마어마한 고가임이 분명했다. 그걸 팔아 빚을 갚았겠지.

진구와 기호는 멍청해서 그런 엄청난 일을 할 줄 모른다. 결국 소미가 주도해서 저질렀을 것이다. 그런데 소미가 그림에 조예가 있었던가? 양아치는 그 치욕을 당하고도 그녀의 배짱에 탄복했다. 괜히 소미를 그토록 가지고 싶어 했던 게 아니었다.

하지만 이젠 되도록 그녀를 빨리 잊고 싶었다. 결국 셋은 그들에게 잡히고 말 것이다. 그 변태적인 두목한테 유린당하건 생매장당하건 자신과 관계없는 일이었다. 종이만 봐도 경기를 일으킬 지경인데, 또다시 엮였다간 그 자리에서 돌연사하고 말 것이다.

양아치는 빨리 집으로 돌아가 TV나 보며 몸과 마음을 추스르고, 또 인터넷을 검색해 사진이 얼마나 많이 퍼져 있는지도 알아봐야 했다. 사진이 너무 많이 퍼져 있으면 다른 사람 이름으로 사이버 수사대에 신고할 생각이었다.

이대 방향 쪽 오르막길이 힘에 부쳤다. 얼마 못 가 갑자기 발걸음을 멈췄다.

반사적으로 길 가장자리로 몸을 숨겼다.

아주 낯익은 두 사람이 눈에 들어왔다.

소미와 기호였다! TV에도 몇 번 나온 적 있는 유명한 엽기 상품점 앞이었다. 지금 조폭들을 피해 도망 다녀야 할 정신 나간 것들이 거기 있었다. 더욱이 두 사람은 자기 앞에 얼쩡거려서도 안 된다. 그런데 자신이 먼저 알아서 피하다니, 세상이 정말 거꾸로 돌아가기도 한다는 걸 믿지 않을 수 없었다.

둘은 진열대에 놓인 핸드폰 액세서리를 구경하고 있었다. 기호는 액세서리들을 만져보며 연신 킥킥거렸지만 소미는 표정이 잔뜩 굳은 채였다.

양아치는 소미에게 주목했다.

그녀는 왼팔로 납작한 사각형 물건을 품은 채 왼손으로 빨간색 포장지를 들고 있었다. 사각형 물건은 에어 캡으로 둘러쌌는데, 갓난아기 다루듯 조심스럽게 품었다.

그 물건을 자세히 보았다. 에어 캡 때문에 잘 보이진 않아도 그림이 틀림없었다. 그렇다면 이건 또 뭐냐?

소미가 또 하나의 그림을 들고 있다는 데 생각이 미치자 정신이 번쩍 들었다. 그는 그녀를 누구보다 잘 안다고 할 수 있었다. 소미는 그림 같은 것엔 관심이 없다. 애당초 그림에 관심을 가질 만한 수준도 못 된다. 결국 이런 말이다. 그녀는 그림을 한 점 이상 훔쳤고, 지금 들고 있는 건 그 그림들 가운데 또 다른 하나다. 그녀의 대담함에 다시 한 번 감탄하며, 고개마저 설레설레 흔들었다.

잠시 후, 소미가 한소리를 했는지 기호가 아쉬운 얼굴로 만지작거리던 액세서리를 내려놓았다. 두 사람은 상점에서 벗어나 이대 방향으로 걷기 시작했다. 양아치는 그들을 따라가보기로 했다.

둘은 얼마 안 가 횡단보도 앞에서 멈춰 섰다. 횡단보도의 불이 바뀌자 길을 건넜고, 모텔 밀집 지역으로 향했다. 그가 여자를 데리고, 또는 여자를 부를 때 자주 가는 데였다.

둘은 모텔이 줄지어 있는 안쪽 길까지 들어섰다. 피식, 웃음이 나왔다. 짐작이 갔다. 둘, 아니 진구까지 포함해 셋이 조폭들을 피해 모텔로 몸을 피했으리라.

그들이 갑자기 손바닥 위에서 노는 것 같자 컴컴하던 머릿속이 형광등을 켠 듯 환해졌다. 평생 한 번 겪어볼까 말까 한 치욕과 능욕을 당했지만 어쩌면 그게 전화위복의 계기가 될 것 같은 예감이 들었다.

그림이다! 소미는 한 점에 수천만 원 또는 수억 원이나 하는 그림들을 훔쳤다. 그 사실을 자신이 알게 되었다. 소미를 섹스의 노리개로 삼으려던 계획이 다시 살아나고 있었다. 아직 구체적이지는 않아도 보너스까지 챙길 수 있을 것 같았다.

둘은 안쪽 길로 한참 걸어가다 오른쪽으로 돌아 골목으로 빠졌다. 얼마쯤 더 가다가 다시 오른쪽으로 돌았다. 거기서 또 얼마를 더 가다가 어느 모텔로 들어갔다.

양아치는 모텔 건물 앞에 서서 우두커니 바라보았다. 핸드폰을 꺼내 전화를 걸었다.

"……깜시냐?"

"형, 웬일이에요?"

"너 지금 일 없으면 나 좀 보자."

"지금요? 무슨 일 있어요?"

"재미있는 일이 생겼어. 일단 와봐."

"괜찮은 건수가 있나 보죠?"

"괜찮은 정도가 아니지. 아, 올 때 칼 넣어서 오고."

"어디로 가면 돼요?"

그는 위치를 알려주고 전화를 끊었다.

성급하게 움직여서는 안 된다. 근처에 지난번 그 조폭들이 감시하고 있는지도 모를 일이다. 무턱대고 덮쳤다가는 지난번과 똑같은 봉변을 당할 수 있었다.

그는 모텔이 잘 보이는 골목 모퉁이로 물러나와 벽에 편하게 기대고 섰다. 이번에는 신중하게 행동해야 한다고 다짐하고 또 다짐했다.

6

"다시 한 번 말할 테니까 잘 들어. 종로경찰서 앞에서 돈을 받으면 곧바로 너한테 전화할 거야. 만약 12시 10분, 아니 20분까지도 전화 안 오면 무슨 일이 벌어진 거니까 어젯밤에 말한 대로 해. 만약 돈을 받으면 너한테 전화를 한 번 하고 그 다음부터는 택시를 계속 갈아타면서 서울을 빙빙 돌 거야. 그러다 한곳에 자리를 잡고 다시 너한테 전화를 할게. 그때 기호를 데리고 오면 돼. 많이 걷지 말고 요 앞에서 무조건 택시를 타. 알았지?"

소미는 비장한 표정이었다.

"너 혼자 보내는 게 불안해. 나도 같이 갈게."

"아니야, 이런 일은 혼자서 하는 게 더 안전해. 넌 기호를 챙겨야지. 저렇게 철딱서니 없이 굴고 있는데."

기호를 한심하게 쳐다보며 말했다.

기호는 PC 앞에 앉아 인터넷 쇼핑몰을 뒤지고 있었다. 5억 원이 생기면 뭘 살지 메모까지 해 가며 열성이었다.

소미는 빨간색 포장지로 싼 그림을 다시 한 번 살폈다. 그림에 에어 캡을 몇 번 두르고 포장해서 그런지 제법 두툼해 보였다. 진구가 불안했는지 고개를 살래살래 흔들었다.

"정말 이렇게 해도 되는지 모르겠어. 괜히 일을 더 크게 만드는 것 아닐까?"

"이게 최선이고…… 우리 모두가 살 수 있는 거의 유일한 길이야."

"미안해, 나 때문에……."

"더 이상 그런 말 하지 마. 어떡하겠어. 일은 벌어졌고, 굴러가는 중이고, 수습은 해야 하는데. 너도 날 도우려고 그런 거였잖아. 그러니까 너무 미안해할 것 없어."

소미가 먼저 그림을 들고 자리에서 일어났다.

"갈게. 넌 기호와 여기 꼼짝 말고 있다 내가 연락하면 꾸물거리지 말고 바로 움직여야 해. 알았지?"

"소미야, 조심해."

진구는 그녀의 손을 꼭 잡아주었다.

소미는 골목을 빠져 나와 대로를 향해 걸어갔다.

두툼한 그림을 두 팔로 가슴에 꼭 품고, 틈틈이 주위도 살피며 종종걸음으로 걸었다. 누가 감시하거나 따라올지도 몰랐다. 그러나 그것보다 더 겁나는 건 생전 처음 해보는 일의 프로세스가 백지 상태라는 거였다. 정작 일을 펼치고 있는 건 자신이었지만 앞으로 무슨 일이 어떻게 펼쳐질지 전혀 알 수 없었다. 짧은 그림자가 오들오들 떨며 그녀를 뒤따랐다.

'긍정적으로 생각하자. 잘 될 거야, 안전장치가 있잖아.'

제발 아무 탈 없이 빨리 일이 끝나게 해달라고 간절히 기도했다.

대로로 나와 택시를 잡아탔다. 연대 앞으로 지나 안국역으로 가자고 했다.

택시에 있는 시계를 보았다. 모두 일자였다. 11시 11분. 여유 있게 도착할 듯싶었다.

창밖에 스치는 풍경은 고즈넉했다. 사지로 뛰어드는 사람이 이 세상에 있다는 걸 모르는 것처럼 평온해 보였다. 이런 세상이 두려운 것이다. 누군가는 죽음을 향해 돌진하고 있는데, 세상의 풍경은 흔들리지도 않고 그대로다. 이 나라의 자살률이 세계 최고라는 통계도 그렇게 많이 죽어나가는 데 죽기 전에 거의 발견하지 못하는 탓이 아닌가. 자신과 진구와 기호를 세상은 알지 못했다.

소미는 이 불길한 미래를 밝혀주는 단 한 가지를 떠올렸다. 5억! 5억이라는 돈이 등대처럼 그녀를 향해 빛을 쏘아 보냈다. 쇼핑몰을 뒤지던 기호가 어쩌면 상황에 가장 정직한 건지도 몰랐다. 그것 말고 선명한 게 아무것도 없었다. 그녀도 자연스럽게 5억 원으로 무엇을 할지 생각해보았다.

가장 먼저 여기저기서 빌린 돈부터 다 갚아야 한다. 그 다음으로는 미장원을 넓히고 인테리어를 훨씬 세련되게 꾸민다. 손님이 없는 건 촌스러운 실내 분위기 탓도 있었다. 반 지하 집에서 나와 세 사람이 각자의 공간을 가질 수 있는 좀 넓은 집으로 이사를 간다. 나머지는 옷도 좀 사고, 낡아빠진 가전제품 몇 개도 바꾸고,

나머지는 얼마나 더 들지 모르는 엄마 병원비로 모아두어야 한다.

진구는 그 돈으로 뭘 하고 싶을까? 기호는······.

길이 순순히 뚫려 생각보다 빨리 안국역에 도착했다. 11시 40분. 아직 넉넉하다.

택시에서 내린 소미는 일단 역 근처 빌딩 앞 벤치에 앉아 숨을 골랐다. 여기서 7, 80미터만 직진하면 종로 경찰서다. 12시 5분 전쯤 일어나면 될 것이다.

유동 인구가 많은데다, 점심시간이 막 시작되어 사람들이 한꺼번에 쏟아져 나오고 있었다. 그림에 자연스레 눈길이 갔다. 빨간색 포장지 때문에 도드라져 보일 것 같았다. 양손으로 꼭 쥐고 기도했다. 제발, 제발······.

빌딩 1층에 편의점이 있는 것을 보고 차가운 생수라도 마시려고 일어났다.

그때였다.

"어이, 오랜만이야."

자신을 부르는 것 같아 돌아보니, 예상치 못한 인물이 능글맞게 웃으며 다가오고 있었다. 양아치였다. 그 옆에 쌍둥이처럼 비슷한 남자도 동행인 것 같았다.

소미는 이런 데서 그를 만난다는 게 어떤 의미가 있는지 생각해야 했다. 확률적으로 이런 조우가 가능한지는 따질 필요가 없었다. 왜 양아치가 지금 이 자리에 있는가도 알 필요 없었다. 단 하나의 의미만 유효했다. 여기서 그를 벗어나는 게 상책이라는 것.

그녀는 편의점에 들어가는 대신 대꾸 없이 그림을 가슴에 품고 종로경찰서로 향했다. 양아치와 함께 온 '양아치Ⅱ'가 소미의 양쪽에 따라붙었다.

"아는 척 좀 해라. 그동안 보고 싶지 않았어?"

소미는 대꾸도 안 했다.

"이거 서운한데? 거래 끝났다고 안면 몰수하고 상대도 안 해주네?"

소미는 그림을 꼭 품은 채 앞만 보고 걸었다.

"이러지 말자. 피차 힘든 일도 다 끝났으니까, 우리 새로 시작해보는 건 어때?"

자기도 모르게 걸음이 빨라졌다. 그보다 더 빨리 걷던 양아치가 앞을 막았다. 정나미 떨어지는 얼굴이 날카롭게 변했다.

"너 큰 사고 쳤더라?"

그러면서 그림으로 살짝 눈길을 주었다. 그 말에 숨이 탁 멎는 것 같았다. 아무도 몰라주는 세상이 더 두려운 건 이런 잔인한 인간들만이 뭐든 악착같이 알아낸다는 것이다. 그래서는 마지막 붙잡은 지푸라기마저 칼로 단숨에 끊어낸다는 것이다. 낭떠러지에 선 기분이었다.

"비켜. 너랑 볼일 없어."

소미가 밀치고 다시 걸음을 놓으려는데 옆에서 따라오던 양아치 II가 팔을 붙잡았다. 그녀는 손을 세게 뿌리쳤다.

"이 거지는 뭐야? 왜, 혼자서는 안 될 것 같아서 달고 나온 거야?"

"성질하곤. 그동안 내 앞에서 그 성질 죽이느라 얼마나 힘들었을까."

양아치가 여유를 부렸다.

"좋게 말할 때 그냥 꺼져."

그녀는 빈틈으로 다시 어깨를 들이밀고 걸었다.

"싫은데?"

"너도 참 많이 대담해졌다. 경찰이라면 벌벌 떠는 게 경찰서 바로 앞에서 행패를 부리고."

"글쎄, 경찰이라면 이젠 나보다 네가 더 떨리지 않을까?"

양아치가 다시 앞을 가로막았다. 종로경찰서 정문까지는 20미터 정도 남았다.

"어디를 이리 바쁘게 가는 거지?"

"내가 왜 그걸 너한테 알려줘야 하지?"

"아!"

그는 무언가를 알았다는 듯이 고개를 돌려 뒤돌아보았다.

"이리로 쭉 걸어서 인사동에 가려는 거구나? 하긴 훔친 그림 빨리 처분해야 하니까."

양아치가 한쪽 눈까지 깜빡이며 아는 체를 했다.

소미는 조금 더 생각할 필요가 있었다. 우연히 만난 게 아니라는 건 분명하다. 어디서 뒤따라 왔는지는 몰라도 처음 신촌을 뜰 때 양아치도 근처에 있었나 보다. 그림을 훔친 일도 알고 있다. 한 놈까지 더 데려온 걸 보면 준비하고 있었던 거다. 그러나 이 모든 생각이 날카로운 통증에 모두 날아가버렸다.

옆구리가 찔리는 느낌에 내려다보니, 양아치II의 긴 점퍼 소매에서 살짝 삐져나온 뾰족한 칼끝이 보였다.

"쟤가 옆구리를 잘 따. 옆구리가 째지면 제일 먼저 뭐가 쏟아져 나오는지 알아?"

양아치는 거침이 없었다. 사람들이 꽉 찬 길 한복판이 더 안전하다는 걸 아는 것 같았다.
"아!"
별다른 반응이 없자 양아치Ⅱ는 칼에 더 힘을 주었고, 그녀의 입에서 짤막한 비명이 튀어나왔다.
신경이 온통 옆구리에 쏠려 팔이 느슨해진 틈을 타 양아치가 재빨리 그림을 낚아챘다. 무언가 쑥 빠져나가는 느낌이 가슴을 철렁 내려앉게 했다.
양아치는 낚아챈 그림으로 뒷짐을 지고 천천히 뒷걸음쳤다.
서서히 멀어지며 양아치가 그림을 흔들었다. 마치 그림이 둥실둥실 파도를 따라 떠내려가는 것 같았다. 끝장이야, 하는 말이 저절로 나왔다.
바로 그 순간, 갑자기 검은색 봉고 차량 한 대가 인도로 돌진하듯 밀고 와 급브레이크로 멈춰 섰다.
문이 열리고 말쑥한 슈트 차림의 건장한 남자 대여섯이 우르르 쏟아져 나왔다.
워낙 순식간이라 무슨 일이 벌어지는지도 알 수 없는데 끼익, 소리를 내며 또 다른 봉고 차량 한 대가 역시 인도로 돌진하듯 밀고 와 검은색 봉고 바로 뒤에 붙어 섰다.
문이 열렸고, 이번에는 공사판에서 일하다 온 것처럼 누추한 옷차림의 코끼리 덩치만 한 남자들 대여섯이 우르르 쏟아져 나왔다.
소미와 양아치는 그 자리에 선 채 움직일 수 없었다. 놀라기도 했지만 어디로 튀어야 할지 감이 잡히지 않았다. 놀란 건 두 사람만이 아닌 듯했다. 서로 다른 봉고에서 내린 남자들끼리도 어떻게 된 일인지 모르는 것 같았다.

정적이 5초쯤 흐르다가 누군가 지르는 고함과 함께 슈트 차림의 사내들이 일순간 양아치에게 달려들었다.

누추한 옷차림들도 고함을 지르며 양아치에게 달려들었다. 순식간에 두 패거리가 양아치를 중심으로 뒤엉켰고, 서로 그를 끌어당기려고 난리를 쳤다. 양아치는 자기보다 두 배나 큰 남자들 사이에서 어쩔 줄 몰라하며 이리저리 휘둘렸다. 마치 어디선가 몰아친 격랑에 빠진 것처럼 허우적거렸다.

양아치Ⅱ는 어느새 도망을 쳤는지 보이지 않았다. 그녀도 서서히 뒷걸음치기 시작했다.

남자들은 이윽고 육탄전을 벌이는 상황이 되었다. 하지만 균형은 빨리 무너졌다. 슈트 차림의 남자들이 누추한 옷차림의 남자들을 하나둘씩 제압했고, 양아치를 자신들이 있는 쪽으로 끌고 왔다.

그들은 그의 머리를 누르고, 암살 위기를 모면한 대통령을 피신시키듯 자신들이 타고 온 검은색 봉고 안에 밀어 넣었다. 대통령이라면 서둘러 피신시켜도 유리잔을 만지듯 조심스럽겠지만, 그의 경우는 머리카락을 틀어잡고 마치 쓰레기를 버리듯 차에 던져 넣었다는 게 달랐다.

양아치는 신기하게도 그런 혼란스러운 상황에서도 소미한테 빼앗은 그림을 놓지 않았다. 슈트 차림들이 다 올라타고 재빨리 문이 닫혔다.

그녀는 그제야 현장에서 빨리 도망쳐야 한다는 생각이 들었다.

안국역 쪽으로 내달렸다.

　역 안으로 들어가기 전에 살짝 뒤돌아보았다. 인도에 쓰러진 누추한 옷차림들이 옷을 털며 일어나고 있었다.

　양아치를 실은 검은색 봉고는 이미 도로로 쏜살같이 달려 나가 시야에서 서서히 멀어져 갔다.

"옆구리에 훅 두 방"

1

 눈가리개가 벗겨졌다. 눈이 부셔 고개를 못 들었다. 살살 실눈을 뜨니 하얀 안개 속 같은 데 시커먼 것들이 서 있었다. 서서히 시야가 트이자 양아치는 자신이 바닥에 퍼져 있다는 걸 먼저 확인할 수 있었다. 벽까지 깨끗하게 보이기 시작했다.
 공간은 육면체에 가까워 보였다. 집기가 거의 없어 벽의 이음새들이 다 드러나 있었다. 정면에 출입문이 있는데 그걸 제외하고는 문 옆에 화려한 조각이 장식된 커다란 가죽 소파 하나가 놓여 있을 뿐이었다. 깨끗했지만 지하실인지 습하고 찬 기운이 흘렀다. 특이하게도 사면의 벽을 빙 둘러 풍경화가 그려져 있었다.
 그림 때문에 덜 답답하게 느껴졌지만 그림을 감상할 틈은 없었다. 이곳엔 자신만 있는 게 아니었다. 오른쪽 벽면으로 열댓 명의 남자들이 신사복 카탈로그 모델처럼 모두 말끔한 슈트 차림을 하고 일렬로 서 있었다. 그들이 누군지 알았다. 자신을 납치해 온 사람들이었다.

여기가 어디고, 이곳으로 왜 오게 된 건지 너무도 궁금했지만 차라리 모르는 게 더 나을 것 같은 기분도 들었다.

그래도 양아치는 그나마 다행인 것 아니냐며 스스로 위로하고 있었다. 사흘 전 납치한 조폭들처럼 더럽고 무식하지는 않을 것 같은 분위기였다. 그래도 몰랐다. 이놈들이 실은 더 잔악무도한지도. 아까 종로경찰서 앞의 활극을 보면 결코 호락호락한 놈들이 아니었다. 다시 서늘한 긴장감이 손가락과 발가락 사이를 훑고 지나갔다.

그때 한 남자가 문을 열고 들어왔다. 양아치는 또 한 번 눈이 부시는 걸 느꼈다. 50대 중반쯤 되는 남자였는데, 양아치가 봐도 한눈에 최고급 명품임을 짐작케 하는 회색 슈트를 입고 검은색 중절모를 썼다. 무엇보다 양아치를 어지럽게 한 건 그의 외모였다. 그는 태어나서 저렇게 잘생긴 남자는 처음 보았다. 같은 남자인데도 감탄사가 절로 나올 정도였다. 조각상 같은 얼굴이 실제로 존재하는구나, 신기하기까지 했다.

스스로 얼이 빠져 있다는 걸 느끼자 고개를 세차게 흔들었다. 분위기가 야릇해 어떻게 적응해야 할지 감이 안 왔다.

그래서 정리해보았다.

이들은 어쨌든 조폭이 틀림없다. 경찰서 앞 활극을 봐도 그렇고 조폭이 아니면 뭐냐고 항변하듯 벽면에 정렬한 포즈가 그랬다. 중절모를 쓴 조각상은 조폭 두목이 분명하다. 두목이 아니라면 이렇게 뒤늦게 출현했는데도 고개를 뻣뻣이 세우고 여유를 부릴 수는 없을 것이다. 자신은 뭔가? 또 조폭한테 납치된 것이다. 예외적인 사항은? 없다. 한결 상황을 분명하게 인식하자 이런 데 끌려오고서도 개운한 느낌마저 들었다.

중절모는 소파에 앉더니, 한쪽 벽을 가리켰다.

벽면에 서 있던 한 남자가 바닥에 세워둔 빨간색 포장지를 들어 건네주었다. 소미의 그림이었다. 아니 소미가 훔친 그림이었다.

그림을 받아든 중절모는 양아치를 쳐다보며 말했다.

"너희들 참 대단한 일 저지른 거다. 너희들도 이젠 알지?"

양아치는 고개를 저으며 무슨 말을 하려고 했지만 입이 떨어지지 않았다.

중절모는 신경도 안 쓰는 것 같았다. 포장지를 조심스레 다 뜯자 에어 캡으로 둘둘 말린 그림이 나타났다.

조심스럽게 벗겨내기 시작했다. 드디어 그림이 모습을 드러내려는 순간이었다.

가슴 벅찬 순간을 맞이하기 직전이라 그런지 중절모의 손이 가볍게 떨렸다. 입이 마르는지 입술을 몇 번인가 핥기도 했다.

그림이 드러나자 중절모의 입가에 묘한 미소가 떠올랐다. 벽면에 선 남자들도 애가 달아 애원하듯 말했다.

"형님, 저희도 좀 보여주십시오!"

"얼마나 대단한 그림인지 보고 싶습니다, 형님!"

중절모는 그림에서 눈을 떼지 않았다. 눈을 뗄 수 없는 정도라면 어떤 그림일까 양아치도 궁금했다. 원래 대단한 그림은 사람을 미치게도 하는 모양이었다. 갑자기 고개를 쳐들고 중절모가 큰 소리로 웃기 시작하는 것이다.

"하하하…… 하하하하…… 하하하……."

그는 보자마자 미친 듯이 웃게 만드는 마력의 그림을 양아치와 부하들이 똑똑히 볼 수 있도록 돌렸다.

사각형 나무 액자 안에는 치와와와 시베리안 허스키가 우스꽝스럽게 교미하고 있는 사진이 들어 있었다.

그는 그림을 양아치를 향해 냅다 집어던졌다. 양아치는 날아오는 그림을 간신히 피했다.

벽면에 서 있던 남자가 그림을 주워들자 다들 모여들어 다시 한 번 확인했다.

그들의 시선이 양아치에게 모아졌다. 다들 눈빛들이 이글거렸다.

누가 지시를 내린 것도 아닌데 일제히 양아치한테 달려들어 온몸을 차고 짓밟기 시작했다. 그때부터 근사한 풍경화가 그려진 실내에서 양아치를 패는 소리와 고통에 가득 찬 비명이 교차하며 울려 퍼졌다.

실컷 차고 짓밟은 후에는 양아치를 일으켜 세웠다. 한 남자가 그를 뒤에서 붙잡고 나머지 남자들이 돌아가면서 주먹으로 배와 가슴을 마치 샌드백 치듯 사정없이 때리기 시작했다. 그는 살려달라고 애원했지만 인정사정없었다.

15분 정도 지나자 중절모가 소리쳤다.

"그만해라!"

남자들이 주먹질을 멈추고 모두 원래의 자리로 돌아가 섰다.

"살려주세요…… 살려주세요…… 제발 때리지 마세요. 고문하지 마세요……."

바닥에 팽개쳐진 양아치는 울면서 애원했다.

"……전 아무것도 몰라요, 정말이에요, 아무것도 모른다고요……."

"왜 이딴 장난을 쳤는지 말해봐."

"네, 다 말할게요. 다요. 다……."

그때부터 양아치는 소미와의 관계, 정체불명의 조폭에게 납치돼 고문당한 일, 그림에 대해 알게 된 일, 소미를 미행해 그림을 빼앗으려 한 일을 하나도 빼놓지 않고 다 토해냈다.

사실 그 정도만 얘기해도 됐을 텐데, 하도 얻어터져 정신이 없던 나머지 어린 시절 부모로부터 학대당한 일, 고등학교 때 퇴학당한 일, 동거녀가 돈을 훔쳐 도망간 일 등 쓸데없는 이야기까지 주절주절 다 쏟아냈다.

"야!"

중절모의 고함이 터져 나오자 양아치는 그대로 까무러치는 줄 알았다.

"너희들 어디서 이런 양아치 같은 새끼를 데리고 왔나! 무슨 일을 이 따위로 해!"

"빨간색 포장지로 싼 물건을 들고 있으면 무조건 끌고 오라고 하셔서……."

"그래도 현장 상황을 침착하게 보고 처리해야 할 것 아냐!"

"이 자식이 그 여자 소재를 안다니까 지금 당장 쳐들어가겠습니다."

"쳐들어간다고? 너 같으면 아직도 거기 있겠냐?"

중절모는 흥분을 가라앉히려는 듯 눈을 지그시 감더니 혼잣말로 중얼거렸다.

"큰형님이 역시 사람 보는 눈이 있어. 그 아가씨 보통 단수는 아니다. 보통이 아니야……."

양아치를 한심하게 내려다보며 소리쳤다.

"이 지지리도 못난 놈아. 상대를 좀 봐 가면서 집적거려. 그 애는 네 머리 꼭대기에서 노는 여자야, 알아! 이 멍청한 자식."

소파에서 일어나 슈트를 탁탁 털고 나서 벽면의 남자들에게 말했다.

"난 올라가서 큰형님께 보고드려야겠다."

"도대체 큰형님께서는 무슨 생각을 하시는지 모르겠습니다. 주민등록증 입수했을 때 초전에 박살내버렸으면 이런 일도 없었을 겁니다."

불만 섞인 목소리로 누가 말했다.

"그건 나도 잘 모르겠다. 다른 생각 있으신 것 같기도 한데……."

"그게 뭡니까?"

고개를 저을 뿐이었다.

"다른 지시가 있을지도 모르니까 어디 나가지 말고 자리 똑바로 지키고 있도록 해."

"네!"

모두 큰 소리로 대답했다.

한 남자가 다급하게 물었다.

"근데 형님, 이 자식은 어떡할까요? 여길 다 봤는데요."

중절모가 양아치를 내려다보며 난감하다는 표정을 지었다. 어떻게 처리해야 하나 잠깐 고민 아닌 고민을 하는데, 양아치를 유심히 살펴보던 벽면의 한 남자가 뜻밖의 말을 던졌다.

"……가만있어 봐. 너 혹시 요즘 인터넷에 뜬 그 자식 아니냐? 강남역에서 밤에 스트립쇼 하다 개망신 당한."

양아치가 화들짝 놀라 소리쳤다.

"제가요? 아니, 아니 제가 미쳤어요, 그런 짓을 하게. 아니에요."

"맞는 것 같은데…… 맞아! 옷만 벗기면 딱 너야!"

"하하…… 말도 안 돼. 그런 소리 하지 마세요. 저 아니에요."

"틀림없는데……."

"아니라니까요!"

양아치가 버럭 소리를 질렀다.

"허 참, 아니면 아니지 왜 그렇게 흥분하나?"

"……아닌데 자꾸 맞다고 하니까 그렇죠."

그때 두 사람의 대화를 죽 듣던 중절모가 양아치에게 물었다.

"강남역에서 옷 벗고 스트립쇼 한 적 없단 말이지?"

"네."

"정말이지?"

"네!"

중절모는 알았다는 듯 고개를 끄덕이더니 간단하게 말했다.

"그럼 이번에 한 번 해봐."

그리고 지체 없이 벽면의 남자들에게 명령했다.

"이 자식, 당장 옷 벗겨서 강남역 사거리에 던져버려!"

2

 소미는 벌써 30분째 좁은 모텔 방을 왔다 갔다 했다. 도무지 진정이 안 되는 모양이었다. 거치적거리지 않게 한쪽 구석에 딱 붙어 앉은 진구와 기호는 풀이 죽은 모습이었다.
 "……내가 설마 설마 했어. 그동안 그 인간 해온 짓을 보면 순순히 돈 내줄 것 같진 않았지만, 이 정도일 줄 몰랐다고. 혼자 그림 들고 나간다고 분명히 말했는데, 조폭을 동원해 납치하려고 해! 박노수, 이 나쁜 자식……."
 "소미야, 진정해. 무사히 돌아왔고, 아직 우리가 그림을 갖고 있잖아. 차분하게 다시 생각해보자."
 "누, 누, 누나…… 좀 앉아. 앉아서 이야기하자."
 기호가 차가운 물 한 컵을 가져다주었다.
 그녀는 물을 단숨에 들이켜고는 침대로 가 앉았다. 그래도 분이 안 풀리는지 침대에 올라앉아서도 팔짱을 끼고 씩씩거렸다.
　진구와 기호는 눈치만 보았다.
　소미는 오늘 일로 비로소 실감할 수 있었다. 정말 큰일이 터졌다는 것을. 무슨 일이 벌어질지 몰라 줄곧 두려웠던 건 다 그만한 육감이 있었기 때문이다. 돌이켜보면 진구와 기호가 사고를 쳤을 때 큰일 났다는 느낌은 막연한 것이었다. 비슷한 경험을 한 적도 없고, 비슷한 이야기도 들은 적 없으니 와닿지 않았던 것이다. 남의 이야기 같았을 정도였다.
　종로경찰서 앞 대활극을 보고 나서, 그녀는 그림에 얽힌 일이 자신은 물론 가족의 신변에 직접적인 위협이 될 수 있다는 사실을 확실히 알게 됐다.
　그뿐이 아니었다. 그녀 개인에게도 심각한 의미가 되었다. 박 회장은 정확히 자신을 노렸다. 잡아다가 철저히 망가트리려 한 것이다. 사회적으로 약자인 평범한 한 여자의 인생을 조폭까지 동원해 짓밟으려 한 것이다. 이제 일은 진구와 기호를 떠나 자신에게 더 심각한 것이 되었다. 훔친 그림에서 시작되어 조금씩 뭉쳐 온 숱한 감정들에 이젠 개인적인 악감정까지 뒤섞였다.
　진구가 어렵게 운을 뗐다.
　"……이렇게 하면 어떻겠니? 내가 지난번에 말했잖아. 이 그림, 그냥 돌려주자고. 돈이고 뭐고 다 필요 없고 잘못했다고 싹싹 빌면 그 사람들이 용서해줄 거야."
　어림없는 소리였다. 그런 기대는 이젠 완전히 물 건너갔다.
　"오늘 그 인간이 어떤 짓을 했는지 다 듣고도 그런 말이 나오니? 절대로 그렇지 않아. 오늘 한 짓을 보면 화근 덩어리를 그냥 둘 리 없어. 그림을 돌려줘도 우리를 끝끝내 찾아내 반병신은 만들어놓을걸? 생각해봐. 엉뚱하게 양아치가 당한 거지만 조폭들은 원래 나를 납치해 가려고 한 거야. 그것도 두 팀이나 만들어 서로 경쟁까지 시켜 가며 나를 붙잡으려 했어. 그 남자들이 나를 어떻게 하려고 했겠니? 앞으로는 까불지 말라고 몇 대 쥐어박고 그냥 돌려보냈을까? 상상만 해도 끔찍해."

"경찰에 시, 시, 신, 신고하자."

"시끄러워질 걸 각오하고 박회장한테 이를 가는 언론사에 다 폭로하든가. 그래야 별 탈 없을 것 아냐."

결국 처음과 똑같은 말이 되풀이되었다.

"아니야. 전부 아니야. 그렇게 해선 안 돼. 애초의 방법 말고 더 좋은 대안은 없어. 돈을 받고 같이 공범으로 묶이는 것!"

"근데 그게 안 되잖아. 애당초 돈 줄 생각이 없는 사람들이라고. 오늘 일을 봐. 그건 너무 위험해."

"……전략만 있었고 전술이 없었어. 그런 인간들 상대하려면 그림을 주면 돈을 주겠지 하는 안일한 방식으로 단순하게 접근해서는 안 되는 거였어. 그 전에 돈을 줄 수밖에 없는 상황을 만들었어야 했어."

그녀는 엄지손가락을 잘근잘근 깨물며 생각에 잠겼다.

"다시 시작하자. 제일 먼저 해야 할 건, 우리가 결코 우스운 사람이 아니라는 걸 확실히 보여줘야 돼. 그래야 나중에라도 건드리지 못해. 그리고 이건 박회장과 나 개인의 문제이기도 해. 나를 납치해 제거하려고 한 박회장을 절대 용서할 수 없어. 그동안 대기업 회장이라고 눈에 뵈는 것 없이 안하무인으로 권력을 휘두르고 다녔겠지만, 나한테는 안 통한다는 걸 똑똑히 보여줄 거야. 속을 바짝바짝 태우고 뒤집어놓을 테니까."

얼마나 비장한 표정이었는지 진구와 기호는 기가 눌려 아무 말도 못하고 그녀의 얼굴만 멀뚱멀뚱 쳐다보았다.

"……어떻게 하려고?"

기호가 기어들어가는 목소리로 물었다.

"일단 박회장한테 전화를 해야지."

그녀는 번호가 적힌 메모지를 꺼내놓고 수화기를 들었다.

"일반 전화기로 전화하면 추적될지 모른다며?"

진구가 버튼을 누르는 그녀의 손가락을 불안하게 쳐다보았다.

"통화 끝나고 바로 신촌을 떠나야 해."

"또? 방금 들어왔는데?"

"그건 너하고 기호를 급히 피신시키려 한 거고. 박회장이 지금쯤 우리가 신촌 모텔촌에 있다는 걸 알았을 테고, 그렇다면 곧 조폭들이 떼거지로 몰려와 이 일대를 이 잡듯이 뒤질 거야. 아주 먼 곳으로 가야 해…… 조용히 해. 연결됐어."

"세계그룹 회장 비서실입니다."

어제 그 비서가 전화를 받았다.

"박회장 바꿔."

비서는 그녀를 기억하는지 아무 소리 않고 바로 연결했다. 곧 박회장의 목소리가 들렸다.

"박노수요."

"내가 보낸 사진 어때? 너한테 딱 어울리는 작품 같지 않아?"

"너, 너……."

박회장은 말을 제대로 잇지 못했다.

"세계그룹 박노수 회장! 너 참 대단하더라. 나 하나 잡으려고 군대를 보냈던데? 5억이 아까운 거야, 나한테 겁을 먹은 거야?"

"너 뭐하는 계집이야! 그림하고 돈을 비밀리에 맞교환하자더니, 경호업체 사람들을 우르르 데리고 나와?"

그는 어지간히 흥분한 상태였다.

"아무튼 연기 진짜 잘해. '법정 연기의 일인자'라는 말이 빈말이 아니야."

"그 자식들은 누구야? 어디서 데리고 온 거야!"

"야, 야, 시끄러. 그런 식으로 시간 끌려고 하지 마. 용건만 간단히 말할게. 박노수 너, 사람 완전히 잘못 봤어. 나, 그렇게 만만한 여자 아니야. 네가 상대한 사람 가운데 최고의 강적이라는 걸 보여주마. 이제부터 내가 무슨 일을 벌이고 다니는지 잘 지켜봐. 아주 재미있는 일이 벌어질 테니까 오늘부터 신문과 TV와 인터넷, 빼놓지 말고 봐야 해."

"허튼 수작 부리지 마. 너야말로 나를 잘못 보고 있어. 이거 하나 알아둬라. 정계, 검찰, 경찰, 언론 쪽에 내 사람들 쫙 깔려 있어. 너도 그 정도는 알 거다. 혹시라도 그쪽에 접근해 뭔 짓을 할 생각이라면 단념하는 게 좋을 거야."

"병신 지랄하네. 다 너하고 한통속인데 내가 거기로 왜 가니? 나, 그렇게 재미없는 여자 아니야. 두고 봐. 너도 깜짝 놀랄 거야."

그녀는 바로 전화를 끊었다.

"……소미야, 뭘 하려고 그러는데……."

진구는 이젠 완전히 겁을 먹은 상태였다.

"빨리 나가야 해."
소미는 두 사람을 재촉했다.
"어, 어, 어디로 갈 거야?"
"무조건 먼 곳으로 가야 해. 아, 진구야. 돈은 얼마 남았어?"
"좀 있어. 왜?"
"너하고 나는 가다가 백화점에 들러서 옷 좀 사야 해."
"옷? 웬 옷?"
"가면서 이야기할게. 방금 떠오른 생각이 있어."
소미는 두 사람의 등을 떠밀었다.

소미는 박회장에게 한바탕 쏟아 붓고 났더니 마음이 훨씬 가벼워졌다. 몇 년 전 외삼촌이 교통사고를 당해 입원한 적이 있었다. 병원에 문병을 갔을 때 외삼촌은 이런 말을 했다. 어렸을 때부터 환갑인 지금까지 교통사고 조심하라는 말을 귀에 인이 박히도록 듣고 살았는데, 이렇게 당하고 나니 차라리 마음이 편하다고. 그때 소미는 그 말을 이해하지 못했다.

그런데 이제는 좀 알 것 같았다. 진구와 기호가 대형 사고를 치자, 소미는 그녀 앞에 벌어진 일에, 그리고 앞으로 벌어질 일에 늘 조마조마하고 두렵기만 했다. 그런데 막상 이렇게 일이 벌어지고 나니 오히려 홀가분했다. 사람을 힘들게 하는 건 어찌 보면 현실보다는 마음이었다. 밤마다 밖에서 부스럭거린 것은 유령이 아니라 호랑이였던 것이다.

유령이나 호랑이나 무서운 것은 마찬가지다. 하지만 확인할 길 없는 유령보다 엄연히 존재하고 확인할 수 있는 호랑이가 나았다. 이제부터 행동을 훨씬 구체적으로 할 수 있었다. 그것만으로도 큰

짐을 던 듯했다.

  외삼촌은 퇴원을 앞두고 또 이런 말도 했다. 사람들이 마음속으로 생각하는 최악의 상황은 의외로 잘 일어나지 않는다고. 그녀는 이제 그 말을 다시 떠올리며, 자신과 가족 앞에 놓인 엄청난 난관을 무사히 뚫고 지나가리라고 다짐했다. 반드시 극복해낼 것이라고 믿었다.

 소미와 진구는 인사동 '아라옥션'으로 가고 있었다.
 하루 사이에 많은 게 달라져버렸지만 두 사람도 많이 달라보였다. 가까운 사람이라도 스쳐 지나면서는 알아보지 못할 것 같았다.
 어제 저녁 모텔을 옮길 때 백화점에 들러 소미는 100만 원짜리 핑크색 투피스를, 진구는 50만 원짜리 베이지색 슈트를 샀다. 그 정도로도 사람이 딴판으로 보일 정도였다.
 둘은 그 옷을 입고 이태원의 짝퉁 매장으로 갔다. 소미는 가짜 루이뷔통 가방과 프라다 구두와 에르메스 스카프와 오메가 시계와 각종 액세서리를, 진구는 가짜 발리 가방과 샤넬 넥타이와 돌체 앤 가바나 구두와 롤렉스 시계를 샀다.
 아침에 나오면서는 명동의 고급 미용실에 들러 머리 정리하고 화장하고, 심지어는 손톱 손질까지 했다. 자세히 보면 너무 많이 걸쳐 세련된 분위기는 떨어졌지만 얼핏 보면 돈이 너무 많아 주체 못하는 젊은 부부의 느낌이 물씬 났다. 소미는 미인형 얼굴에다 드레스가 잘 빠진 몸매를 살려주어서 그런지 여기까지 오는 동안 흘깃거리는 남자들이 많았다.

"나도 이렇게 입으니까 그럴듯하지?"

진구는 오랜만에 해 입은 옷이 얼마나 좋았는지 연신 히죽거렸다.

"옷이 날개라고, 그건 그래. 난 어때?"

"……넌 그냥…….''

그는 살짝 얼굴을 붉혔다.

"왜? 별로야?"

"그게 아니라…… 넌 너무 섹시해서 아까부터 거시기가 계속 서 있었어."

"하…….''

소미는 기가 차서 고개가 절로 제껴졌다.

"너, 이번 일 마무리하고 나면 나하고 진지하게 얘기 좀 해야 돼. 도대체 언제부터 기호하고 그런 나쁜 짓 하며 돌아다녔는지 낱낱이 말해야 할 거야."

"그게 처음이었다니까."

"그리고 아무것도 모르는 순진한 애 데리고 그런 짓을 한 응분의 대가를 치를 거고."

"……알았어. 미안해. 근데 소미야, 중요한 건 그게 아니야."

"뭐 다른 문제가 있어?"

"있다 돌아가서 우리 한 번 하자. 그동안 너무 안 했잖아. 기호는 잠깐 나갔다 오라고 하면 돼. 도저히 참을 수가 없을 것 같아."

"내가 네 머릿속을 어떻게 청소해주면 되겠니? 지금 이 상황에서 그런 생각이 나? 느긋한 거야, 덜 떨어진 거야."

그녀는 발걸음을 멈췄다.

20미터 전방에 목표로 삼은 건물이 보였다.

"다 왔어. 여기야. 이제부터 쓸데없는 생각 말고 정신 바짝 차려."

그녀는 핸드백을 열어 수첩을 꺼냈다.

"뭐야?"

"어젯밤 달달 외운 거 있잖아. 안 하던 짓 하려니까 이런 말들이 입에 잘 안 붙더라. 다시 한 번 보려고."

"난 좀 있다가 올라가면 되지?"

"응, 내가 말한 대로 구석구석 샅샅이 살펴봐야 해. 7층이 사무실이고 8층이 경매장이야. 넌 8층으로 곧장 올라가 비상구나 다른 출구가 있는지 정확히 파악해둬."

"알았어."

그녀는 그림 박스가 담긴 가방을 건네받았다.

"한 30분쯤 걸릴 것 같으니까, 그때 이 자리에서 보자."

"잘해. 낌새가 이상하다 싶으면 바로 빠져나오고."

실없는 소리나 하던 진구도 막상 일이 시작되자 긴장했다.

그녀는 일부러 부드러운 미소를 만드는 연습을 해보고는 건물로 천천히 걸어갔다.

어젯밤 머리를 싸매고 앉아 두 가지 계획을 짰다. 박회장의 정신을 번쩍 들게 할 무기는 역시 그림밖에 없었다. 하나는 그 100억짜리 그림을 가지고 뭘 하면 속이 후련할지 고심해서 나온 계획이었다. 또 하나는 영화나 드라마에서 본 적이 있던 건데, 한 번쯤 해보고 싶었던 일이었다.

첫 번째 계획은 〈불타는 꽃밭〉을 검색하다 착안한 것이다. 미술품도 시장이 있는 게 놀라웠다. 경매가 수산물시장에서나 하는 것만은 아니구나, 신기했다. 〈불타는 꽃밭〉은 그나마 근사한 그림이지만 돌 지난 아기가 아무렇게나 붓질 한 것 같은 그림이 수십억 원을 넘는다는 덴 억! 소리가 절로 나왔다.

대신 이 계획엔 미술에 대한 상당한 지식이 필요했다. 그쪽으로 문외한이다 보니 실행에 옮기는 게 망설여졌다. 그러나 박회장을 두드릴 충격파가 상상 이상일 수 있다는 쾌감이 솟구치자 그냥 감행하기로 마음먹었다.

두 번째 계획은 뉴스에서 들은 적이 있었다. 실제 외국에서 일어났던 사건이라는데 영화나 드라마에서 써먹는 걸 보았다. 그 일에는 지식보다는 배짱이 필요했다.

건물 안으로 들어가 곧장 엘리베이터를 타고 7층으로 올라갔다.

엘리베이터 문이 열리자 '아라옥션'이라는 커다란 사인이 눈에 들어왔다.

수첩을 다시 핸드백 속에 넣고, 그림이 든 가방을 확인했다.

머리와 옷을 매만진 후, 사무실 안으로 들어갔다.

고가의 미술품을 다루는 회사라는 티를 내는지 인테리어가 세련되고 고급스러웠다. 하얀색 벽은 밝고 깨끗했고, 색색의 예쁜 파티션으로 공간을 분할해 산뜻하고 화사한 느낌이 들었다. 직원들은 많아 보이지 않았다.

옥션에 와보는 건 처음이었다. 이런 일이 터지지 않았다면 평생 올 일도 없었을 것이다. 그렇다고 긴장되지는 않았다. 한 2년 넘게 보험설계사로 일했던 적이 있었다. 수백 평 되는 넓은 사무실부터 열 평 오피스텔까지 안 가본 데가 없었다. 그만큼 다양한 직종에서 다양하게 일하는 사람들을 만났다. 사람 상대하는 일에는 자신이 있었다.

그녀는 인터넷에서 벼락치기로 공부한 옥션에 대한 내용들을 다시 한 번 상기하며 만반의 준비를 했다.

"어떻게 오셨나요?"

안내 데스크의 여자가 밝게 웃으며 인사를 했다.

"경매를 신청하러 왔는데요."

"약속을 하셨나요?"

"아니요, 약속 같은 건 필요 없을 것 같아 그냥 왔어요."

그녀는 도도하게 보이려고 무심한 척 말했다.

"과장님을 불러올게요. 잠시 상담 테이블에 앉아 기다려주시겠습니까?"

여자가 가리킨 데는 테이블 세 개가 띄엄띄엄 놓여 있었다.

"아니에요. 과장 말고 여기 최고 책임자와 좀 은밀한 곳에서 이야기를 나누고 싶어요."

"일반적으로 과장님과 먼저 상의한 후에 경매 절차를 밟거든요."

"일반적인 게 아니어서 그래요. 최소한 1, 2백억이 움직이는 경매가 될 텐데 그런 식으로는 못해요. 들어가서 말씀드려 보세요."
그녀는 이태원에서 산 2캐럿짜리 모조 다이아몬드 반지를 만지작거렸다.
"……네, 말씀드려 볼게요. 잠시만 기다려주세요."
여자가 사무실 안쪽으로 걸어 들어갔다.
후…….
보험설계사 시절의 행운이 떠올랐다. 사무실을 방문해 처음 보는 사람에게 받는 인상으로 결과가 판가름 난 적이 많았다. 계약이다, 아니다가 이미 시작하기도 전에 결정나버리는 것이다. 그런 감각을 믿고 될 것 같으면 더 자신 있게 밀어붙인 효과를 본 건지도 몰랐다. 오늘은 모든 계획이 짜놓은 대로 무리 없이 흘러갈 것 같은 예감이 들었다.
잠시 후, 여자가 돌아와 말했다.
"들어오시랍니다."
그녀는 안내를 받아 안쪽으로 들어갔다.
"어느 분을 만나게 되나요?"
"유재우 상무님을 만나실 겁니다. 주로 고가의 미술품을 많이 다루시는 분입니다."
색색의 파티션을 지나 안쪽 끝까지 들어가자 맨 구석에 사무실 속의 작은 사무실이 있었다. 여자가 노크를 몇 번 하고 문을 열어 주었다.
"들어가세요."
작은 사무실은 사면이 책장이었다. 책과 잡지가 빽빽한 벽을 마주하니 갑자기 호흡이 거칠어졌다. 가운데 책상에서 40대 후반쯤 되어 보이는 남자가 일어나 소파로 안내했다. 옆 가리마가 너무나도 선명한, 작고 통통한 체형의 남자였다.

"어서 오세요. 이쪽으로 앉으시죠."

건너편 소파에 앉았다. 명함에는 아라옥션 경매기획팀 유재우 상무라고 적혀 있었다.

"먼저 저희 옥션을 찾아주셔서 감사하다는 말씀을 드립니다. 이전에도 위탁하신 적이 있었나요?"

"아니요, 우리나라에서 옥션을 이용하는 건 이번이 처음이에요."

"특별한 미술품을 위탁하신다고 하셨죠?"

명함을 핸드백에 집어넣고, 그림 박스를 테이블 위에 올려놓았다. 그림 박스는 인사동 액자 가게에서 10만원이나 주고 맞춘 거였다.

그녀는 천천히 박스를 열어 방습제와 곰팡이 방지제를 빼내고, 특수 에어 캡으로 포장된 그림을 꺼냈다. 조심스럽게 벗긴 다음 그림 모서리를 보호한 코너 박스를 떼어내고 나서야 유상무에게 건넸다.

그는 조심스럽게 그림을 받아들고는 찬찬히 살펴보았다. 사무적인 얼굴이 금세 딱딱하게 굳어졌다.

"……아, 아니 이 그림은……."

그는 눈을 휘둥그레 뜨고 소미와 그림을 번갈아 쳐다보았다.

소미는 별것 아닌데, 하는 미소를 지으며 유들유들하게 말했다.

"지금 무슨 생각을 하시는지 알아요. 이 그림을 왜 제가 들고 왔나 하시겠죠? 〈불타는 꽃밭〉, 제가 소장하고 있었어요. 사람들은 이 그림을 세계그룹에서 소장하고 있는 걸로 알고 한때는 말도 많았는데, 사실이 아니에요. 아, 물론 이 그림의 구입처와 소장 이력에 관한 서류도 다 준비되어 있으니 오해는 하지 마세요. 그림의 진위여부는 천천히 확인해보도록 하시고요."

"대단합니다, 정말 대단해요……."

그는 정말 감격스러워하는 것 같았다.

"제가 시간이 없어 간단하게 말씀드릴게요. 〈불타는 꽃밭〉을 경매에 내놓으려고 해요. 경매가는 100억부터 시작할 거고, 경매는 특별 경매로 진행해주세요."

특별 경매는 일반인을 대상으로 하는 게 아니라 그동안 거래가 활발했고 거래액이 컸던 옥션의 VIP 고객들만 초대해 진행하는 경매였다.

작년 아라옥션에서는 일본인이 내놓은 반 고흐의 그림 한 점이 우리나라 경매가 중 가장 높은 500억 원에 낙찰되는 일이 있었다. 그녀는 인터넷에서 그 상황을 자세히 취재한 기사들을 발견했고, 지금부터 벌일 쇼의 모델로 잡았다.

그녀는 그때부터 기사에 실린 내용들을 자연스럽게 버무려 말하기 시작했다.

"한 3, 4십 명만 초대했으면 좋겠고요, 경매 일자는 사흘 후, 그러니까 글피 오후로 했으면 해요. 개인적으로 길게 시간을 끄는 걸 싫어하고, 〈불타는 꽃밭〉이 길게 시간을 끌 만한 그림도 아니잖아요? 더군다나 이번 주말에 외국으로 나가기 때문에 시간이 없어요."

생각보다 똑 부러지게 말이 나왔다. 자신이 말해놓고도 감탄했다.
"글피 오후요? 너무 촉박한데요. 기본적으로 전시를 해서 공개를 해야…… 아니, 아니지, 특별 경매라면…… 글피 오후도 괜찮습니다."
그는 쉽게 흥분을 가라앉히지 못했다.
"하지만 아라옥션에서 진행될 이 기념비적 경매를 많은 사람들이 알았으면 좋겠어요. 그러니 수고스럽겠지만 상무님께서 이 시간 이후부터 각 언론사에 알려서 많이 홍보해주셨으면 해요."
"당연합니다. 〈불타는 꽃밭〉이 우리나라 경매시장에 나왔다고 하면 우리나라는 물론이고 아마 외국 언론사에서도 난리가 날 겁니다. 이건 세계 미술시장의 금년도 최대 이벤트가 될 겁니다."
"아, 중요한 말씀을 드려야겠군요. 만약 경매가 진행되다가 체계적인 경매가 이루어지지 않고 과열된다 싶으면 '경매중단'을 요청할 거예요. 그러면 곧바로 경매를 중단해주시고, 그림을 다시 돌려주셨으면 해요. 위탁하는 입장에서는 최고가로 낙찰되는 게 미덕이라고 하지만 전 달라요. 합리적인 시장 가격을 무시하고 과열된 분위기 속에서 결정되는 가격을 원치 않아요. 미술품을 사랑하는 애호가의 한 사람으로서 그런 가격이 미술시장을 난장판으로 만들고 결국 저는 물론 옥션 측에도 마이너스가 되는 것을 많이 봤거든요. 작년 여기서 있었던 반 고흐의 그림 경매도 두 차례나 경매중단이 들어온 적이 있잖아요?"
"물론입니다. 냉정하고 합리적인 판단이십니다."
그는 말은 그래도 실망한 표정이 역력했다. 자칫 큰 물건을 놓치게 되지 않을까 우려하는 것 같았다. 그를 안심시키고 봐야 했다.

"하지만 제가 한국으로 돌아오는 3개월 후에 다시 아라옥션에 위탁할 거예요. 그리고 그때는 제가 소장한 다른 그림들 대여섯 점도 함께 내놓을 생각이에요."

"아, 네!"

그의 얼굴이 다시 밝아졌다.

"다른 어떤 그림들을 소장하고 계신지 말씀해주실 수 있습니까?"

그녀는 살짝 미소만 지었다.

"어려우시면 말씀 안 해주셔도 됩니다, 하하하."

그는 면구스럽다는 듯 억지웃음을 날렸다.

"……제가 소장한 그림들 가운데 〈불타는 꽃밭〉은 비교적 저렴한 가격에 속한다는 것만 말씀드리죠. 음…… 하나만 살짝 흘린다면, 〈불타는 꽃밭〉과 자주 비교되는 마네의 양귀비 꽃밭 그림 아시죠? 마네가 꽃밭 그림을 많이 그렸잖아요. 그 그림 가운데 두 점을 제가 갖고 있어요. 제가 꽃밭 그림을 무척 좋아하거든요."

그의 얼굴이 살짝 굳어졌다. 이내 얼굴을 펴고는 조심스럽게 물었다.

"물론 잘 압니다. 근데…… 마네가 아니라 모네 아닌가요? 마네도 양귀비를 그리기는 했지만 꽃밭이라면 아무래도 모네……."

빌어먹을. 〈불타는 꽃밭〉을 모네가 그린 양귀비 꽃밭과 비교하여 쓴 기사를 읽고 한 말이었는데 실수였다. 특히 그 기사를 읽으며 연습을 할 때 진구가 마네, 모네, 너네, 네네 하며 자꾸 장난을 쳐 더욱 헷갈렸다. 아무튼 프랑스어를 들으면 지독한 변비에 걸려 똥구멍이 꽉 막힌 것 같은 답답한 느낌이 들었다.
"……어머, 제가 마네라고 했나요, 호호호호……."
그녀는 간드러지게 웃어 넘겼다.
"그런 터무니없는 실수를…… 모네가 아니라 마네죠, 아니, 아니 마네가 아니라 모네죠, 호호호……."
"정말 대단하십니다. 마네의, 아니 모네의 양귀비 꽃밭 그림은 개인이 소장하기 힘든데, 정말 대단하세요."
그는 소미의 민망함을 알아서 덮어주었다.
"그 그림도 저희 옥션에 위탁하신다는 말씀이시죠?"
그녀는 아무 말 없이 자기가 생각해도 느끼한 미소를 지으며 고개를 끄덕였다. 그리고 팔짱을 끼고 다리를 꼬며 몸을 소파에 편하게 묻었다.
"감사합니다. 〈불타는 꽃밭〉과 함께 또 한 번 미술시장을 뒤흔들 엄청난 이벤트가 될 겁니다. 실례가 안 된다면 존함과 어떤 일을 하시는 분인지 말씀해주실 수 있으신지요?"
"이름은 연지수고요, 특별한 일은 안 해요. 그냥 아버지가 물려주신 유산으로 미술품을 사고팔면서 돈을 불리고 있는 예술 애호가? 아니 예술 사업가라고만 알고 계세요. 자세한 인적 사항이야 거래가 성사되면 관련 서류들을 제출할 거고, 그때 다 파악하실 수 있을 거예요. 그리고 이 정도의 금액이 오가는 일을 해보셨으면 잘 아시겠지만, 저에 대한 모든 것은 철저하게 비밀로 해주세요. 그 건에 대해서는 더 길게 설명 안 드릴게요."
"네, 알겠습니다. 모든 일은 익명으로 처리해드릴 테니 그 점은 안심하셔도 됩니다."

"경매사는 최고로 붙여주셔야 해요."

"이 그림은 제가 직접 할 겁니다. 경매를 원활하게 진행하는 데이 나라에서 저를 따라올 사람이 없죠."

"경매 자체를 홍보하는 건 환영하지만, 내일 경매가 시작될 때는 경매에 참여하는 사람들 이외에 일체 경매장 안에 들여보내지 마세요. 특히 언론사 기자들이 경매장은 물론 이곳 사무실 안에서도 어슬렁거리지 못하게 해주시고요. 제가 그런 산만한 분위기를 무척 싫어해요. 그분들한테는 경매가 끝나면 결과를 신속하게 알려주겠다고만 말해놓으세요."

"저희 회사 경매의 95퍼센트가 비공개로 진행됩니다. 어려운 일이 아닙니다. 그렇게 하겠습니다."

"그림은 그때까지 잘 보관해주세요. 경비나 보관에는 문제가 없겠죠?"

"그런 걱정은 하지 마십시오. 은행에서 사용하는 대형금고 속에 그림을 보관하고, 두 군데 경비업체에서 동시에 감시하는 철통 경비에, 최첨단 항온항습 시스템과 방재 시설까지, 저희 회사의 시설은 완벽합니다. 그리고 7층 사무실과 8층 경매장이 사무실 내에서 연결되기 때문에 밖으로 나가지 않고도 그림을 옮길 수 있습니다."

그의 마지막 설명은 듣던 중 반가운 말이었다.

"참, 이거……."

그녀는 몸을 세우고 핸드백을 열어 준비한 메모지를 꺼내 남자에게 건네주었다. 메모지에는 '김준식'이라고 적혀 있었다.

"이분은 제가 알고 있는 재력가예요. 이분이 〈불타는 꽃밭〉을 자기한테 팔라고 줄곧 성화였는데, 제가 경매를 통하지 않고는 팔지 않겠다고 했거든요. 사흘 후에 경매가 있다고 하면 참여하려고 하겠지만, 아마 VIP로 등록되어 있지는 않을 거예요. 만약 이분이 오시면 경매장에 들어오게 해주세요. 알아두시면 도움이 많이 될 사람이에요."

"네, 알겠습니다."

그녀는 경매 계약서를 쓰고 그림 접수증을 받았다. 경매 시간과 경매 방법에 대한 이야기를 더 나눈 후 상담을 마무리했다. 유상무의 소개로 사무실을 한 번 둘러보고 나서 밖으로 나왔다.

건물 밖에서 진구가 기다리고 있었다.

"어땠어?"

수험생 엄마 같은 표정으로 물었다.

그녀는 빙긋 웃으며 엄지와 검지로 동그라미를 만들어 보였다.

"떨리지도 않았고 대화도 별 탈 없이 진행됐어."

"다행이네. 몇 시에 하기로 했어?"

"오후 4시."

두 사람은 종로 지하철역 쪽으로 걸었다.

"넌 좀 알아봤어?"

"응, 비상구가 있어 거기로도 빠져나올 수 있고, 밖에서 살펴보니까 옛날 건물이라 그런지 밖으로도 내려올 수 있게 만든 계단이 있더라고. 다시 들어와 확인해봤지. 그런데 바깥 계단으로 나가는 문은 5층만 빼고 다 잠겨 있었어. 5층 사무실에서 흡연 장소로 쓰려고 거기만 열어놓은 거래. 내 생각은 일단 비상구로 5층까지 내려와 계단을 이용해 밖으로 나오면 될 것 같아. 계단을 다 내려오면 바로 뒷골목으로 빠져나갈 수 있어."
"좋아. 왠지 일이 잘 풀릴 것 같아. 자, 그럼 빨리 세계제일제과로 가자."
그녀는 발걸음을 재촉했다.
세계그룹 계열사 가운데 하나인 세계제일제과는 박노수 회장의 둘째 아들인 박주도가 사장으로 있었다. 세계제일제과 사옥이 그녀의 두 번째 계획 장소였다. 모레로 계획한 거사를 위해 두 사람은 오늘과 내일에 걸쳐 철저히 답사할 작정이었다.
진구는 오랜만에 데이트를 하는 기분이라며 좋아라 했다. 벌써 까마득한 얘기 같지만 그동안 데이트라 해봐야 영화 한 편 보고 저녁 먹는 게 고작이었다. 돈이 아까워 커피전문점에도 들어가지 않았다. 영화는 주로 코미디영화를 보았다. 웃을 일이 없으니 영화를 보면서라도 웃고 싶었다. 어쩌다 공포영화를 볼 때도 있었다. 진구의 취향 때문이었다.
공포영화를 보러 갈 때는 억지로 끌려가는 기분이었다. 그녀는 악, 소리 질러대는 그런 영화를 좋아하지 않았다. 초긴장을 하지 않고는 못 보는 게 그냥 싫었다. 어쩌다 보더라도 다 보고 나면 어깨 근육이 잔뜩 굳어 있었다. 왜 그런 영화를 만들어서 일부러 사람을 놀래고 스트레스를 받게 하는지 모르겠다 싶었다. 그런데 그녀는 지금 공포영화의 주인공이 된 듯한 착각이 들었다.
영화의 4분의 3은 공포에 질려 도망만 다니다가, 나머지 4분의 1에서 반격하기 시작해 처절하게 사투를 벌이다 결국 승리하는 레퍼토리 일색인 공포영화. 그녀는 영화의 4분의 3을 막 지났다고 생각했다. 그래서 끝까지 공포영화처럼 되기를 바랐다.

영화에서도 주인공이 이 정도 오면 더 이상 겁먹지 않는 것처럼 그녀도 그랬다. 칼로 반드시 괴물이든 악령이든 사이코패스든 목을 칠 수 있을 것 같았다. 그런 해피엔딩을 간절히 바랐다. 그녀도 마음이 들떠 진구와 함께 인사동을 빠져나갔다.

 박노수 회장은 〈불타는 꽃밭〉이 어제 아라옥션에 위탁되었다는 사실을 오늘 새벽 이사벨에게 들었다.
 박회장은 아침 일찍 부인 신미자와 두 아들 그리고 나실장과 이사벨을 저택 회의실로 불러 모았다.
 그들은 TV 뉴스를 보며 다시 한 번 사실을 확인하고 있었다.

 앵커 ……소장자가 누구인지는 끝까지 밝히지 않았다는 말이죠?
 기자 네, 아라옥션측에서는 익명을 요구하는 30대 초반의 여성이라는 것만 밝혔을 뿐, 그 외 내용에 대해서는 함구했습니다. 고가의 미술품 경매에서는 흔히 있는 일로 앞으로도 위탁자의 신분에 대해서는 계속 비밀이 유지될 듯 보입니다.

앵커 그림의 실제 가치는 물론 상징적인 의미도 커서 반응이 뜨거울 것으로 예상됩니다. 어떻습니까? 지금 분위기는.

기자 보도를 통해서도 전해드렸듯이, 경매는 특별 경매로 진행하게 된다고 합니다. 일반인들은 참여할 수 없고, 또 모레 열리기 때문에 시간이 무척 촉박한 편입니다. 그럼에도 국내는 물론 해외에서도 참여를 신청하는 문의가 쇄도하고 있다고 합니다. 그러나 옥션 측에서는 일체 접수를 받지 않고 있고, 국내 VIP 고객 마흔 세 명만을 대상으로 진행한다고 밝혔습니다.

앵커 무엇보다도 〈불타는 꽃밭〉이 나타나면서 작년 GN TV 오타 기자가 폭로한 세계그룹 '박회장의 그림창고와 40점의 그림' 리스트가 얼마나 신빙성이 있는지 다시 도마에 올랐다고 볼 수 있겠는데요, 현재 세계그룹의 반응은 어떻습니까?

기자 아직 공식입장을 발표하지는 않았습니다만, 부분적으로나마 혐의를 벗은 데 안도하고 있지 않을까 예상하고 있습니다. 그도 그럴 것이…….

"안도? 안도! 당장 TV 꺼!"

박회장이 손가락을 부들부들 떨며 소리치자 나실장이 재빨리 리모컨을 집어 스위치를 눌렀다.

"그 맹랑한 계집이 나를 능멸하고 있어. 나를 갖고 놀고 있다고!"

"고정하세요, 회장님. 하룻강아지 범 무서운 줄 모른다고, 그 앤 지금 아무것도 모르고 까불고 있는 거예요. 걱정하실 것 없어요."

박회장 옆에 착 달라붙어 앉은 이사벨이 달래려고 애를 썼다.

"근데 이관장, 저러다 그 계집이 정말 그림을 팔아치우면 어떡하죠?"

이사벨 건너편의 박이도가 물었다.

그녀는 고개를 저었다.

"그림 파는 일이 그렇게 쉽지 않아요. 특히 아라옥션이라면 그림의 정확한 이력을 요구할 거예요. 비밀을 보장하더라도 자체적으로는 신원 확인을 철저하게 할 거라고요. 낙찰된다 해도 그런 근본도 없는 애가 거래하는 그림을 VIP한테 넘길 리 없어요. 게다가 우리 쪽에서 사람을 심어놓을 거예요. 그림이 다른 사람에게 넘어가는 걸 확실하게 막을 수 있어요."

"그러니까 내가 더 화가 나는 거다. 그 계집은 지금 나하고 한 판 붙어보자는 거라고. 그런 미천한 것이 감히 내게 말이야."

박회장은 혈압이 오르는지 이마를 짚었다.

"나실장, 그때 그 건달들에 대해서는 알아보셨어요? 그 계집애가 끌고 나온 것 같다는 애들 말이에요."

박주도가 비서실장에게 물었다.

"은갈치파에서 집중적으로 알아보고 있다는데, 아직까지 파악하지 못한 것 같습니다."

"이 일을 어떡하면 좋을지…… 아라옥션으로 가서 원래 우리 그림이니까 달라고 할 수도 없고. 일이 점점 이상하게 흘러가는 느낌이에요. 한 번 각자의 의견을 말씀해보세요."

박이도가 한 사람씩 훑어보며 물었다.

하지만 곧바로 말을 꺼내는 사람은 없었다. 무거운 침묵이 흘렀다. 나실장이 박회장의 눈치를 살피다 마지못해 입을 열었다.

"제 생각을 말씀드리겠습니다. 제 생각으로는…… 그 계집이 달라는 5억을 줬으면 합니다. 그 계집은 5억이라는 평생 구경도 못할 돈에도 욕심이 있겠지만, 그보다는 그걸 어떤 안전판으로 보고 있을 확률이 높습니다. 그러니까 5억을 받고 그림을 돌려주면 후에 쓸데없는 짓을 안 하겠고, 또 그렇게 받고도 쓸데없는 짓을 하면 죽어도 할 말 없다는 약속을 우리에게 보여주려는 겁니다. 뿐만 아니라 5억이라는 대가를 받았으니 더 이상 후환이 없을 거라고 보는 거고요. 만약 아무런 대가도 없이 돌려주면 우리도 후에 어떻게 나올지 모르고 저들도 어떻게 변할지 몰라 스스로 불안한 거죠. 그렇기 때문에 5억을 주면 일이 의외로 간단하게 마무리될 수 있을지 모릅니다."

"저도 같은 생각입니다, 아버님."

박이도가 거들었다.

"5억을 주고 앞으로 허튼 수작 부리지 말라고 단단하게 주의를 주면 그냥 먹고 떨어질 애들이에요. 이관장도 옥션에서 그림을 팔기 힘들 거라고 했지만, 머리 좀 굴리는 애라서 개도 그걸 모를 리 없을 거예요. 분명 다른 꿍꿍이가 있을 거고, 그렇다면 모레 있을 경매 건 말고도 앞으로도 계속 고삐 풀린 망아지 모양 겁도 없이 사고를 치고 다닐 텐데, 이렇게 보고만 있을 수 없어요. 조만간에 분명 다시 연락이 올 거예요. 그때 5억을 준다고 하고 빨리 이 일을 마무리했으면 좋겠……."
"저는 그렇게 생각하지 않아요."
박이도의 말이 끝나기도 전에 이사벨이 나섰다.
"세계그룹이 어떤 곳인가요. 회장님이 어떤 분이신가요. 정치인들은 물론 검찰, 경찰, 언론사도 함부로 대하지 못하는 분이세요. 그런 회장님께 함부로 막말을 해대며 모욕을 준 사람이 있었나요? 이건 단순히 협상으로 처리할 게 아니에요. 마음까지 치료되지 않으면 해결이 안 되는 문제라고요. 저도 그 악당들한테 폭행을 당해서 뇌진탕까지 일으킬 뻔했어요. 개인적으로도 절대 용서가 안 돼요."
"그래서 이 관장은 어떡했으면 좋겠단 말입니까?"
박이도가 볼멘소리로 물었다.
"우리는 이제부터 이렇게 나가야 해요. 가만 보니 나를 폭행한 두 남자가 사건의 발단이 됐지만, 지금 벌어지는 일은 그들과 엮여 있는 그 싸가지 없는 여자애가 주도하고 있는 게 틀림없어요. 그 여자애가 갖가지 잔꾀를 부리면서 계속 뒤통수를 치고 있는데, 이제부터는 우리가 그래야만 한다는 거죠. 겉으로는 계속 질질 끌려가는 것처럼 보이면서 우리가 걔네들의 약점을 잡고 한 방에 뒤통수를 쳐서 끝내야 해요. 이 자리에서 그 점을 논의했으면 좋겠어요. 제 입장은 확실해요. 그 악당들을 반드시 붙잡아 그림과 편지를 되찾은 후에, 확실히 끝장을 내버리고 싶어요. 죽여 없애버리고 싶다고요! 그래야 회장님이 당한 이 터무니없는 수모를 보상받을 수 있고, 회장님의 체면도 세워드릴 수 있다고 봐요. 전 그게 가장 중요하다고 생각해요."

"내 마음을 아는 건…… 이사벨밖에 없어. 역시……."

박회장이 감격에 겨운지 목멘 소리를 냈다. 다 보는 앞에서 이사벨의 손을 꼭 잡기까지 했다. 이사벨의 말이 응원이 되었는지 목소리에 힘이 넘쳤다.

"자, 내가 정리하지. 이관장 말대로 한다. 나는 어떻게든 그 맹랑한 계집과 주변 떨거지들을 다 붙잡을 거고, 그림과 편지를 다시 되찾는 것은 물론 그것들을 반드시 내 손으로 요절을 내고 말 거야. 그래야 내 분도 풀리고, 우리 가족도 살 수 있어. 경매가 모레 열리니까 아직 여유가 있어. 경매가 진행된다 해도 이사벨 말대로 아라옥션에서 그림이 누군가에게 넘어가지는 않을 거니까 그 점에 대해서는 큰 걱정이 없다. 일단 그 계집이 하는 짓을 좀 더 지켜보자. 그러면서 이사벨이 말한 대로 역공의 계획을 짜는 거야. 그렇게 하면!"

"제가 한 말씀드릴게요."

맨 끝에 앉아 조용히 듣기만 하던 신미자가 박회장의 말을 끊었다.

박회장의 인상이 확 구겨졌고, 두 아들은 한숨을 쉬며 고개를 푹 숙였으며, 이사벨은 손톱을 만지작거리며 딴 짓을 시작했다.

"모두들 지금 상황을 제대로 못 보고 있어요. 실이 감겨 있던 실타래에 좀 문제가 생겨 약간 엉킨 정도로만 생각하고 있다고요. 그래서 방법을 찾아 엉킨 실을 풀어 원래대로 돌려놓으면 되는 줄 알아요. 그렇지 않아요. 실타래는 처음부터 엉킨 채로 있었고, 그렇기 때문에 처음부터 불량품이었고, 그 자체로 문제덩어리였어요. 풀 수 있는 성질의 것이 아니라고요."

"또 무슨 소리를 하려는 거요?"

박회장은 짜증이 치미는지 눈을 부라렸다.

"저는 그 아가씨 일이 문제의 시작이 아니라 끝이라고 보고 있어요. 복자가 4년 전부터 시작한 미술품 돈세탁 작업이 드디어 곪아 터진 거예요."

"사모님, 말씀이 너무 심하시네요."

이사벨이 회장 부인을 째려보며 대들었다.

"이제라도 늦지 않았어요. 세계미술관에 있는 그림창고를 공개하고 숨겨놓은 그림들을 모두 사회에 환원하세요!"

"뭐요!"

"어머니."

"말도 안 돼!"

"드디어 미쳤어……."

신미자의 선언 같은 말에 격렬한 반응들이 쏟아져 나왔다. 그녀는 단호하게 이야기를 이어나갔다.

"그래야 우리가 그동안 했던 짓을 용서받을 수 있어요. 모든 일을 풀 수 있는 실마리 한 가닥을 얻는 거예요. 그 아가씨와 싸우려 해서도 안 되고, 붙잡아 어떻게 하려고 해서도 안 돼요. 그 아가씨의 존재는 아무것도 아닐지 모르지만, 우리가 저지른 모든 문제의 끝이기 때문에 우리가 감당 못할 엄청난 일을 터트릴 기폭제가 될 수 있어요. 지금이 마지막 기회예요. 더 지체하다가는 아무런 손도 쓸 수 없는 지경이 될 거예요."

"당신, 이젠 작정하고 우리 그룹을 무너트리려 하는구먼. 당신하고 더 이상 얘기하지 않겠소."

박회장은 다시는 안 볼 것처럼 옆으로 돌아앉았다.
"어머니, 대체 어머니는 지금 무슨 생각을 하시는 거죠?"
박이도가 못 참겠다는 듯 말했다.
"그 그림들은 아버님이 저와 형님 위해 특별히 만들어주신 재산이에요. 그걸 위해 아버님이 얼마나 애쓰셨는지 잘 아시잖아요. 이관장을 데려다가 아슬아슬한 고비를 몇 번이나 넘기면서까지 진행하셨고, 작년에는 큰 곤혹을 치르기도 하셨어요. 그 그림들은 아버지의 피눈물 나는 사랑이 담겨 있는 거라고요. 어머니는 지금까지도 그 일을 놓고 탈세니, 불법이니 하며 못마땅하게 보셨는데, 뭐라고요? 이제는 아예 사회에 환원하라고요? 어머니는 어머니가 낳은 자식은 소중하지 않고, 밖에 있는 거지들이 더 소중한가요? 저희도 어머니 자식이에요, 저희도요."
박이도는 가슴까지 쳐가며 말했다.
"너와 주도는 이 세상에서 내가 제일 사랑하는 사람이다. 너희들은 능력이 충분해. 난 믿어. 이런 식으로 하지 않아도 충분히 돈을 벌 수 있고 성공할 수 있는 아이들이야. 그리고 그렇게 해야만 세상에는 돈이나 성공, 이런 것보다 더 소중한 것들이 많다는 걸 알게 되고, 세상을 정말 행복하게 살 수 있단다. 그런데 왜 그런 짓을 해가며 나쁜 길로 빠지려고 하는 거니. 그렇게 해서는 안 돼. 제발 그러지 마."
신미자는 두 아들을 애처롭게 쳐다보았다. 회의실에는 무거운 침묵이 흘렀다.
박이도가 무심한 시선으로 쳐다보며 말했다. 말투가 싸늘했다.
"어머니, 앞으로 더 이상 가족회의에 나오지 마세요. 저는 어머니가 어머니라는 생각이 전혀 안 듭니다."

박주도가 바로 말을 이었다.

"저도 마찬가지예요. 어머니한테 너무 실망했어요."

"……내 말을 새겨들어야 해. 너희들의 생각과 마음을 바로 잡을 마지막 기회야."

박이도는 시선마저 피한 채 떨리는 목소리로 말했다.

"더 이상 어머니를 보고 싶지 않아요. 진심이에요."

"정말이니?"

"네."

"주도는?"

"저도요. 저도 형님과 마찬가집니다."

회의실이 더 무겁게 가라앉았다.

그런 분위기가 어색했는지 박이도가 자리에서 일어나 먼저 밖으로 나갔다. 뒤를 이어 박주도가 나갔고, 곧 박회장과 이사벨이 슬금슬금 나갔다. 나실장도 잠시 머뭇거리다 슬며시 자리를 빠져나갔다.

무거운 정적이 내려앉았다.

혼자 남은 신미자는 일어날 힘도 없어 보였다. 세상의 모든 것을 다 잃은 것 같은 허탈감과 절망감이 어깨를 짓눌렀다.

> 5

　시침이 숫자 5에 턱 소리를 내며 걸렸다. 새벽 5시, 날이 서서히 밝아 왔다. 최주임은 기지개를 켜며 있는 힘껏 하품을 했다. 곧 윤과장이 출근을 하면 집으로 돌아가게 된다. 하루가 그렇게 끝이 난다.
　최주임은 20년 가까이 예닐곱 군데 회사를 옮기며 빌딩 관리실에서만 근무했다. 낮이야 이전이나 지금이나 잡다하게 할 일이 많다. 변한 것은 밤이었다. 이전에는 당직을 설 때도 틈틈이 내부를 돌며 순찰을 하느라 밤 사이 시간이 어떻게 가는지 모를 정도로 바빴다. 하지만 지금은 건물 전체가 최첨단 컴퓨터로 24시간 조절 통제되고 있고, 야간의 방범과 방재 기능, 또 자동 비상 연락 역할을 외부 회사에서 맡아 실시간으로 관리해주고 있다. 그가 할 일은 20층짜리 빌딩에 혼자 남아 가끔 걸려 오는, 그것도 대부분 잘못 걸려 온 전화를 받는 게 고작이었다.
　더욱이 이 사옥의 주인인 세계제일제과의 박주도 사장은 직원들의 야근을 철저하게 금지시켰다. 비상사태가 아니면 밤 10시 전에 무슨 일이 있어도 사무실에서 다 나와야 했다. 사무실에 한 명의 직원이라도 남아 있으면 신경을 쓰게 되는데, 그럴 일마저도 없었다.
　사람이 했던 일을 점점 기계나 컴퓨터가 대신해주니 사람이 일할 곳이 줄어드는 건 당연하다. 빌딩 관리실에 취직하겠다고 기를 쓰고 달려드는 사람은 별로 없지만, 그렇게 편리해진 세상이 자신 같은 기성세대에겐 씁쓸하게 느껴졌다. 머지않은 장래에는 직원들이 퇴근하면 관리실 직원까지 내보내 회사를 안전하게 완전 밀봉된 상태로 만드는 시기가 올지도 몰랐다.
　그는 다시 한 번 늘어지게 기지개를 켰다. 아무래도 상관없었다. 다른 직종이었다면 벌써 퇴직해 놓고 있을 나이에 몇 년은 더 일할 수 있다는 것만으로도 고마웠고 만족했다. 예전에는 어디 가서 명함도 못 내밀었지만 지금은 또래들의 부러움을 한 몸에 받고 사는 재미가 쏠쏠했다.
　최주임은 1층 로비 뒤쪽 문을 열려고 자리에서 일어났다.
　한 남자가 빌딩 출입문을 열고 황급히 달려 들어왔다. 이 시간에 무슨 일인가 싶었다.
　남자의 얼굴은 상기되어 있었는데 잔뜩 놀란 표정이었다.
　"……할아버지, 어르신, 아니…… 저기, 저기요…… 큰일 났어요."
　남자는 얼마나 다급했는지 숨도 제대로 쉬지 못했다.
　"무슨 일입니까?"

최주임이 침착하게 물었다.

남자는 두 손을 책상에 대고 잠깐 숨을 고르고는, 말을 이었다.

"사람이 떨어졌어요. 이 건물에서 뛰어내렸다고요!"

"네?"

최주임의 눈이 휘둥그레졌다.

"이 건물에서 사람이 뛰어내렸다니까요!"

남자는 흥분을 가누지 못한 채 소리쳤다.

"사람이요? 그럴 리가. 이 건물에는 지금 나밖에 사람이 없는데……."

"……아니에요. 제가 똑똑히 봤어요. 자살한 것 같아요."

"어디서요?"

"저기 오른편이요."

남자는 오른쪽 벽을 가리켰다. 건물 오른편은 작은 길이 나 있는 곳으로 먹자골목으로 이어져 있었다.

"확실해요? 이 건물에서 뛰어내린 게."

"뛰어내리는 건 보지 못하고요…… 그쪽을 지나가다가 악, 하는 비명 소리가 들리고 쿵 소리가 나 돌아보니까 남자가 쓰러져 있었어요. 몇 초 전까지는 없었거든요. 이 건물에서 뛰어내린 게 분명해요."

"지금도 쓰러져 있나요?"

"네."

최주임은 남자가 뭘 잘못 본 거라고 생각했다. 그래도 확인해 볼 필요는 있었다.

"지금 같이 가서 봅시다."

최주임이 출입문 쪽으로 뛰듯이 몸을 움직였다. 남자가 뒤따랐다.

두 사람은 출입문을 나와 사옥 오른편 길로 꺾어들었다.

여명도 걷히고 햇빛이 서서히 깔리기 시작해 무엇이든 선명하게 보였다. 낮이면 발 디딜 틈 없이 분주한 이곳에는, 지금 두 사람밖에는 없었다.

최주임은 길 입구에서 한 50미터 안쪽으로 한 사람이 쓰러져 있는 것을 발견했다. 결코 이 시간에 이 건물에서 사람이 떨어져 죽는 일은 불가능하다고 확신하고 있지만, 일단 사람이 쓰러져 있으니 당황하게 되었다. 이 남자의 말이 사실일 수도 있었다. 주변에는 여기까지 떨어져 내릴 만한 건물이 없기 때문이다.

최주임은 사람이 쓰러진 곳으로 달려갔다.

막상 가까이 다가가서 보니, 몸의 기운이 다 빠져나가는 것처럼 허탈감이 밀려 왔다. 안도의 한숨이 아침 공기와 뒤섞였다.

이건 높은 건물에서 뛰어내려 자살한 사람의 형체가 아니었다. 몇 년 전 다른 회사 관리실에서 근무했을 때, 17층짜리 건물 옥상에서 뛰어내려 자살한 사람을 본 적이 있었다. 머리가 깨지고 몸이 다 부서진 채 피범벅이 되어 있던 걸 기억한다. 입고 있던 옷만 아니라면 사람이라는 생각도 들지 않을 정도였다.

하지만 지금 이 사람은 쓰러져 있다는 점만 빼고는 너무나 깨끗했다. 과음으로 드러누워버렸거나 몸에 이상이 생겨 쓰러진 게 틀림없었다. 결코 이 건물에서 떨어져 내린 건 아니었다.

그는 가까이 다가가 손을 대서 살짝 흔들어보았다.

아무런 반응도 없었다.

좀 더 세게 흔들어보았다. 그러자 그는 몸을 꿈틀거리기 시작했다.

"이것 봐요, 괜찮으세요?"

최주임은 귓가에다 소리를 질렀다.

반응하듯 아주 느릿하게 몸을 돌리고는, 눈을 게슴츠레 뜨며 최주임을 바라보았다. 신음에 가까운 목소리가 나왔다.

"……여, 여, 여기가 어디……."

몸의 이상으로 쓰러진 것도 아니었다.

"여기서 이러고 있으면 안 돼요. 빨리 일어나 가세요."

입에서 술 냄새가 강하게 풍겼다. 십중팔구 과음으로 쓰러진 사람이었다.

"……여, 여기가 어디예요……."

"어디긴 어디야, 길바닥이지. 빨리 일어나 가세요!"

최주임은 정신이 들게 하려고 나무라듯 소리쳤다. 하지만 그는 바닥에서 뒹굴기만 할 뿐 일어날 기미가 안 보였다.

"……죽은 것 아닌가요?"

뒤에서 신고자인 남자가 조심스럽게 물었다.

"보면 몰라요?"

"건물에서 뛰어내린 것 같았는데."

최주임은 피식 웃고 말았다.

"비명 소리에 쿵 소리까지……."

"요즘 자살하는 사람들이 많아서 착각한 걸 거예요. 아, 잠깐."

최주임은 생각났다는 듯 남자를 향해 고개를 돌렸다.

"이 사람, 당신이 발견하고 알려준 거니까 당신이 좀 일으켜 세워 어디로 가든가 하세요. 저 안을 비우고 이러고 있을 시간이 없어요."

"제가요? 어디로요?"

"아무데나 데리고 가서 좀 앉혀놔요. 그리고 당신은 그냥 가던 길 가든가. 여기에 이러고 있으면 안 돼요."

"알았어요. 죄송해요. 괜히 소란을 피워서……."

최주임은 자리에서 천천히 일어나 쓰러진 사람을 한 번 쳐다보고는, 사옥으로 향했다.

심장이 갑자기 압박을 받았다가 또 갑자기 풀려서 그런지 기운이 하나도 없었다. 나이는 어쩔 수 없었다. 뭘 한 게 있다고. 그는 터벅터벅 걸어 사옥 안으로 들어갔다.

로비를 가로질러 걸어가 뒤쪽 문을 열었다. 그리고 다시 책상으로 와 앉았다. 이대로 좀 쉴 요량이었다.

시계를 보았다. 5시 20분. 잠시 후면 이 빌딩에 첫손님이 온다. 신문 배달원이 신문을 잔뜩 들고 올 것이다. 그 다음으로는 청소 아주머니들이 출근하겠지. 그 뒤로 자신과 교대할 윤과장이 어슬렁대며 올 테고. 7시쯤 되면 회사에서 제일 먼저 출근하는 총무과 오부장이 보일 것이다.

그는 변함없이 시작될 회사의 아침 일과를 머릿속에 그리고 나서 집으로 돌아가 할 일들을 생각했다. 아침이 되어서야 하루를 끝내는 기분은 나름대로 괜찮았다. 밤공기보다 아침공기가 훨씬 사람을 기분 좋게 했다. 마지막 점검으로 로비를 한차례 둘러보는데, 로비 오른쪽 벽에 붙어 있는 대형 벽화가 눈에 들어왔다.

순간, 입이 쩍 벌어졌다. 몸도 얼어붙었다. 심장도 다시 급하게 뛰기 시작했다. 귀신이 곡할 노릇이라는 게 이런 거구나 싶었다.

번개 같은 동작으로 로비 전체 조명을 다 켰다. 벽화도 빛을 받아 환하게 드러났다. 그는 그 자리에 털썩 주저앉고 말았다.

세계제일제과 사옥 로비에는 가로 5미터, 세로 2.5미터 크기의 대형 벽화가 그려져 있었다. 이탈리아의 세계적인 화가가 그린 것이라는데, 신문이나 방송을 통해 자주 소개되어서 얼마나 대단한지 알고 있었다. 총무부장의 말로는 10억 원이나 주고 주문 제작한 것이라고 했다.

그래서 벽화 주변에는 얕은 펜스까지 설치해놓았다. 손대지 말고 멀찍이 떨어져 보기만 하라는 거였다. 벽화에는 고대 로마제국의 웅장한 기마병들이 그려져 있었다. 로마제국처럼 세계를 제패하고자 하는 세계그룹의 기원을 담았다고 한다.

그 벽화에 빨간색 스프레이 페인트로 커다랗게, 보란 듯이 낙서가 되어 있었다. 아주 거친 필치로 이런 글자가 적혀 있었다.

박노수 바보

그리고 낙서를 하고 공간이 남은 게 아쉬워서인지 아니면 그것이 사인인지는 몰라도, 바보라는 글자 옆에는 이런 그림까지 그려져 있었다.

6

은갈치파 아지트에는 삼형제가 머리를 맞대고 회의 중이었다. 다들 자못 심각했다.

거저먹는 일이라며 여유를 부렸던 은갈치파는 결국 박노수 회장이 정한 일주일이 지나도 그림과 편지를 찾아오지 못했다. 박회장은 종로경찰서 활극의 패배로 은갈치파에게 크게 실망했고, 관계마저 끊어버리겠다고 으름장을 놓았다.

그런데 박회장이 갑자기 쓰러져 병원에 입원하는 일이 벌어졌다. 소미가 아라옥션에 보란 듯이 〈불타는 꽃밭〉을 위탁해 한바탕 속을 뒤집어놓더니, 그것도 모자라 세계제일제과의 얼굴이나 다름없는 사옥 벽화에 낙서까지 해 큰 충격을 받은 것이다. 그러자 박회장의 두 아들이 다시 은갈치파에게 손을 벌렸고, 더욱 강력한 방법으로 반드시 소미 일당을 붙잡고 그림과 편지를 찾아오라고 지시했다.
 두목 강일이 먼저 입을 열었다. 손은 거기가 집인 것처럼 거시기 근처를 긁어대고 있었다.
 "오늘 아침에 박회장이 병원에서 퇴원하자마자 전화를 했다. 오늘 4시에 있을 아라옥션 경매에서 수단과 방법을 가리지 말고 일을 성공시키라고. 박회장은 지금 뚜껑이 열릴 대로 열린 상태야. 그 패거리 두목으로 보이는 여자애가 훔쳐낸 그림을 버젓이 경매시장에다 내놓고, 어제는 세계제일제과 사옥에 들어가 낙서까지 했으니 그럴 만도 하지. 다음에 한 번 더 사고가 나면 그때는 박회장 장례식에 가야 할지도 몰라."
 "사흘의 시간을 더 줬다는 게 사실입니까?"
 강이가 물었다.
 "그래, 그만큼 다급하다는 얘기지."
 "그럼 여유가 있습니다. 그 정도 시간이면 충분히 잡아 올 수 있습니다."
 강삼이 만회하려는 듯 자신감을 드러냈다. 강일은 미덥지 않았다.
 "네가 지금 큰소리 칠 입장이 아니잖냐! 종로경찰서에서 깨진 걸 벌써 잊었어? 애들만 달랑 보내놓고 여관방에서 대낮부터 그 짓이나 하고 자빠져 있었다니! 애들은 애들대로 여자애 하나를 못 잡고 깜도 안 되는 애들한테 실컷 얻어터져서 오고. 너한테 많이, 아주 많이 실망했어."
 "그, 그건 형님…… 여자애가 나온다고 해서…… 실전 경험 쌓게 하려고 2군 멤버들을 보내서 그렇습니다. 걔네들이 아무래도 경험이 없다 보니…….”

"넌 프로야구도 안 보냐? 2군에서 1군으로 올라오는 선수가 일 년에 몇 명이나 있을 것 같냐? 한 명이면 많은 거야. 그만큼 1군과 2군은 실력 차가 있어."

"죄송합니다, 형님."

"후……."

강일은 담배 한 개비를 꺼내 물었다. 강삼이 재빨리 불을 붙였다.

"……하긴 너를 탓할 일도 아니지. 나도 처음에는 일 같지도 않아서 이거 완전 거저구나 했으니까. 근데 보통내기가 아니었어. 우리 애들을 가볍게 따돌리고 도망치질 않나, 천하무적 박회장을 대놓고 협박하면서 맞장 뜨려 하질 않나, 혼자 온다 해놓고선 옆구리에 놈팡이 둘이나 달고 경호업체 애들까지 우르르 끌고 나오질 않나. 경매장과 세계제일제과 사옥에서는 또 어떻고. 박회장이 이번에는 제대로 적수를 만난 것 같아. 우리의 상상 이상이야."

그는 담배 필터를 씹었다가 바닥에 그냥 퉤 뱉었다.

"이제부터는 내가 직접 나서서 지휘할 거니까 그렇게 알아라. 돌아가는 꼴을 보니까 이게 그렇게 만만한 일이 아니야. 강이, 너는 1군 멤버들 모두 여기로 집합시켜. 거기서 아라옥션에 데려갈 최정예 멤버들을 고를 거야."

"네, 형님."

"그리고 강삼이, 너는 며칠 전에 여기로 왔던 자식 다시 붙잡아 와라."

"누구 말입니까?"

"있잖아, 사채업자 말이야. 양아치 같이 생긴 놈."

"그 자식은 왜요?"

"박회장이 달라졌다. 이젠 작전이고 뭐고 필요 없으니 경매장에 폭탄을 던져서라도 일을 성공시키라고 했다. 그런데 애들도 경매장에서 자신이 완전히 노출된다는 걸 모를 리 없지. 분명 무슨 조치를 취해놨을 거야. 그렇다면 그곳에서도 일이 쉽지 않을 수 있어. 다른 방법이 필요해. 그 자식이 도움이 될지도 모르지. 주소와 전번은 다 받아놨지?"

"네."

"그럼 당장 데려와."

그로부터 1시간 후, 양아치는 다시 은갈치파 아지트로 끌려왔다. 이번에도 지하 고문실이었다.

양아치는 삶의 의욕을 완전히 상실한 상태였다. 일주일 전 정체불명의 조폭들에게 납치돼 고문을 당하고 옷이 벗겨진 채 강남역 사거리에 내던져지는 수모를 겪은 후, 나흘 전에는 또 다른 정체불명의 남자들한테 납치돼 집단구타를 당하고 또 다시 옷이 벗겨져 강남역 사거리에 내던져지는 치욕을 겪었다.

오늘은 집에서 육체적으로 정신적으로 심각하게 망가진 몸을 추스르느라 하루 종일 방에 드러누워 있었다. 이 많은 고난이 노크도 없이 한꺼번에 찾아올 수밖에 없었던 필연적인 이유가 뭘까, 곰곰이 생각해보기도 했다. 십년 같은 일주일이 파노라마처럼 스쳐갔고 괜스레 눈물이 나와 서럽기만 했다. 특히 돼지 같은 놈들에게 받은 충격은 수시로 손가락, 발가락 사이에서 엄습했다.

혼자 울다 지쳐 살짝 잠이 들려는데 일주일 전의 그 조폭들이 노크도 없이 집으로 쳐들어왔다. 마치 제 집인 것처럼 아무렇지도 않게 들어와 다짜고짜 머리카락을 틀어잡고 다시 지하실로 끌고 온 것이다.

지하실로 들어오자마자 그는 자신이 알아서 무릎을 꿇었다. 이제는 왜 끌고 왔는지, 또 무슨 짓을 하려는지 묻고 싶지도, 알고 싶지도 않았다. 다만 아무 탈 없이 온전한 몸으로 집에 돌아갔으면 하는 바람뿐이었다.

여전히 퀴퀴한 냄새와 지린내가 진동했다. 돼지 같은 두목도 똑같았다. 바지 벨트를 풀고 지퍼도 반쯤 내려와 안에 입은 분홍색 팬티가 다 보였다. 그 뒤로 역시 덩치들 몇 명이 병풍처럼 서 있었다.

두목은 말없이 양아치를 노려보기만 하다, 그때처럼 손으로 거시기 근처를 긁기 시작했다. 그러고도 성에 안 찼는지 아예 손을 팬티 안으로 집어넣고는 계속 긁었다. 그 손을 이번에는 코로 밀어 넣어 열심히 후벼 팠다.

"내 앞으로 끌고 와."

혼자 온갖 지저분한 짓을 다 하던 두목이 손가락을 까닥거렸다.

덩치 둘이 성큼 다가와 양아치의 양팔을 붙잡았다. 온몸이 멍투성이인 그는 삭신이 쑤셔 조금만 건드려도 통증이 밀려왔다.

두목이 배를 슬슬 문지르며 말했다.

"내 앞에 바짝 붙여."

두목은 의자에 앉은 채로 다리를 쩍 벌렸고, 덩치들은 그를 두목의 벌린 다리 사이로 끌어다 무릎 꿇렸다.

양아치는 시선을 어디에 둬야 할지 몰라 난감했다. 고개를 세우자니 두목의 산처럼 부풀어 오른 배와 반쯤 열린 지퍼 사이로 드러난 분홍색 팬티가 바로 코앞이었다. 고개를 아예 쳐들자니 두목의 시선이 무서웠고, 고개를 돌리면 한 대 맞을 것 같았다.

이대로 가만있는 것만으로도 어지러울 정도였다. 지난번에도 맡았던 거시기에서 풍겨 나오는 고약한 냄새 때문에 견딜 수가 없었다.

그때 두목이 스테이크 같은 두툼하고 거친 손을 그의 뺨에 살짝 갖다댔다. 그는 순간적으로 몸을 움찔했다.

"놀라긴."

두목이 징그럽게 웃었다.

"너, 사채놀이는 몇 년 했어."

"……네? 아, 사채요? 한 10년 했어요."

"돈은 잘 받아냈나?"

두목은 손으로 그의 뺨과 턱을 천천히 쓸었다.

"네……."

"내 눈을 보고 말해."

돌연 말투가 위협적으로 변했다. 양아치는 깜짝 놀라 두목의 눈을 찾았다.

"네, 그런 편이었어요."

"그랬을 것 같아, 좋아."

그는 두목의 분홍색 팬티가 어느새 두툼하게 부풀어 올라 있는 것을 보았다. 금방이라도 토할 것 같이 속이 메스꺼웠다. 두려움과 공포가 온몸을 죄어 왔다.

"네가 치근덕거렸던 그 여자애 이름이 김소미 맞지?"

"네."

"걔를 지금 당장 이리로 데리고 와봐."

"제가요? 지금요? 그건…… 소미가 어디 있는지……."

"그래, 우리도 놓치는 판인데 네 주제에. 그럼 말이야, 걔를 이리로 오게 만들 방법을 생각해봐."

그는 정확히 무슨 말인지 몰라 표정이 멍해졌다.

"사채놀이 하면서 돈 뜯어냈던 방법들이 있을 것 아냐. 그런 방법으로 걔를 이리로 오게 만들어보라고."

그는 그제야 말귀를 알아들었다. 빨리 아무 방법이라도 생각해내지 않으면 상상 이하의 참혹한 일이 벌어질 것 같아 신속하게 머리를 굴렸다. 급한 대로 입부터 열었다.

"이, 이렇게 하면 될 것 같아요. 제가 소미의 전화번호를 알고 있거든요. 전화를 걸어서 저를 만나자고 한 다음에 제가 붙잡아 이리로 데리고 오면……."

양아치의 말이 끝나기도 전에 두목이 뺨을 후려쳤다. 고개가 휙 돌아가더니 모로 폭 쓰러졌다. 덩치들이 재빨리 다가와 다시 일으켜 세웠다.

"이 꼴통아, 도망 다니는 애한테 전화로 오라 가라 하면 말을 듣겠냐? 그럴 거 같았으면 진즉 전화를 했지. 게다가 네 머리 꼭대기에서 노는 애가 네가 만나잔다고 하면 알겠다고 하고 오겠냐고."

두목은 다시 그의 뺨과 턱을 살살 쓸었다. 양아치는 두목의 징그러운 손길에 소름이 끼쳐 미쳐버릴 것만 같았다.

"다시 생각해봐."

그의 손이 양아치 셔츠의 단추를 하나씩 풀기 시작했다. 그리고 이번에는 손등까지 써가며 목과 목덜미를 천천히 쓸었다. 양아치는 처지가 갑자기 서러워져 눈물이 쏟아질 것 같았다.

"저한테…… 저한테 왜 그러세요…… 살려주세요…… 이러지 마세요……."

두목은 들은 척도 않고 손을 가슴팍이 있는 곳까지 밀어 넣으려 했다.

"빨리 생각해내는 게 좋을 거야. 네가 점점 좋아지고 있으니까."

"흑…… 흐흐흑……."

"울지 마. 울면 더 흥분돼."

두목의 손은 이미 가슴까지 들어와 있었다.

"빨리, 빨리 생각해봐…… 빨리…… 빨리……."

두목의 목소리는 마치 흑마법사가 주문을 외우는 것처럼 어지러웠다. 양아치는 까무러치기 일보직전이었다. 막 정신줄을 놓으려는데 가느다란 동아줄이 하나 내려왔다. 그는 그걸 덥석 잡고 두목을 보며 소리 높여 외쳤다.

"생각났어요! 생각났다고요! 옛날에 비슷하게 해봤던 방법이 있어요!"

"말해봐."

두목은 손길을 멈추었다.

"이렇게 하면 돼요."

그는 절체절명의 순간에 떠오른 생각을 늘어놓기 시작했다.

양아치의 아이디어는 괜찮았다. 이야기를 다 들은 두목은 꽤나

만족스러웠는지 씨익 웃기까지 했다.

두목은 그의 머리를 공 던지듯 밀어버리고 자리에서 벌떡 일어났다. 바지 지퍼를 올리고 벨트를 조이고 나서 뒤에 선 덩치들에게 명령했다.

"이제부터 이 자식이 말한 곳으로 갈 거야. 강삼이, 너희 둘은 쓸 만한 애들 세 명만 더 붙여서 나를 따라와."

"네, 형님."

그때 양아치가 바닥에서 일어나며 물었다.

"……형님, 전, 저는 집에 돌아가도 되는 거죠?"

두목은 날카롭게 쏘아보며 말했다.

"가긴 어딜 가. 네가 앞장서야지. 그리고 이제부터 너는 내 곁에 계속 있어라."

두목이 덩치들에게 고개를 돌려 양아치를 가리켰다.

"이년도 같이 끌고 와!"

두목은 문을 열고 밖으로 나갔다. 곧 덩치들이 양아치에게 우르르 다가와 헤드록을 하듯 그의 머리를 옆구리에 끼고 죄면서 밖으로 끌고 나갔다.

7

 오후 2시가 다 되었다.

 소미는 진구의 넥타이를 매주고, 옷에 묻은 먼지도 털어주었다. 두 걸음 뒤로 물러나 매무새를 찬찬히 훑어보았다.

 "좋아, 됐어. 이제 가야 해."

 두 사람은 사흘 전 아라옥션에 갈 때 입었던 옷을 그대로 입었다. 소미는 핸드백과 그림을 넣었던 가방을 챙기고 진구에게 다시 한 번 주의를 주었다.

 "내가 말한 거 꼭 명심해야 된다. 혼자 들떠서 분위기에 휩쓸리면 큰일 치를 수도 있으니까, 경매장 안에서는 방심하지 말고 늘 긴장하고 있어야 해, 알았지?"

 "응."

 "그리고 티 내지 말고 자연스럽게 나오는 거, 또 나와서 재빨리 약속한 장소로 가서 기다리는 거, 이 두 가지는 머릿속에서 계속 연습해."

"알았다니까."

진구는 귀를 후비며 짜증 섞인 말투로 대답했다.

소미는 거울을 보며 자신의 용모도 마지막으로 점검했다. 머리, 옷매무새, 핸드백, 그림 가방, 귀걸이, 반지…….

하지만 가장 두드러져 보인 것은 눈이었다. 두 눈이 그 어느 때보다 빛났다.

그녀는 세계제일제과 사옥에서 벌인 거사로 자신감에 충만해 있었다. 박회장에게 큰 충격을 준 사건이었지만, 그 일로 정말 충격을 받은 사람은 자신이었다. 살면서 이렇게 김소미라는 여자가 대견스러워 보인 적이 없었다.

학교 다닐 적에 반에서 처음 1등을 했을 때도, 태권도 대회에 나가 강적을 이기고 메달을 땄을 때도, 어엿한 미장원 사장님이 되었을 때도 스스로 자랑스럽지는 않았다. 그래 봐야 신세가 그 모양 그 꼴을 벗어날 수 없다는 걸 잘 알았기 때문이다. 근본적으로 변화가 일어나지 않는 두각은 더 비참한 현실과 마주치게 된다는 걸 숱하게 경험했기 때문이다. 드러나지 않게, 드러내지 않으면서 살아야 할 운명이니 웅크린 채 꼼짝도 말자고 포기해 온 삶이었다.

엉뚱한 경험을 손에 쥐게 되면서 어둠으로 가득 찼던 마음에 스위치가 하나 켜졌다. 근본적인 변화가 일어난 것도 아닌데 그랬다. 그 모양 그 꼴보다 더 안 좋은 꼴인데도 그랬다. 그런데도 마음에는 스위치가 켜졌다. 충격을 받고 말았다. 움직일 때마다, 말을 할 때마다 가슴이 두근거리고 신이 났다. 그건 뭔가를 해보고 싶어서 안달이 나게 하는 능동의 엔진을 돌게 하는 스위치였다. 더 이상 사용하지 않아 먼지가 쌓이고 거미줄로 뒤덮여 고물이 다 된 엔진인데 어느 순간 켜져서 윙윙 시원한 소리를 내며 움직였다. 내일 무슨 일이 벌어질지 몰라도 이젠 두렵기만 하진 않았다. 새로운 일이 시작되고 있다고 생각하면 마음의 엔진은 더욱 세차게 돌았다. 소미는 기도했다. 간신히 켜졌는데 앞으로도 꺼지지 말고 계속 돌게 해달라고. 적어도 이 일이 끝날 때까지는.

소미는 시계를 보고 모텔 방을 나섰다.

그때 핸드폰이 진동했다. 사건이 터진 후로 핸드폰은 걸지도 받지도 않았다. 그래도 핸드폰을 켜놓는 건, 받지 않을 수 없는 한 군데의 연락 때문이었다. 그녀는 발신 번호가 떠 있는 핸드폰 창을 보고는 곧바로 전화를 받았다.

"여보세요?"

"······소미니? 나, 이모야."

엄마 병간호를 위해 잠깐 서울에 와 있는 이모였다.

"이모! 죄송해요. 병원에 가봐야 하는데 바빠서 움직이질 못했어요. 별일 없죠?"

"응······ 아니······ 저기······."

이모가 말을 제대로 못하고 머뭇댔다.

"무슨 일 있어요?"

소미가 불길한 생각에 놀란 목소리로 물었다.

"그게 아니라······ 내가 급히 춘천에 가봐야 할 것 같아서 말이야······ 영진이, 그래 영진이가 다쳐서 병원에 있대."

영진이는 소미의 조카였다.
"어머, 영진이가요? 많이 다쳤대요?"
"그런 건 아니고…… 학교에서 돌아오다가 다리를 접질렸나 봐. 그래서 여기 더 이상 있을 수가 없어. 다시 너희들이 와줘야 할 것 같아."
이모의 목소리는 여느 때와 달리 침울했다.
"알았어요. 곧 갈 테니까 빨리 가보세요. 괜히 우리 때문에 그런 게 아닌가 하는 생각이 드네요. 죄송해요."
"아니야. 그렇게 생각할 필요는 없어……. 병원에는 누가 올 거니? 셋 다 올 거야?"
"음…… 아니에요. 기호가 갈 거예요. 저와 진구는 당분간 움직이기가 좀 힘들어요. 기호가 엄마 간병을 많이 해봐서 문제없어요. 엄마도 기호가 옆에 있는 걸 좋아하고요."
"너하고 진구는 못 오는구나……."
"네, 기호가 가니까 걱정 마시고, 지금 빨리 돌아가세요. 앞으로…… 한 시간 후면 도착할 거예요. 그때까지는 옆에 있는 유나 어머님한테 좀 봐달라고 하시면 돼요."
"그래, 알았어…… 미안하다, 소미야."
"미안하긴요. 죄송한 건 저예요."
"미안해……."
"괜찮다니까요."
"정말 미안해……."
"이모, 제가 급한 일이 있어서 나가봐야 되거든요. 기호를 바로 보낼 테니까 그렇게 아시고 돌아가세요."

소미는 침대에 모로 누운 기호를 돌아보았다.
"기호야."
기호는 그 자세로 벌써 한 시간 넘게 미동도 하지 않고 있었다.
단단히 토라진 것이다. 아침에 일어날 때만 해도 어제 거사의 일등공신이라며 의기양양했다. 바닥에 쓰러져 정신없는 척하는 연기였는데, 기호 자신에겐 특별한 경험인 모양이었다. 오늘은 또 그렇게 재미난 일이 뭐가 있냐며 누나를 보챘다. 소미가 오늘은 모텔 방에 꼼짝 말고 있으라는 말에 삐쳐서 돌아보지도 않는 것이다. 경매장에는 일의 성격상 그를 데리고 갈 수가 없었다.
"기호야, 빨리 병원에 가봐. 이모가 급한 일이 생겨 지금 춘천으로 돌아가야 하신데."
기호가 언제 그랬냐는 듯 발딱 일어나 배시시 웃었다.
그녀는 핸드백에서 2만원을 꺼내주었다.
"택시 타고 가. 너는 당분간 엄마 옆에 계속 있어야 한다, 알았지?"
"응."
"그리고 나한테 연락하고 싶으면 병실에 있는 전화를 쓰든가 아니면 전화를 달라고 문자를 보내. 다른 번호가 뜨면 안 받으니까."
기호는 고개를 끄덕였다.
"자, 같이 나가자."
세 사람은 서둘러 모텔을 나왔다.
오후 3시 30분.
진구는 아라옥션 경매장에 앉아 있었다.
그림 경매장이라고 해서 대단한 곳인 줄 알았던 진구는 의외로 수수한 분위기에 적잖이 놀랐다. 탁 트인 사무실 앞쪽에 강단이 있고, 나머지 공간에는 의자들이 의자 하나 정도 사이를 두고 정연하게 배치된 게 전부였다.

강단에는 교탁과 그림을 받쳐두는 데 쓰는 것 같은 받침대와 책상이 있었고, 천장에는 세 대의 CCTV 카메라가, 정면으로 보이는 벽에는 대형 스크린이 설치돼 있었다.

출입문은 앉은 사람을 기준으로 우측 벽 앞쪽과 뒤쪽에 나 있었다.

강단 바로 옆에 소미가 말한 7층 사무실로 통한다는 작은 문이 보였다. 경매장에는 한 4, 50명 정도 앉아 있었는데, 남녀가 거의 같은 비율이었다. 대부분 나이가 50대 중반 이상이었다. 그들 말고는 청원경찰과 용역경비원으로 보이는 건장한 슈트 차림의 남자 십여 명이 벽을 따라 일정한 간격으로 배치돼 있었다.

진구는 '김준식'이라고 적힌 네임택을 가슴에 달고 뒤쪽 문 바로 옆에 앉았다. 경매 중에 자신을 수상한 눈으로 쳐다보는 사람들을 체크하고 또 경매가 무산될 때 얼른 빠져나가기 위해서였다.

진구는 어제 일이 떠올라 절로 미소가 지어졌다. 자신에게 그런 연기력과 배짱이 있는 줄 몰랐다. 놀랍고 자랑스러웠다. 기호와 함께 차치기를 했던 경험이 많은 도움이 된 게 분명했다. 자신에게 그 방면으로 타고난 재능이 있는 게 아닐까, 억측까지 하게 되었다.

마음에 걸리는 건 자신에게 속아 넘어갔던 나이 지긋한 관리실 직원이었다. 미안한 마음이 들어 어제, 오늘 내내 불편했다. 소미는 대의를 위해 어쩔 수 없었다지만, 그는 십중팔구 어제 일로 직장을 그만두게 되었을 것이다. 큰 잘못을 저질렀다는 죄책감은 한동안 계속 갈 것 같았다.

진구는 잠시 뒤 벌어질 일은 어제와는 완전히 다르다는 걸 명심하라는 소미 말이 떠올랐다.

'어제는 치고 빠지는 일이었지만 오늘은 치고 들어가는 일이야.'

어제는 사실상 소미가 주연이었지만 오늘은 자신이 주연이었다. 그는 이제부터 일에 집중해야 한다고 마음먹고 숨을 골랐다.

벽에 걸린 시계가 정확히 4시를 가리키자 강단 옆의 작은 문이 열리고 작고 통통한 체형의 남자와 젊은 여자가 동반 입장했다.

남자는 교탁 위에 놓인 마이크를 집어 테스트를 했다. 젊은 여자는 책상에 앉아 노트를 펴고 메모를 하는 것 같았다.

곧 남자가 마이크를 잡고 말하기 시작했다.

"안녕하십니까? 저는 아라옥션 경매기획팀 유재우 상무입니다."

소미가 말한 경매사였다.

"너무나 촉박한 일정으로 경매공지를 해드렸음에도 이렇게 찾아주셔서 깊은 감사의 말씀을 드립니다. 여기 오신 분들은 모두 저희 아라옥션의 VIP 고객님들입니다. 회사 소개는 따로 드리지 않고 바로 경매를 진행하도록 하겠습니다. 이미 사전에 공지해드리고 각종 언론을 통해서도 접하셨겠습니다만, 오늘 경매에 나올 그림은 스물일곱의 젊은 나이에 요절한 미국의 천재 화가 러브크래프트의 1923년도 작품 〈불타는 꽃밭〉입니다. 자, 그럼 그림을 보여드리도록 하겠습니다!"

강단 옆의 작은 문이 열리고 남자 둘이 〈불타는 꽃밭〉을 들고 나왔다. 장갑에 마스크까지 쓰고, 한 손으로도 쉽게 들 수 있는 그림인데도 마치 무거운 폭탄을 다루듯 같이 조심스럽게 들어 강단 위로 올라왔다.

그림을 받침대 위에 올려놓자 벽에 있는 대형 스크린으로 그림의 모습이 커다랗게 잡혔다.

경매장에 모인 사람들이 일제히 감탄사를 연발했다.

유상무는 다들 한 번씩 놀랄 수 있도록 잠깐 시간을 주었다가 다시 마이크를 들었다.

"그의 첫 번째 작품인 〈불타는 꽃밭〉은 너무나 유명하기 때문에 구구절절 설명은 하지 않겠습니다. 그동안 이 그림의 행방을 몰라서 추측만 난무했습니다. 하지만 오늘 이 시각, 바로 여러분 앞에 나타난 것입니다! 여러분은 지금 여기서 이 그림을 직접 보고 있다는 사실만으로도 이미 선택된 자들만 누릴 수 있는 최고의 행복을 만끽하시는 겁니다."

진구는 100억이 넘는 그림의 경매를 진행하는 경매사들은 대단하고 특별한 사람일 거라고 생각했다. 오늘 와서 보니 노인정에서 노인들 모아 놓고 싸구려 건강식품을 만병통치약이라고 속여 폭리를 취하는 약장사와 다를 게 하나도 없었다. 유상무는 강단 위를 왔다 갔다 하며 과장된 제스처에다 침 튀는 소리까지 다 들릴 만큼 열을 냈는데, 분위기로 봐서는 조금 있으면 음악을 틀고 춤이라도 출 태세였다.

"그럼 곧바로 경매에 들어가겠습니다. 경매에 들어가기에 앞서 위탁자의 두 가지 요구 사항을 먼저 말씀드리겠습니다. 하나는 위탁자가 100억 원을 기본 경매가로 책정했습니다. 따라서 100억 원부터 경매가 시작될 거고, 이 자리에서는 추가 경매가만 말씀해주시면 됩니다. 다른 하나는, 경매가 과열될 시 위탁자가 경매중단을 요청할 수 있다는 점을 알려 왔습니다. 그 연유에 대해서는 위탁자 개인의 사정이라 별도의 설명은 드리지 않겠습니다."

유상무는 본격적으로 시작하려는지 상의를 벗었다. 진구는 이게 경매가 시작되는 신호인가 보다 생각하고, 소미의 지시 사항을 다시 한 번 떠올리며 정신을 바짝 차렸다.

"자, 오래 기다리셨습니다. 이제부터 경매를 시작하도록 하겠습니다! 오늘 경매에 나온 그림은 현대미술의 문을 연 기념비적인 작품으로 평가받는 미국의 요절한 천재화가 러브크래프트의 〈불타는 꽃밭〉입니다! 이 위대한 그림을 원하시는 분은 경매가를 말씀해주십시오!"

"1억!"

말이 떨어지자마자 누군가 곧바로 경매가를 불렀다.

"역시, 오사장님이 가장 먼저 테이프를 끊으시는군요. 1억 나왔습니다, 1억."

"5억!"

"김여사님도 오셨군요. 5억 나왔습니다."

"8억!"

"윤회장님, 거기 계셨군요. 8억 나왔습니다."

"10억!"

"박사장님, 안녕하세요? 드디어 10억이 됐습니다. 10억."

"15."

"네, 15억! 이제부터 단위를 빼셔도 좋습니다."

이후 경매가는 거의 5억 원 단위로 계속 올라갔다. 진구는 정신을 차릴 수 없었다. 경매에 참여한 사람들이 서로 질세라 경쟁적으로 경매가를 올리는 분위기도 생소했고, 그 금액이 만원 단위도 아니고 억 단위라는 사실이 믿어지지 않아 딴 세상에 온 것 같은 기분이었다.

"45!"

"오! 구여사님, 오늘은 빠르시네요. 45억!"

"50!"

"드디어 50억 돌파! 멋쟁이 오사장님이 50억!"

"60!"

그때부터 경매가는 10억 원 단위로 올라갔다. 진구는 이쯤에서 자기도 한 번 끼어들어야 한다고 생각했다. 하지만 사람들이 숨 돌릴 틈도 없이 경매가를 불러대는 바람에 좀처럼 기회를 잡지 못했다. 그렇게 마구 올라가기만 하던 경매가는 경매가 시작된 지 10분쯤 지나자 100억 원에 도달했다.

"자, 여기서 잠시 정리하겠습니다. 지금 시각 4시 25분, 러브크래프트의 〈불타는 꽃밭〉의 경매가는 200억 원이 됐습니다. 어떻습니까, 경매를 계속할까요?"

유상무는 경매가를 한 번 정리하면서 사람들에게 물었다. 몇몇이 고개를 끄덕였지만, 사실 대답이 필요한 질문은 아니었다. 반응을 살피는 척 한 번 쭉 훑어보고 나서 이내 말을 이었다.

"좋습니다. 그럼 이번에는 200억을 기본 금액으로 하고 같은 방법으로 추가 경매가만 말씀해주시기 바랍니다."

"20!"

"양선생님, 일본에 계신다더니 급히 귀국하셨군요. 곧바로, 20

억. 좋습니다."

"30!"

"대진의 김사장님이 30억."

"40!"

"나여사님, 골프 한 번 치자고 해놓고선 약속도 안 지시키시고. 나여사님, 반갑습니다. 40억."

경매가가 250억 원을 넘으면시 그 상승 속도는 차츰 줄어들기 시작했다. 100억 대와는 달리 경매가를 부르는 사람들 사이에 간격이 점차 벌어져, 진구는 이쯤에서 한 번 연습 삼아 끼어 들어보는 것도 좋겠다고 판단했다. 그는 용기를 내어 오른손을 번쩍 들고 소리쳤다.

"80!"

"아, 저 끝에 계신…… 김사장님. 80억을 부르셨습니다."

유상무는 진구에게 손짓을 하며 말했다.

그는 손을 내리며 혼자 히죽히죽 웃었다. 막상 해보니 별 것도 아니었다. 자기 입으로 80억 원이라는 돈을 불렀다는 것과 그래서 그림 가격 하나가 280억 원이 됐다는 사실이 신기하고 재미있었다.

그가 80억 원을 부른 후에 한동안 나서는 사람이 없었다. 그러자 유상무가 참여를 부추겼다.

"설마…… 우리 VIP 회원님들, 여기서 끝인가요? 전 세계의 시선이 집중되고 있는 러브크래프트의 그림이 280, 설마……."

그때 누군가 손을 들고 큰 소리로 말했다.

"90!"

"그렇죠! 역시 강사장님이십니다. 인간 비아그라 강사장님, 90억."

진구는 자기가 빨리 100억 원을 채워야겠다고 생각했다.

"100!"

"김사장님 대단하십니다…… 여기서 다시 정리하겠습니다. 지금 시각 5시 정각. 드디어 러브크래프트의 〈불타는 꽃밭〉이 300억 원이 됐습니다."

유상무는 손수건을 꺼내 얼굴에 흐르는 땀을 닦았다.

"그럼 이번에는 300억을 기본으로 하고 역시 추가 경매가만 말씀해주시기 바랍니다. 여기서 잠깐! 300억 원이면 재작년 크리스티 경매장에서 추정한 〈불타는 꽃밭〉의 예상 경매가입니다. 우리가 그 사람들의 코를 납작하게 해줍시다! 할 수 있죠? 할 수 있겠습니까? 네, 그럼 다시 시작하겠습니다."

혼자 북 치고 장구 치며 경매가 계속 진행되었다. 200억 원대에서 줄어들기 시작한 경매가 경쟁은 300억 원대에서 다시 불이 붙기 시작했다.

"10!"

"앗싸, 오 사장님 10억 부르셨습니다."

"30!"

"고여사님 30억! 얼마 전에 주식 대박 나셨다면서요. 한 턱 쏜다고 해놓고선 말로만. 미워잉~."

촐랑대기는 해도 나름 격식을 갖춰 진행하던 유상무가 이즈음부터는 거의 개그맨을 방불케 했다.

"40!"

"부산에서 올라오신 이 사장님, 40억, 좋습니다!"

"50!"

"아이고. 민여사님 이제 나타나셨네. 어디 갔었어~. 불 질러도 안 나오대? 민 여사님 50억!"

"60!"

"그래야지. 박 사장님, 돈 좀 쓰셔. 박 사장님 60억."

가격은 그렇게 또 10억 단위로 계속 올라갔다. 진구는 슬슬 짜증이 나기 시작했다. 이젠 팔짝팔짝 뛰며 대놓고 경쟁을 부추기는 유상무도 꼴보기 싫었고, 감도 안 오는 억 단위의 거액이 왔다 갔다 하는 경매장에 계속 있으니 혼자 바보가 되는 기분이 들었다.

"100!"

진구는 빨리 경매를 마무리 짓고 싶어 100억 원을 불렀다.

"김사장님, 소문대로 큰손이시군요. 김사장님이 100억을 부르셨습니다. 여기서……."

유상무는 경매가를 정리하고 400억 원부터 다시 시작했다. 진구는 상황에 맞춰 끼어들기도 귀찮아 이번에는 제일 먼저 손을 들고 처음부터 100억 원을 불러버렸다.

"100!"

유 상무의 얼굴이 순간적으로 굳어졌다. 몇 사람이 고개를 돌려 진구를 쳐다보았다. 하지만 이내 아무 일도 아니라는 듯이 경매로 집중했다.

"김사장님, 대단하십니다. 김사장님 100억! 이리하여 러브크래프트의 〈불타는 꽃밭〉은 500억 원에 도달했습니다. 그럼 여기서……."

유 상무는 경매가를 정리하고 500억 원부터 시작했다. 이번에도 진구는 숨도 쉬지 않고 한 번에 100억 원을 불러버렸다.
"100!"
경매장은 한순간에 술렁이기 시작했다. 이젠 사람들의 3분의 2가 진구를 쳐다보았고, 유상무는 진구를 노려보기까지 했다.
진구는 너무 서두르는 바람에 일을 그르치는 게 아닌지 은근히 불안해졌다.
유상무가 당황해 머뭇거리는 사이, 처음 그림을 들고 나왔던 남자 둘이 문을 열고 다시 나타나더니 그에게 쪽지를 건넸다. 유상무의 얼굴이 어두워졌다.
마이크를 들고 축 처진 목소리로 말했다.
"방금 위탁자가 경매중단을 요청해 왔습니다."
경매장 안은 또 한 번 술렁였다.
"위탁자께서 경매가 과열된 양상으로 흐른다며 경매중단을 요청했습니다. 합리적인 정보가 공유된 후 신경매에 붙이기로 결정했다고 합니다. 그 시점은 대략 3개월 후로 보고 있는데……."
소미가 작전에 들어간 게 분명하다. 지금 유상무가 하는 말은 어젯밤 인터넷에서 찾은 어느 경매장의 고려청자 경매 일지를 보고 외운 내용이었다.
진구는 난처한 상황을 벗어날 수 있게 되어 다행이라 여겼다.
유상무는 경매중단에 대한 설명을 한동안 장황하게 늘어놓았다. 그러고는 두 남자에게 무언가를 지시했다.
두 남자는 장갑을 끼고 마스크를 쓰고, 들어왔던 문으로 다시 그림을 가져나갔다.

그림이 안전하게 나간 걸 확인하자 경매장에 모인 사람들에게 다른 공지사항을 알려주기 시작했다.

진구는 빠져 나갈 준비를 했다. 수상하게 쳐다보는 사람이 있는지 한 번 더 살폈다. 터무니없는 경매가를 불러 주목을 받은 뒤로 다시 그와 눈이 마주치는 사람은 없었다.

"……그럼 오늘 모이신 VIP 회원님들을 위한 회식 자리를 마련했으니 식사라도 하고 가시기 바랍니다. 장소는 늘 가는 곳인 요 건너편 오동나무 한우 갈비집입니다……."

경매가 끝났는데도 유상무는 자리를 벗어나지 않았다. 그건 모인 사람들도 마찬가지였다. 유상무와 사담을 즐기는 듯했다.

진구는 경매장을 빠져나가기 전 마지막으로 주위를 한 번 더 돌아보았다.

그때 경매장 벽에 서 있던 경비원 두 명과 눈이 마주쳤다. 눈이 마주친 후에도 그들은 시선을 떼지 않다가 천천히 고개를 돌렸다.

아차, 하는 생각과 함께 소름이 온몸을 타고 올라왔다. 그들은 벌써부터 자신을 주시하고 있었던 것 같았다. 경매에 참여한 사람들만 신경을 썼지, 청원경찰이나 경비원은 전혀 염두에 두지 않았다.

빨리 빠져나가야 한다고 판단했다. 두 경비원의 인상과 체격으로 보건대 계속 꾸물거리다가는 소미가 우려한 상황이 발생할 게 분명했다.

슬며시 일어나 천천히 출입문 쪽으로 걸어갔다. 뒷문 바로 옆이라 여유 있게 빠져나올 수 있었다. 출입문 밖으로 나오고부터는 들입다 달리기 시작해, 비상구 옆 화장실로 뛰어갔다. 계획대로 여자 화장실로 들어가 문 앞에서 안을 살짝 들여다보았다. 다행히 사람이 없었다.

맨 끝 칸에 문이 열려 있는 걸 확인한 후 안으로 들어가 문을 잠갔다. 이곳에서 소미와 만나기로 약속했다.

초조한 마음으로 소미를 기다렸다. 워낙 영리하니까 잘 빠져나올 거라고 믿지만, 소미도 이런 일은 처음이니 뜻밖의 사태가 벌어질지 몰랐다. 그는 변기에 앉아 얼굴을 파묻고, 아무 탈 없이 와 달라고 빌었다.

20분 정도 시간이 흘렀다. 그동안 몇 사람이 문을 두드렸다. 화장실이 넓고 이용하는 여자들이 적어 문제가 일어나진 않았다.

길게 세 번, 짧게 세 번 두드리는 노크 소리가 났다. 그리고 소미의 헛기침 소리가 들렸다. 그는 재빨리 문을 열었고, 그녀가 안으로 들어왔다.

"문제없었지?"

두 사람은 서로의 얼굴을 보자마자 동시에 물었다.

진구는 말없이 고개를 끄덕였고, 소미는 그림을 넣은 가방을 들어 보였다.

"의심 가는 사람들이 있었어?"

소미는 속삭이듯 작은 목소리로 물었다.

"응, 용역경비원 두 명. 오다가 못 봤어? 양복을 입고 있었는데."

진구도 작은 목소리로 대답했다.

"못 봤는데? 나도 사람들 눈치 살피면서 비상구를 타고 이리로 올라온 거야."

"……근데 나 어땠냐? 7층에서 TV로 볼 수 있다며?"

진구가 칭찬받고 싶은 아이처럼 어색한 표정을 지었다.

소미는 기가 차다는 듯이 피식 웃었다.

"조마조마해 미치는 줄 알았어. 어쩌면 그렇게 나 잡아가라고 티를 내는지. 진구야, 우리 여기서 잡담할 시간 없어. 빨리 빠져나가야 해. 내가 나가서 분위기를 살펴볼 테니까 잠깐 있어."

문을 열고 밖으로 나갔다.

잠시 후, 다시 안으로 들어와 작게 말했다.

"요 앞에 아줌마 두 명이 있는데, 무시해버려. 경매장 바깥 홀에도 사람들이 많아. 그 사람들이 다 빠져나갈 때까지 기다릴 수 없으니까 무조건 비상구로 가 밑으로 내려가야 해. 주변을 살피거나 그러지도 마. 그냥 밀고 나가야 하니까."

"좋아. 그럼 가방 줘, 내가 들게."

진구가 소미에게 그림 가방을 건네받았다.

소미는 신고 있던 구두를 벗어버리고 그의 손을 꼭 잡았다.

소미가 문을 열었고, 두 사람은 달려 나갔다.

경매장 안에 있던 사람들이 하나둘 나오는 게 보였다. 하지만 진구는 멈칫거리지 않고 그녀가 이끄는 대로 앞만 보고 내달렸다.

잽싸게 비상구 문을 열고 계단으로 내려갔다. 7층에 도달했을 때 위쪽 계단에서 누군가 쿵쾅거리며 내려오는 소리를 들었다.

진구가 위를 올려다보았다. 경매장에서 눈이 마주쳤던 경비원 둘에다 다른 남자 네다섯 명이 합세해 내려오고 있었다. 그는 소미의 손을 풀고 자신이 그녀의 손을 잡았다. 그리고 다시 아래층으로 달려 내려갔다.

"누구야? 네가 말한 그 사람들이야?"

"다른 패거리들까지 붙여 왔어."

일단 5층까지 무사히 내려가야 했다. 진구는 소미의 손을 잡고 날듯이 뛰었다. 바로 위쪽 계단에서 험한 소리들이 튀어나왔다.

두 사람은 지체 없이 5층 문을 열고 밖으로 나왔다. 곧장 복도를 달려 복도 끝에 난 문으로 향했다. 뒤돌아보았지만 쫓아오는 사람은 없었다.

문 앞에 도착해 진구가 서둘러 손잡이를 돌렸다. 그런데 문이 열리지 않았다. 몇 번을 더 돌려보았지만 마찬가지였다.

"여기서 나갈 수 있다며?"

소미가 다급하게 물었다. 진구는 계속 열리지 않는 손잡이를 돌려댔다.

"비켜봐."

소미가 진구를 옆으로 밀치고 손잡이를 잡았다. 그가 한 것처럼 오른쪽으로 몇 번 돌렸지만 안 열려, 그 반대로 한 번 돌려보았다. 그러자 문이 간단하게 열렸다. 두 사람은 안도의 숨을 몰아쉬며 재빨리 문을 밀고 나갔다.

건물 밖으로 난 계단은 아래까지 나선형으로 이어졌다. 진구는 다시 소미의 손을 잡고 계단을 빙빙 돌며 내려갔다. 경사가 가파르고 좁은 계단을 성큼성큼 달려 순식간에 내려섰다.

소미는 걸음을 멈추고 주위를 살펴보았다.

건물 뒤편의 후미진 공간이었다. 뭘 지어서 사용할 만큼 넓지도 않고, 그렇다고 차나 사람이 다닐 수 있는 통로로도 쓸 수 없는 애매한 장소였다. 그곳에서 앞으로 돌아 나가면 건물 정면으로 갈 수 있고, 뒤로 난 문으로 나가면 인사동 골목으로 빠져나갈 수 있었다.

진구가 뒤쪽의 문을 손가락으로 가리켰다. 이번에는 다시 소미가 그의 손을 잡았다.

그때부터 소미가 진구를 이끌고 인사동의 좁은 골목길을 달리기 시작했다. 두 사람은 틈틈이 뒤돌아보았지만 쫓아 오는 사람은 없었다. 하지만 혹시라도 밖에서 미리 진을 치고 기다리고 있을지도 몰라 조심했다.

저녁 식사 시간이 가까워져 식당이 많은 골목길에는 사람들로 북적였다. 말끔하게 차려 입은 남녀가 골목을 달리는 게 신기했는지 두 사람이 지날 때마다 가던 길을 멈추고 다들 쳐다보았다. 소미는 신발도 신지 않고 달리고 있었다.

두 사람은 골목과 큰 길을 번갈아 들락거리며 사람들이 없는 한적한 골목을 찾아 달렸다. 얼마나 샛길을 헤매며 달렸는지 어느새 인적이 없는 골목에 들어서 있었다. 소미는 더 이상 위험하지 않다고 판단해 뛰기를 멈추었다.

두 사람은 담벼락에 등을 기대고 서서 턱밑까지 차오른 숨을 골랐다.

"하하하…… 하하……."

소미가 혼자 웃기 시작했다. 그러자 진구도 따라 웃었다.

"하하하…… 하하하하."

뭘 해야 가슴이 뻥 뚫리는 것처럼 시원할까, 생각해본 적이 많았다. 그리고 상상했다. 속 시원하다는 느낌은 어떤 걸까. 바로 이 느낌이었다. 소미는 계속 주체할 수 없이 나오는 웃음을 그냥 내버려두었다.

"진구야, 이거 해볼 만하지 않니?"

진구는 숨이 차는지 고개만 끄덕였다.

"박회장이 정신 번쩍 들었을 거야. 내일 다시 전화해 확실히 마무리 지어야지."

"……그렇게 해. 이 정도면 식겁하고도 남지."

"어디 가서 저녁이나 먹자. 가다가 신발도 하나 사야 해."

소미가 몸을 곧추 세웠다. 벽을 붙잡고 킬킬대는 진구의 등짝을 두드렸다. 좁은 골목을 빠져나가면 더 속이 시원해질 것 같았다. 시원한 맥주 한 잔도 걸쳐야겠다고 입맛을 다셨다.

막 방향을 잡고 나가려는데 골목 어귀에서 슈트 차림의 건장한 남자 넷이 이쪽으로 걸어오고 있었다.

화들짝 놀라 뒷걸음쳤다. 약속이라도 한 듯 뒤로 돌아 반대편으로 달리려 했다. 그쪽에서도 역시 슈트 차림의 건장한 남자 네 명이 길을 막으며 걸어왔다.

꼼짝 없이 갇힌 신세가 되었다.

"……아까 그 사람들이니?"

소미가 진구의 귀에다 대고 나지막이 물었다.

"몰라…… 그런 것 같기도 하고 아닌 것 같기도 하고."

남자들은 한 2미터 앞에서 멈춰 섰다. 그들이 지나가는 행인이 아니라는 걸 보여주고 있었다. 분위기나 체격이 조폭이거나 진구가 말한 용역경비원이 분명했다. 특이한 건 그런 일 하는 사람답지 않게 다들 댄디하다는 거였다. 남성복 패션쇼라도 나온 것처럼 옷 하나만큼은 정말 근사하게 빼입었다.

그 중의 한 남자가 목소리를 깔고 말했다.

"무릎 꿇어."

무슨 말인지는 알아들었지만, 둘은 그 자리에서 머뭇거리기만 했다. 그러자 이번에는 대놓고 소리쳤다.

"무릎 꿇으라고!"

소미와 진구는 서로 쳐다보고 나서 그 자리에 무릎을 꿇었다. 그 와중에도 소미는 손에 든 그림 가방을 놓지 않았다.

갑자기 골목에 길이 열렸다. 남자들이 벽 쪽으로 바짝 붙었다. 그 사이로 중절모를 쓴 한 남자가 모습을 드러냈다.

소미는 그 남자를 보자마자 눈이 번쩍 뜨였다. 태어나서 지금까지 저렇게 잘생긴 남자를 본 적이 없었다. 50대 초중반쯤 되어 보이는 남자는 완벽한 이목구비를 가지고 있었다. 중후한 멋이라는 건 저런 걸 두고 하는 거라는 엉뚱한 생각이 지금 처지와 어울리지 않게 머릿속을 맴돌았다. 게다가 섹시하기까지 했다. 거기에 강렬한 카리스마까지 풍겼다.

더 두드러진 것은 그가 입고 있는 옷이었다. 근사하게 빼입은 남자들도 그 옆에 서니까 마치 단체로 맞춘 싸구려 유니폼을 입은 것처럼 보일 뿐이었다.

천이 아니라 은으로 만든 것 같은 고급스런 실버 슈트에 보라색 드레스 셔츠, 격자 문양이 그려진 짙은 갈색 넥타이와 동색으로 맞춘 듯한 짙은 갈색의 중절모까지. 소미는 자기도 모르게 이런 말이 튀어나올 것만 같았다. 아름답구나!

소미는 고개를 털며 잠시 몽롱해졌던 정신을 차렸다. 어떤 여자라도 한눈에 반할 이 중절모가 바로 두목일 것이다. 우리의 생사여탈권을 손에 쥔!

중절모가 자신들을 내려다보며 귀를 만지작거렸다.
뭔가 싶었는데 귀에 꽂고 있는 이어폰을 빼내는 동작이었다. 이어폰을 포켓 속에 집어넣고 한 걸음 더 다가왔다.
옆에 있던 남자가 소리쳤다.
"머리 박아!"
이 거칠고 잔인한 한마디에 소미는 체념했다. 뭔가 다 끝났다는 느낌이 들었다. 두렵다기보다 허탈했고, 무슨 일이 벌어져도 놀랄 것 같지 않았다. 그녀가 먼저 절을 하는 것처럼 그 자리에서 몸을 숙이고 머리를 땅에 박았다. 그걸 보고 진구도 똑같이 따라했다.
"그림 가방을 앞으로 밀어라."
그건 중절모의 목소리였다. 목소리마저 묵직한 저음의 매력이 넘쳤다. 소미는 그림 가방을 머리 위로 천천히 밀었다.
"그만큼 까불었으며 됐다."
중절모의 목소리가 바로 위에서 들렸다. 사람을 홀리는 듯한 묘한 향수 냄새가 풍겼다.
그녀는 살짝 고개를 들어 위를 쳐다보았다. 중절모의 한쪽 무릎과 광택이 나는 뾰족한 구두가 보였다.
"머리 박으라니까!"
옆에 있던 남자가 소리쳤다. 그녀는 깜짝 놀라며 다시 머리 박는 시늉을 했다.
"그런 식으로 하면 안 돼."
중절모가 차분한 목소리로 타이르듯 말했다.
갑자기 진구가 머리를 박은 채 소리쳤다.
"저희가 잘못했습니다!"

소미는 눈을 흘겨 진구를 보았다. 그는 얼마나 겁을 먹었는지 원산폭격을 한 것도 아닌데 몸을 바들바들 떨고 있었다.
"그런 식으로 하면 너희만 다쳐."
"잘못했습니다. 살려주세요. 목숨만은 살려주세요. 다시는 안 그러겠습니다! 다시는……."
진구는 떨리는 목소리로 애원했다. 그녀는 너무 민망해 팔꿈치로 진구의 옆구리를 툭 쳤다.
그런데 중절모는 더 이상 아무 말이 없었다. 그림이 진품인지 확인하는 걸까? 그게 시간이 좀 걸리는 걸까?
어쩌면 우리가 지금 얼마나 커다란 공포를 느끼는지 즐기고 있는 걸지도 몰랐다. 어떻게 처리할지 고민하고 있는지도 몰랐다. 그런 고민을 다 끝내고도 남을 시간이 흘러갔다. 이상하게도 기척을 느낄 수 없었다.
혹시 이 자리에서 끝장을 내려는 건가, 섬뜩한 생각이 들자 목덜미가 서늘해졌다. 머릿속에서는 여러 모양의 칼들이 획획 날아다녔다.
이 자리에서 요절을 낼 만큼의 시간도 다 흐른 것 같았다. 아직 살아 있는 것만은 분명했다.
머리를 땅에서 살짝 떼어보았다. 당장 머리 안 박아, 하는 말이 튀어나와야 했지만 아무 소리도 들리지 않았다.
이번엔 고개를 들어보았다. 구두들이 보이지 않았다.
머리를 다 쳐들어보니 아무도 없었다. 놀랍게도 그림 가방은 그대로 있었다. 그 자세로 뒤를 돌아다보았다. 뒤에도 아무도 없었다.

소미는 몸을 일으켰다. 어두워진 골목 안에는 무릎을 꿇고 있는 두 사람이 전부였다.

"진구야, 일어나봐."

하지만 그는 미동도 하지 않았다. 얼굴에서는 땀이 뚝뚝 떨어졌다.

"일어나보라니까. 다 갔어."

그제야 그는 고개를 들어 살펴보고는, 몸을 일으켰다.

"다 간 거야?"

"근데 이상해. 그림을 안 갖고 갔어."

두 사람은 그림 가방을 노려보았다.

조금 전까지 목숨처럼 들고 다니던 건데 어쩐지 길고양이가 앉아 있는 것처럼 흉물스러웠다. 게다가 거기엔 자신이 집어넣지 않은 게 들어 있었다. 손잡이에 하얀색 카드 봉투가 끼워져 있는 것이다.

소미는 봉투를 조심스럽게 집어 안을 열었다.

편지였다. 천천히 꺼내 펼쳤다.

두 사람은 같이 읽었다.

편지를 다 읽은 두 사람은 입을 다물지 못했다. 지금까지도 놀라움의 연속인데, 아직도 더 충격을 주는 놀라운 일이 남아 있다는 게 그저 놀라울 뿐이었다.

| 1 |

 소미는 소파에, 진구는 침대에 있었다.
 입을 앙 다문 채 둘 다 미동도 없다. 따로 떨어져 앉았지만 생각은 같았다. 테이블 위의 편지 한 장이 도대체 의문투성이라는 거였다. 물음표가 자꾸만 물음표만 낳는 게 괴로운지 진구가 침묵을 깼다.
 "소미야, 그 사람들 누군지 전혀 모르겠니?"
 소미는 입술을 잘근거리며 고개를 젓는다.
 "이런 게 아닌가 하는 추측은 해. 그저께 종로경찰서에서 날 잡으려고 두 팀이나 달려들었다고 했잖아? 그때 한 팀이 오늘 그들처럼 정장 차림이었어. 혹시 그들일지도 모르지. 근데 그렇게 생각하면 다른 의문들이 또 꼬리를 물고 이어져. 제일 이해할 수 없는 건!"

손가락으로 편지를 가리켰다.

"왜 우리한테 저런 일을 시키려는 거지? 게다가 '그 일을 할 수밖에 없을 것'이라고 했잖아. 확신하고 있는 거라고."

"우리를 대단하다고 생각하고 있는 게 아닐까?"

그녀는 눈에 힘을 주며 고개를 저었다.

"대단한 게 아니라 평범해서 그런 걸지도 몰라."

"그게 무슨 말이야?"

"자기들이 그 일을 못하는 이유가 생긴 거야. 예를 들면 이미 얼굴이나 신분이 알려져 있다거나, 움직이는 데 위험이 크다거나. 한마디로 우리를 이용하려는 거지."

"하지만 목적이 좋은 거잖아. 악당 중의 악당인 박회장의 정체를 만천하에 공개하는 건데. 그게 우리가 위기에서 빠져나갈 수 있는 유일한 길이라고 했어."

"그래서 헷갈린다는 거야. 이렇게 생각하면 저게 이상하고 저렇게 생각하면 이게 이상하고, 이런 거 같으면서도 아니고……."

"후……."

진구는 다시 자괴감이 들었다.

"모든 게 내 잘못이야. 내가 그런 짓을 하지 말았어야 했는데……."

"지금 와서 그런 말 하면 뭐하니?"

"소미야, 나도 깊이 생각해봤는데, 방법은 딱 하나다. 지금이라도 당장 박회장을 찾아가 그림 돌려줘야 해. 무릎 꿇고 잘못했다고 싹싹 빌면 불쌍해서라도 나중에 해코지는 안 할 거야. 경찰에 가서 일을 더 키우는 것보다 그게 훨씬 나아. 뻔한 길 두고 돌아가려니 일이 점점 커지고 이상해지잖아. 이건 우리가…… 감당할 수 있는 게 아니야. 우리가 할 수 있는 일이 아니라고. 그렇게 하자, 응?"

진구는 피로와 두려운 감정이 뒤섞여 포기 상태로 접어들고 있었다.

편지만 뚫어지게 쳐다보던 소미는 이번엔 머리를 숙이고 고개를 저었다.

"진구야, 그들이 만나라는 오타 기자 말이야, 한 번 찾아가면 어떨까?"

"그 기자는 왜?"

그가 정색을 했다.

"그 기자, 굉장히 유명한 사람이야. 박회장의 그림창고 이야기를 제일 먼저 꺼냈고 마지막까지 물고 늘어진 사람이거든. 나도 박회장이 그림 갖고 무슨 짓을 한 건지, 그 기자의 기사를 통해 알게 됐어."

"그 기자 만나 뭐하게?"

마음을 굳힌 듯 소미의 목소리가 비장해졌다.

"난, 그들이 시키는 대로 하고 싶어."

"소미야!"

진구가 얼마나 놀랐는지 엉덩이를 들썩였다.

"소미야, 말도 안 돼! 네가 보통 애가 아니라는 건 잘 알아. 하지만 이건 아니야. 우리가 할 일도, 할 수 있는 일도 아니라고! 벽화에다 낙서하는 거나 경매장을 뒤집어놓는 거랑은 급이 달라. 우린 그런 주제가 못 돼. 왜 우리가 그런 일을 해야 해? 우리는 평범한 사람이야. 정의의 사도가 아니라고."

"정의의 사도? 풋."

소미가 저도 모르게 웃음을 터뜨렸다.

"난 정의가 무슨 말인지도 몰라. 박회장이 저질렀다는 미술품 돈세탁도 뭔지 정확히 모른단 말이야. 이번 일만 마무리되면 다신 들을 일도 없는 말이라고. 박회장 그 사람이 나쁜 짓 많이 한 재벌 그룹 회장인 건 알지만, 네 말대로 우리가 그 사람을 처단하고 말고 할 주제는 못 돼. 우린 그저 우리도 만만치 않다는 걸 보여주려고 멋지게 한 방, 아니 두 방 날린 것뿐이라고."

"그런데 왜?"

소미는 진구를 빤히 쳐다보았다.

"난 그동안 정말 열심히 살았어. 홀어머니와 장애를 가진 동생 그리고 너까지 책임져야 한다는 각오 하나로. 내가 생각해도 참 억척스럽게 살았어. 춘천에서도, 서울에서도. 그런데 말이야, 돌이켜보면 난 단지 열심히만 살았을 뿐이었어. 단지 열심히만……."

진구는 무슨 말인지 이해할 수 없었다.

"가만 돌이켜보니까, 쳇바퀴 속의 다람쥐였을 뿐이야. 올해 들어 그런 생각이 부쩍 들었어. 열심히 살았다는 건…… 단지 쳇바퀴를 더 빨리 돌리려 한 것뿐이었다고. 쳇바퀴를 더 빨리 돌리려 한 걸 갖고 열심히 살았다고 생각한 거지. 그러다보니 달라진 게 하나도 없는 거야. 희망도 비전도 없고……. 그래서 변하려고 해. 쳇바퀴 그만 돌리고 거기서 빠져나오려고."

"그래서! 그들이 시키는 대로 하겠다는 거야?"

소미는 고개를 끄덕였다.

"말도 안 돼! 그런 건 뭐야, TV의 '도전 번지점프'나 '목숨 걸고 오지탐험' 같은, 그런 거 할 때나 하는 말이야. 그런 이유 때문에 그 엄청난 일을 하겠다는 건…… 너무 엉터리라고."

소미는 팔짱을 꼈다.

"나도 잘 모르겠어. 내가 왜 이런 생각을 하게 됐는지……."

"소미야, 고민할 것 없어. 그런 생각을 아예 하지 마. 우리 다시 옛날로 돌아가자. 힘들게는 살았지만 재미있었잖아. 그래, 네가 돈 때문에 쩔쩔 매기도 했고, 나나 기호는 변변한 벌이도 없이 놀기만 했어. 하지만 이제부터 열심히 살면 돼. 나도 이번 일 겪으면서 느낀 게 많아. 앞으로 열심히 돈도 벌고, 너 힘들게 하지 않을 자신 있어. 진짜야. 그러니까 이젠 이 일에서 손 떼자. 더 깊숙이 발 들여놓다가는, 그때는 정말 큰일 날 거야."

진구가 지난날까지 반성하며 매달렸다.

소미는 편지를 다시 내려다보았다. 처음에는 황당해서 와닿지도 않았는데 읽을수록 왠지 자극되고 흥분되었다.

편지는 이렇게 시작되고 있었다.

세계미술관을 습격해 박노수 회장의 그림창고를 열어 만천하에 공개하라.
습격 시간은…….

2

 네 사람은 엘리베이터를 타고 지하 3층에 내렸다. 박노수 회장과 두 아들 그리고 나준모 비서실장은 계단을 이용해 지하 4층 주차장으로 내려갔다.
 세계그룹 사옥 지하 4층은 누수 문제로 사용이 금지되어 있었다. 박회장이 은갈치파와 은밀히 접촉할 때 이용하는 장소였다.
 은갈치파 강일의 연락을 받자마자 모든 걸 팽개치고 달려왔다. 드디어 그림을 훔쳐간 장본인을 잡았다는 연락이었다. 그 장본인이 주동자의 남동생이라고 하자 다들 눈에 쌍심지를 켰다.
 주차장 맨 구석에 강일과 그의 조직원들이 서 있었다. 그 앞에 기호가 무릎을 꿇고 앉아 있었다. 박회장이 다가가자 강일과 조직원들이 허리를 90도로 굽혔다.
 "수고했네, 강사장."

박회장은 강일에게 인사치레를 하고는 곧바로 기호를 손짓했다.
"이 자식인가? 절름발이라는 놈이."
"네."
"휴……."
박회장이 어쩐지 한숨부터 내쉬었다.
"누나는 또랑또랑한 것 같던데, 동생은 병신이라. 하긴 네 누나도 곧 너처럼 병신이 될 거니까 둘이 오순도순 잘 살면 되겠군."
박회장은 기호 앞으로 바짝 다가갔다.
"너희 같은 천한 것들이 저지른 일 때문에 내가 맘 고생한 걸 생각하면…… 특히 네 누나는 어떻게 요리해서 뭉개버릴지 오늘밤 새도록 고민해야 할 판이야."
그때였다. 뒤에 있던 덩치 큰 둘째아들 박주도가 갑자기 양복 상의를 벗고 성큼성큼 걸어나왔다.
"아버님, 잠시 비켜보십시오."
그는 구석 벽면에 세워둔 몽둥이를 집어들었다.
"너희들이 우리 사옥 벽화에다 낙서를 했단 말이지."
그는 그때부터 몽둥이로 기호를 패기 시작했다.
"하나…… 둘…… 셋……."
특이하게도 그는 패면서 숫자를 세어 나갔다. 기호는 몽둥이로 한 대 한 대 맞을 때마다 몸부림치며 비명을 질렀다.
"일곱…… 여덟…… 아홉……."
기호는 의식을 잃어 가는지 비명은 잦아들고 몸부림도 둔해져 갔다. 박회장이 소리치며 말렸다.

"그만해라! 지금 기절해버리면 골치 아프다."

"열!"

박주도는 열 대를 채우고 몽둥이질을 멈췄다.

기호가 누운 자리로 핏물이 흥건했다. 입과 코에서 연신 핏물이 쏟아져 나왔다.

박주도는 씩씩거리며 몽둥이를 내던지고는 나실장에게 말했다.

"열한 장."

그러자 나실장이 지갑에서 100만 원짜리 수표 열한 장을 꺼내 박주도에게 주었다.

그는 수표를 기호의 얼굴 앞에 뿌리듯 던졌다. 뒤에서 나실장이 사무적인 말투로 말했다.

"매 값이니까 잘 챙겨 넣어라. 사장님이 각별히 생각해서 주시는 거야."

실신하기 직전인 기호는 신음소리도 꺼져 가고 있었다. 보다 못한 나실장이 바닥에 뿌려진 수표들을 집어 그의 주머니 속에 구겨넣었다.

강일이 드러누운 기호 앞에 쪼그려 앉았다.

핸드폰을 들이밀었다.

"누나한테 당장 전화해."

기호는 말은 알아들었지만 정신을 차릴 수 없었다. 강일이 귀에다 소리쳤다.

"지금 당장 누나한테 전화하라니까! 한쪽 다리까지 병신 만들어줄까?"

기호는 더듬거리며 간신히 말했다.
"무, 무, 무, 문자……."
"뭐!"
"무, 문자 보내야 해요……. 전화 아, 아, 안 받아요."
박이도가 핸드폰을 꺼내 문자를 입력했다. 기호에게 번호를 확인해 문자를 보냈다.
5분 후, 박이도의 핸드폰으로 전화가 왔다.
박회장이 핸드폰을 달라고 손짓했다.
핸드폰을 귀에 대자마자 소미의 목소리가 들렸다.
"여보세요? 기호니? 어디서 전화하는 거야?"
"사랑하는 동생이 아니라서 어쩌나."
박회장은 상대방의 반응이 눈에 선하게 들어왔다.
"하지만 걱정 마라. 내가 잘 데리고 있으니."
대답이 없자 박회장이 빈정거렸다.
"동생이 다리를 절더구먼. 없는 형편에 그런 동생 키우려니 성질이 독해질 수밖에. 네 처지가 이해 안 가는 건 아니다. 그렇다고……."
"나쁜 새끼."
욕이 맨 먼저 들렸다. 낯설게 들리지 않았다.
박회장은 순간적으로 화가 치밀었다. 이 여자의 욕이 귀에 익은 건지 그다지 기분 나쁘지 않게 느껴지는 게 열이 받았다.
"예쁜 아가씨 입에서 그 무슨 험한 말을."
"원하는 게 뭐야?"
"그걸 몰라서 묻나?"

"뭘 어떻게 하면 되냐고!"

박회장이 대답했다.

"그림과 편지 갖고 당장 이리로 와. 세계그룹 사옥 지하 4층 주차장."

곧바로 대꾸가 없다. 의외로 차분한 목소리가 나왔다.

"……생각해볼게."

"생각? 뭘 생각해? 동생이 어떻게 됐는지 궁금하지도 않나?"

"내가 생각한다면 생각하는 거야. 10분 후에 다시 전화할 거니까 기다려."

소미는 전화를 끊었다. 박회장은 기가 막혀 핸드폰만 노려보았다.

"뭐라고 합니까?"

박이도가 물었다.

"……좀 생각해보고 다시 전화한단다."

다들 황당해하는 반응이었다.

"머리 굴려보려고 시간 버는 걸 겁니다. 이젠 칼자루는 우리가 쥐고 있기 때문에 그래봤잡니다. 잠시 앉아서 기다려보시죠."

나실장이 구석의 의자를 가져다 박회장이 앉도록 놓았다.

10분 쯤 지난 후, 다시 전화가 왔다. 박회장이 전화를 받았다.

"그래, 이번에는 어떤 궁리를 짜보셨나?"

"거기로는 못 가."

"허 참, 너 뭘 잘못 알고 있는데 네겐 선택권이 없어. 얘, 그대로 땅에 묻힐 수도 있어. 괜히 꺼드럭거리지 마."

"그게 다 너 때문이야. 지난번에 네가 종로경찰서 앞에서 했던 짓을 생각해봐. 내가 널 어떻게 믿고 호랑이굴로 들어가니? 보나 마나 너 말고도 돼지 같은 애들이 잔뜩 진을 치고 있을 텐데, 그 소굴로 혼자 그림을 들고 가라고? 내가 돌았냐? 나도 다른 사람들 데려갈까? 그걸 원하지는 않을 거 아니야."

"네 동생이 잡혀 있어!"

박회장은 조금도 기죽지 않고 떠벌이는 데 화가 치밀어 올라 의자를 걷어차며 소리를 질렀다.

"네가 그랬지? 그런 동생 키우느라 성질 독해졌다고. 제대로 봤어. 나, 그동안 장애인 동생 데리고 살면서 별의 별일 다 겪은 사람이야. 차라리 멀쩡한 애 납치해 갔다면 너무 놀라서 당장 택시 타고 달려갈지도 몰라. 하지만 지금 네가 생각하는 것만큼 벌벌 떨고 있지 않거든."

"너 배짱 한 번 대단하구나. 동생 오른손 하나 보내면 정신이 들겠나?"

"내가 그림과 편지 갖고 있다는 걸 잊지 마. 우리 폭탄 들고 같이 자폭해볼래? 너, 사업가니까 계산 하나는 빠를 거 아냐. 같이 나자빠지면 누가 더 손해일지. 게다가 이 전화 다 녹음되고 있어. 네가 그동안 사업하면서 온갖 나쁜 짓 저지르다 걸린 건 돈으로 어떻게 할 수 있겠지만, 아무 죄도 없는 사람 납치해 이딴 짓 벌이는 건 쉽게 빠져나가기 힘들 거야."

"너……."

손이 부들부들 떨렸다. 참담했다. 농락당하는 게 이런 거구나, 알 것 같았다. 늘그막에 마가 낀 게 분명했다. 냉정해야 한다. 흥분을 가라앉히려고 눈을 감았다.

"후…… 좋다. 몇 시에 어디서 교환할까?"
 "모레."
 "모레? 지금도 아니고 내일도 아니고 모레?"
 "그래. 장소는 세계미술관, 시간은 저녁 7시."
 "하하하……."
 박회장은 이젠 웃음밖에는 안 나왔다.
 "바보가 아니면 내가 왜 모레 그 장소에서 만나자는지 알 거야. 그날 거기서 큰 행사가 있고 대단한 사람들이 많이 오잖아. 그런 장소라면 쓸데없는 짓 못하겠지. 나도 그런 안전판 정도는 있어야 하지 않아?"
 박회장은 아랫입술을 꽉 깨물었다. 그림을 손에 넣고 붙잡은 다음 보자. 그 생각밖엔 안 들었다.
 "미술관 4층으로 와라. 4층으로 오르는 계단이 끝나는 곳에 도서관이 있다. 그 앞에서 보자."
 "4층?"
 상대가 잠시 생각에 잠기는 듯했다.
 "좋아. 그렇게 하지. 혹시나 해서 미리 경고하는데, 너, 딴 생각하고 있으면 일찌감치 맘 고쳐먹는 게 좋을 거야. 거기서는 그림과 동생만 교환할 거고, 편지는 동생과 함께 1층으로 내려온 다음 줄 거야. 또 너 혼자만 나와. 보나마나 어딘가 패거리들 잔뜩 숨겨 놓겠지만, 내 앞에서는 너만 보여야 해. 만의 하나 쓸데없는 짓 하면…… 그때는 다 끝나는 줄 알아."
 "너!"
 "그리고 모레까지 동생 잘 데리고 있어. 밥 굶기지 말고. 만약 동생 신상에 무슨 일이라도 생긴 게 눈에 띄면 그 자리에서 칼로 그림 북 찢어버릴 테니까."
전화가 바로 끊겼다.
박회장은 통화가 끝난 후에도 핸드폰을 귀에 대고 멍하니 서 있었다.
온몸이 확 달아올랐다. 머리끝이 뜨거워졌다. 두통이 머리통을 꽉 움켜잡았다. 소리를 꽥 지르더니 들고 있던 핸드폰을 바닥에 냅다 패대기쳤다.
박이도가 깜짝 놀라 물었다.
"아버님, 무슨 일입니까? 뭐래나요?"
애꿎은 핸드폰을 구둣발로 짓밟기 시작했다.
김소미! 이 쥐새끼 같은 년을 잡아다가 반드시 죽여버리고 말겠다고 다짐하고, 또 다짐했다.

3

　소미와 진구는 아침 일찍 서울 광희동에 있는 J고시텔로 향했다.
　편지의 명령대로 움직이기로 한 것이다.
　편지를 신뢰하는 건 아니었다. 신념이 확고해져서도 아니었다. 진구도 마찬가지였다. 그는 처음부터 편지대로 움직이고 싶지 않았다. 그런데도 그녀를 따라나서고 말았다.
　이젠 화살표가 곧게 펴졌기 때문이다. 세계그룹 회장 박노수가 해준 일이다. 기호의 납치로 우물쭈물하던 두 사람은 방향을 잡았다. 소미는 더는 겁이 나지 않았다.
　대기업 회장! 그 대단해 보이는 자리! 그동안 왜곡된 이미지를 갖고 있었다는 걸 이번에 깨달았다. 수만 명의 직원을 거느린 기업의 최고경영자니까 보통 사람과 달라도 한참 다르겠거니 생각했는데 완전한 착각이었다. 왜 그동안 착각 속에서 살았을까? 경제 뉴스와 이따금 펼치던 자기계발서가 포장한 이미지도 한몫했을 것이다. 속았다는 게 어쩐지 분할 정도였다. 대신 기호의 납치로 선명한 이미지를 얻을 수 있었다. 조직폭력집단. 그는 조직폭력배 두목과 다를 게 없었다.

정체를 알게 되자 마음이 편안해졌다. 박회장과 통화할 때마다 그녀는 실은 최선을 다했다. 최선을 다해 발악한 것이다. 그렇지 않고는 주눅이 들어 상대할 수가 없었다. 감히 대기업 회장에게 욕을 하다니! 전화를 끊고 나면 정신이 멍해졌다. 내가 무슨 짓을 한 거지, 맨 처음엔 다시 전화를 걸어 사과라도 하지 않으면 안 될 것처럼 불편했다. 이젠 달랐다. 알고 보니 그는 자신처럼 평범한, 아니 그보다도 못한 저급한 인간이었다. 용기가 생겼다. 진실을 얻고 나니 두려움이 사라진 것이다.

이제 소미는 두려움 없이 싸울 수 있을 것 같았다. 그러나 고통 없이 싸울 수는 없게 되었다. 기호가 지금 어떤 꼴을 하고 있을지 생각하면 가슴이 미어졌다. 세상에 피붙이라고는 엄마와 기호뿐이었다.

기호가 너무도 보고 싶었다.

원래 아픈 아이, 소미는 기호만 생각하면 무작정 아팠다. 태어나는 순간부터 자신에게 고달픔의 낙인이었다. 사춘기 때 그 아이가 평생 자신의 인생을 흠집 내며 따라붙을 것이라는 불길함 때문에 증오하기도 했다. 자신의 두 손을 잡고 매달릴 때마다 진절머리가 나서 달아나리라 마음먹은 적이 한두 번이 아니었다. 그때 진구가 다가왔다. 그러자 기호는 누나에게서 한 손을 놓아 진구를 잡았다. 우리 세 사람은 그렇게 한 몸이 되었고, 하나의 인생으로 살아갈 작정이었다. 그 몸의 한쪽이 떨어져 나갔다. 생살이 찢어진다는 느낌이 어떤 건지 소미는 절감하고 있었다.

소미는 기호가 안전하지 않은 이상, 터무니없이 불리한 싸움이라고 생각했다. 안전을 보장하는 장소가 무엇보다 중요했다. 대대적인 행사가 준비되고 있는 세계미술관이 최적이라고 판단했다. 편지가 마치 이런 일까지 안배한 것 같아 섬뜩할 정도였다.

'세계미술관을 습격하라'

'그 일을 할 수밖에 없을 것이다'

결단은 그렇게 내려졌다.

편지는 소미와 진구의 역량마저 잘 파악하고 있는 듯했다. 누군가의 도움 없이는 편지의 명령을 수행할 수 없다는 것을. 그래서 인터넷으로 출력한 약도를 보며 도와줄 사람이 사는 곳으로 찾아가고 있는 중이었다. 광희동의 J고시텔 507호, 거기 전 GN TV 오타 기자가 산다고 했다.

"그럼 그 사람, 박회장과 그림창고에 대한 기사를 쓰고 완전히 망한 거네."

진구는 낡은 건물들로 이어진 동네를 두리번거리며 말했다.

"박회장과 맞붙은 결과지. 오기자는 기사로 까발리면 본격적으로 수사가 진행돼 박회장의 비밀이 만천하에 드러날 거라고 생각했겠지만, 그때부터 오히려 그동안 박회장이 막대한 돈을 뿌리며 쌓아 온 인맥의 힘이 발휘돼 검찰 수사도 하는 둥 마는 둥했고, 정치인들도 박회장을 감싸주었지. 결국 방송국에서도 왕따 당해 쫓겨나고, 혼자만 뒤집어쓰고 말았어. 그래서 네가 경찰에 신고하자고 했을 때 내가 주저했던 거야. 경찰서에 그림을 갖고 들어가는 순간, 그림은 물론이고 우리까지 깨끗하게 사라질 수 있어."

"박회장, 정말 무서운 사람이구나."

"사실 오기자는 잠적 상태라 어디 있는지 아는 사람이 없대. 방송국에서 쫓겨난 후 생활도 엉망이 되고, 그 때문에 부인과 이혼해 가정도 풍비박산 났어. 그것만이 아냐! 박회장이 자신을 죽일지도 모른다는 피해망상증과 대인공포증에 시달려 아예 숨어버렸다고 해. 이젠 아주 친한 지인들조차 행방을 모르는 상태가 됐고. 그래서 노숙자가 됐다, 거지가 됐다, 심지어는 자살했다는 얘기까지 나돌았어."

"그래서 내가 걱정하는 거야."

진구가 이마에 송글거리는 땀을 훔쳐내며 말했다.

"방송국에서 일하던 똑똑한 사람도 그렇게 당하는데, 우리 같은 사람은……."

"아니, 난 안 당해. 왜냐하면."

그녀는 야무지게 말했다.

"난 잃을 게 없거든. 그리고 오기자처럼 똑똑한 사람도 아니고. 때로는 무식해야 성공하는 일이 있어."

"후……."

진구는 이상한 논리 같아 어떻게 대꾸해야 할지 몰랐다. 그때 그녀가 'J고시텔'이라는 간판을 손가락으로 가리켰다.

"저기다. 맞지? 새롬 치킨 옆."

"맞아. 다 왔네."

고시텔은 생각보다 낡고 허름했다. 저 안엔 사람대신 동네 길고양이나 유기견들이 떼로 모여 살고 있을 것 같았다. 어디선가 정말 개 짖는 소리가 들렸다.

고시텔 건물 안으로 들어갔다.

건물 안도 밖과 별반 다르지 않았다. 한낮인데도 복도는 어둡고 침침했다. 바닥엔 먼지가 쓸렸고, 천장에선 거미줄이 늘어져 있었다. 건물주가 헐기 전에 마지막으로 한 번만 더 재활용을 하려고 대충 수리해 고시텔로 만든 게 분명했다. 7층짜리 건물인데도 엘리베이터가 없어 두 사람은 계단으로 향했다. 계단 구석마다 쓰레기봉투가 즐비했다.

소미가 걸음을 멈추고 진구에게 말했다.

"진구야, 이렇게 하자. 오기자는 아주 불안한 상태야. 처음부터 우리가 찾아온 이유를 말하면 십중팔구 문도 안 열어줄 거야. 그러면 일이 굉장히 힘들어져. 어떻게든 일단 안으로 들어가고 봐야 해. 그런 다음에 차근차근 설득하든지 윽박을 지르든지 해서 우리 쪽으로 끌어들여야 해."

"어떡하면 될까?"

"이렇게 하자······."

계단을 오르면서 자신의 계획을 말해주었다.

5층에 올라와 507호를 찾아 걸었다. 좁은 복도를 사이에 두고 방문들이 양쪽에 일렬로 배치되어 있었다. 교도소 같은 분위기가 풍겼다. 방에서 간간히 들려오는 부스럭거리는 소리만 없었다면 아무도 살지 않는 폐건물을 연상시킬 정도였다.

복도 중간쯤에서 섰다. 507호 문 앞이었다.

소미가 고갯짓을 하자 진구가 노크를 했다.

"누구시오?"

안에서 남자의 목소리가 들렸다.

"507호에 사시는 오타 씨 맞습니까?"

"……누구시오?"

"한전에서 전기 시설 정기점검 나왔습니다."

"그런 거 할 필요 없어요."

"의무적으로 해야 하는 겁니다. 잠깐이면 됩니다."

잠시 후, 문이 빼꼼히 열리고 남자의 얼굴이 보였다.

진구의 등 뒤에 숨었던 소미는 고개를 살짝 내밀고 얼굴을 확인했다. 오타가 분명했다.

인터넷에서 본 사진에 비해 얼굴이 많이 수척하고 파리해져 46살이라는 실제 나이보다 늙어보였다. 하지만 검은색 뿔테 안경과 그 너머로 보이는 새우처럼 가는 눈으로 오타 기자가 분명하다는 걸 확신했다.

그는 진구의 수더분한 인상 때문인지 순순히 문을 열어주었다. 진구가 먼저 안으로 들어가고 소미가 뒤따라 들어갔다.

방구석이 거지꼴이었다. 2평 정도 되는 좁은 방 안에 먹다 남은 인스턴트 음식물과 소주병들이 꽉 들어차 있었다. 찌든 담배 냄새와 씻지 않은 사람 몸에서 나는 구린내까지 더해져 속이 메슥거렸다.

사람도 마찬가지였다. 그는 많이 야위어 통통한 진구의 절반밖에 되지 않았다. 노숙생활을 몇 년 한 것 같은 몰골이라 한때 우리나라 최고 방송국에서 가장 잘 나가던 기자였다는 걸 상상할 수 없었다. 그는 완벽한 폐인의 모습이었다.

작은 방 안에 세 사람이나 있으니 방이 꽉 차 보였다. 오기자는 소미를 이상한 눈으로 쳐다보았다.
"전기 점검하러 오신 분들…… 아니신가?"
그녀는 아무 대답 없이 발아래 빈 참치 캔과 소주병을 치우고 앉았다.
우선 그림 가방에서 그림 박스를 빼냈다. 〈불타는 꽃밭〉을 꺼내 에어 캡을 천천히 풀었다.
침대 맡에 엉거주춤 선 오기자가 볼 수 있게 그림을 돌렸다.
"오기자님, 이게 무슨 그림인지 아시죠?"
오기자는 눈만 깜짝거렸다.
"이거 박노수 회장의 그림창고에 있던 〈불타는 꽃밭〉이란 그림이에요. 오기자님이 밝혀내려고 했었잖아요."
그때서야 오기자의 눈에 불이 켜졌다. 그림을 본 증상은 순식간에 나타났다. 얼굴이 시뻘겋게 상기되고 주먹이 떨렸고 이가 덜덜거렸다. 폭발하기 직전이라는 게 너무도 분명해서 소미와 진구는 조마조마했다.
"당장 나가! 당장!"
화산은 금방 폭발했다. 버럭 소리가 터진 것만으로 모자라 직접 소미를 일으켜 세워 등을 떠밀었다. 그림을 보호하느라 힘을 쓸 수 없던 소미는 진구를 향해 소리쳤다.
"진구야, 뭐해! 오기자님 떼어내!"
진구가 그의 허리를 잡아끌었다. 좁은 방 안에서 소미를 밖으로 떠미는 오기자와 오기자를 잡아끄는 진구가 한데 뒤엉켜 얼핏 춤이라도 추는 것처럼 보였다.

오기자는 진구의 힘을 이길 수 없었다. 진구는 그를 안쪽으로 잡아끌었고, 소미는 문까지 밀려났다 다시 안으로 들어왔다.
"오기자님, 제 이야기를 먼저 들어보세요. 일단 들어보시고……."
"당장 나가라니까! 내 앞에서 박회장이나 그림 얘기 두 번 다시 꺼내지 마. 당장 나가!"
비쩍 말랐는데도 목소리는 쩌렁쩌렁했다.
"일단 제 이야기를 들어보세요, 네? 들어보시고 결정하세요."
그녀는 사정사정했다. 하지만 오기자도 완강했다.
"좋아, 너희들이 안 나가면 내가 나가지."
오기자가 성큼성큼 문 쪽으로 향했다. 이번에는 소미가 몸을 던져 그의 허리를 잡아당겼고, 진구가 앞을 막았다. 좁은 방 안에서 또 다시 밀고 밀리는 소란이 더 격렬한 춤을 추는 것 같았다. 오기자는 두 사람의 힘에 밀려 다시 안으로 들어왔다. 진구가 그를 침대에 강제로 앉혔다.
"오기자님, 제 얘기 먼저 들어보세요. 듣기만 하면 돼요."
"뭐 이런 불한당들이 다 있어. 너희들 어디서 온 애들이야? 누가 보냈어?"
오기자는 씩씩거렸다. 화도 나고 힘도 든 것이다. 소미도 마찬가지였다.
"우리가 누구인지 알고 싶으면 제 이야기를 들으셔야 해요."
"듣기 싫어. 이 나쁜 놈들……."
소미도 폭발했다.
"얘기 좀 들어보라니까요!"

오기자가 움찔했다.

그녀는 이때다 싶어 밀어붙였다.

"우리가 나쁜 사람들로 보여요? 얘기 좀 들어보라니까 왜 그렇게 말을 안 들어요!"

도리어 거세게 나오니 어안이 벙벙해진 것 같았다. 그녀를 빤히 쳐다보기만 했다.

소미는 바닥에 앉으면서 그의 손을 꼭 잡았다. 어쩐지 오기자는 소미의 손을 뿌리치지 않았다.

"오기자님이 왜 그러시는지 알아요. 이제부터 우리가 누구고 왜 저 그림을 들고 왔는지 차근차근 말씀드릴게요. 진구야, 너도 이리 와서 앉아."

오기자가 또 도망칠까 봐 문 앞에 서 있던 진구도 소미 옆으로 와 앉았다.

그때부터 그녀는 진구와 기호가 저지른 일부터 시작해, 박회장과 통화한 내용, 종로경찰서 앞에서 벌어진 일, 세계제일제과와 아라옥션에서 벌인 일, 인사동 골목에서 정체불명의 남자들을 만난 일 그리고 기호가 납치된 일에 대해 차근차근 이야기했다.

박회장이 서민왕 한민족당 대표에게 보내는 편지를 보여주고, 녹음해둔 박회장과의 통화 내용을 들려주자 그의 표정이 화석처럼 딱딱하게 굳어졌다.

마지막으로 그녀는 정체불명의 남자들이 건네준 편지를 펼쳐 그의 손에 쥐어주었다.

오기자는 심각한 얼굴로 그 편지를 읽기 시작했다.

세계미술관을 습격해서 박노수 회장의 그림창고를 열어 만천하에 공개하라.
습격 시간은 모레 저녁 7시.
그 시각에 세계미술관에서는 미술관 개관 10주년 기념전이 열리고 검찰총장, 경찰청장을 포함한 정관계 인사 및 각계 인사들 그리고 국내외 주요 언론사 기자들이 다 모인다. 그때가 최고의 적기다.
너희들이 단독으로 하지는 못한다. 전 GN TV 기자이고 박회장의 비리를 제일 먼저 폭로했던 오타 기자를 만나 함께 움직여라. 오타 기자는 방송국에서 근무했기 때문에 어떻게 폭로해야 할지 잘 알 것이다.
그는 현재 광희동에 있는 J고시텔 507호에 살고 있다.
해야 할지 말아야 할지 망설이지 마라. 그게 너희가 위기에서 빠져나갈 수 있는 유일한 길이고, 또 결국 그 일을 할 수밖에 없는 상황에 놓일 테니까.
건투를 빈다.

추신: 박노수 회장의 그림창고를 여는 방법을 알려주겠다. 그림창고는 세계미술관 지하 1층 제3세미나실 옆에 있다. 그곳으로 가 문 옆의 소화전을 열고 손으로 위쪽을 더듬어보면 버튼이 만져질 것이다. 그 버튼을 잡아당겨라. 그럼 바로 옆에 있는 벽에 1센티 가량 틈이 생긴다. 그 틈 맨 아래에 버튼이 하나 있다. 기다란 꼬챙이를 그 틈에 넣어 그 버튼을 뒤로 밀면 벽이 열리고 박회장의 그림창고로 들어갈 수 있다. 그림창고는

그리 크지 않다.

"어쩐지! 지하1층 제3세미나실 쪽 복도가 좀 짧다고 했어. 그 정도라면 검찰이 몰랐을 리 없었을 텐데…… 죽일 놈들……."
오기자는 고개를 설레설레 내저었다.
갑자기 몸을 돌려 침대 위를 더듬더니 처박혀 있던 담뱃갑을 빼냈다. 담배 한 대를 꺼내 입에 물고 다시 침대를 더듬어 라이터를 찾아 불을 붙였다.
천천히 담배를 피우며 소미를 빤히 쳐다보았다. 눈매가 날카로워졌다. 완전히 딴 사람처럼 보였다. 그렇게 어둡고 칙칙하더니 빛이 나는 것 같았다.
"그나저나 아가씨도 참 대단하네. 하긴 성질이 그 모양이니 여기 와서 이렇게 행패를 부리지…… 크큭."
그는 맥없이 코웃음을 쳤다.
"어떡하실래요?"
소미는 단도직입적으로 물었다.
"편지를 건네줬다는 남자, 얼굴 봤어?"
그는 다른 질문을 했다.
"……제대로 보지는 못했어요."
"몇 살 쯤 되어 보이고 인상이 어땠는지 말해봐."
"나이는 50대 중반? 인상은…… 정말 잘 생긴 남자였어요. 멋진 중절모에 양복을 쫙 빼입고 있었고…… 영화에서나 나오는 세련된 갱단 두목 같은 분위기라고 할까……. 사실 그건 좋게 표현하는 거고, 잘생긴 조폭 인상이었어요. 영락없는 조폭 두목이에요. 맞지?"

진구는 고개를 끄덕였다.

"회사원이라든가 공무원 같은 인상은 아니었어?"

"전혀."

"이상한데……."

오기자는 고개를 갸웃했다.

"……뭐가 잘못됐나요?"

재떨이에 꽁초를 비벼 끄고는, 이번에는 팔짱을 끼고 생각에 잠겼다.

그녀는 그제야 인터넷으로 보았던 지적이고 날카로운 오기자를 볼 수 있었다.

정리가 됐는지 그가 조심스럽게 입을 열었다.

"너희들도 내가 쓴 기사 봤겠지만, 그 기사들은 사실 제보가 단서가 돼서 쓰게 된 거야. 제보자는 전화와 이메일로 박회장과 그림창고 얘기를 흘렸는데, 음성 변조기를 쓰기는 했어도 말투나 쓰는 말이 50대 이상으로 보이는 남자였어. 그래서 나는 그가 세계그룹 내부, 그것도 박회장의 최측근일 거라는 생각을 했지. 이 편지만 봐도 알 수 있어. 이건 세계그룹의 핵심 가운데서도 핵심에 있지 않으면 알 수도 없는 내용이야. 하지만 조폭 분위기라면 얘기가 다르지."

"제가 확실하게 말할 수 있는 건, 결코 평범한 일을 하는 사람 같지는 않았다는 거예요."

"가장 이상한 건 왜 이걸 우리한테 맡기냐는 거야. 자칫 더 위험한 일이 벌어질지 모르는데. 무슨 사정이 있는 걸까?"

"우리를 이용하려는 게 아닐까요?"

그동안 가만있던 진구가 한마디 했다.

"그건 당연한 거고. 우리한테 맡겼다는 건, 우리가 이용할 만한 자격을 갖췄다고 본 거야. 나도 나지만 너희 두 사람도 충분히 자격이 있어, 큭큭."

그는 코웃음을 쳤다.

"포인트는 왜 이용하느냐는 거지……."

소미는 이런 문제는 생각보다 결단이 필요하다고 판단했다.

"오기자님, 아까 물어봤던 질문인데요, 어떡하실 거예요? 이 사람들 말대로 하실 건가요?"

"그건 내가 먼저 물어보지. 어때, 아가씨는 이 사람들 말대로 할 건가?"

"네."

그녀의 대답은 단호했다.

"제게는 두 가지 이유가 있어요. 납치된 동생을 구하고 파렴치한 악당을 처단하기 위해. 다른 하나는 박노수 같은 쓰레기를 이 땅에서 없애기 위해!"

"큭, 개인적 감정과 사회적 감정의 조합이라! 복수의 가장 이상적인 조건이군."

또 살짝 코웃음을 쳤다. 시도 때도 없이 코웃음 치는 게 그의 버릇인 것 같았다.

"오기자님은요?"

"나는 어떡할 거냐고?"

새우 눈이 칼날처럼 빛나기 시작했다. 두 손으로 침대 위의 이불을 꽉 쥐고 몸을 부들부들 떨었다.
　그는 소미와 진구를 보며 이를 갈았다.
　"……내가 어떡할 거냐고? 난 오직 이 순간만을 기다렸어……. 나를 이 모양 이 꼴로 만든 박노수에 대한 복수 그리고 그런 사회의 암덩어리를 도려내야 한다는 사명감…… 당연히 해야지. 끝장내버려야지!"
　눈이 빨간 새우가 된 것처럼 충혈되었다. 조금만 더 있으면 레이저 광선이라도 쏘아댈 기세였다.
　"내가 기사 쓰면서 가장 아쉬웠던 게 뭔지 알아? 그 정체불명의 남자는 결코 완벽한 제보를 하지 않았어. 이 정도까지니까 나머지는 네가 알아서 하라는 식이었지. 그래서 내 기사가 사회적인 파장은 일으켰지만, 늘 의심 받았고 결국 나만 당한 거라고. 하지만 이젠 나한테 모든 걸 알려준 거야. 이건 내게 주어진 기회임과 동시에 의무이기도 하지. 왜 우릴 이용하려는지는 몰라도, 그런 건 상관없어. 난 의무를 다 해야 하고, 이번 기회를 놓쳐서는 안 돼."
　냉정을 되찾은 것 같았다.
　가만 보니 그는 괴짜 기질이 다분했다. 박회장 사건 이후 받은 정신적인 충격 때문인지 감정의 기복도 큰 편이었다.
　"……어떻게 보면 그건 생각해보고 자시고 할 것도 없어. 그들은 우리 속을 훤히 꿰뚫어보고 있으니까. 편지에 적혀 있잖아. 결국 할 수밖에 없는 상황에 놓일 거라고."
　"안 하려면 안 할 수도 있어요."
　"그건 그래요."

진구와 소미가 차례로 말했다.

오기자는 말없이 씩 웃었다.

"결심만 한다고 될 일이 아니잖아요. 편지에 쓰인 대로 그림창고를 습격해 만천하에 공개해야 하는데, 그걸 우리가 할 수 있을까요?"

진구가 걱정스럽게 물었다. 그는 아직 이런 일에 휘말릴 준비가 되어 있지 않았다. 그가 움직이는 건 전적으로 소미 때문이었다.

"큭, 모르는 소리. 이 편지는 우리 의향을 물어보는 게 아니라 사실상 작전 시나리오나 마찬가지야. 우리가 어떤 식으로 해야 할지 여기에 다 나와 있어."

오기자는 편지 한 부분을 손가락으로 가리켰다.

오기자는 방송국에서 근무했기 때문에 어떻게 폭로해야 할지 잘 알 것이다.

"이게 작전 시나리오예요?"

"이 사람들, 날카롭고 치밀해. 여유도 있고 유머도 있어. 이 나라의 내로라하는 사람들이 다 모이는 곳에서 폭탄을 터트리려는 아이디어만 해도 그래. 너희들, 세계미술관 개관 10주년 기념전에 뭐가 전시되는지 알아?"

알 리가 없어서 대답도 안 했다. 그는 다시 담배 한 대를 꺼내 물었다.

"우리 말고 두 사람이 더 필요해."

"누구요?"

"하나는 세계미술관 관리실의 최과장이야. 내가 세계미술관에서 박회장의 그림창고를 찾을 때 비밀리에 도와준 사람이지. 내일 일이 끝나면 어차피 더 이상 근무하지도 못할 테니까 마지막으로 화끈하게 도와달라고 해야 해. 또 하나는 내가 잘 아는 카메라 촬영감독."

"카메라 촬영감독은 왜요?"

대답할 필요가 없는 건지 말해주지 않았다. 곧장 책상으로 가 서랍을 차례로 열고 무언가를 찾기 시작했다. 맨 아래 서랍 구석에서 종이 몇 장을 꺼내 두 사람 앞으로 와 앉았다.

"거사가 내일이니 서둘러야 해. 게다가 우리 작전에는 납치된 아가씨 동생을 구출하는 계획도 포함돼야 하잖아. 아주, 매우, 굉장히 치밀한 작전을 세워야 한다고."

그는 두 사람 앞에 서랍에서 꺼내온 종이를 펼쳤다.

"이게 세계미술관 설계도야. 이제부터 내 말 잘 들어……."

그때부터 세 사람은 머리를 맞대고 세계미술관 습격 작전의 계획을 짜기 시작했다.

4

인사교육 부장이 신미자에게 눈짓을 했다.

그녀도 답례하듯 고개를 끄덕였다.

"그럼 세계그룹 박노수 회장님의 사모님이신 신미자 여사님을 모시겠습니다. 여러분들도 잘 아시다시피 신여사님은 자선사업가로 국내외에 많은 존경을 받는 분입니다. 우리나라에서 가장 활발한 자선사업을 한 사람에게 수여하는 '하얀 천사상'을 일곱 차례나 수상하였고, 캄보디아와 라오스 그리고 아프리카의 수단과 에티오피아에서 국가 훈장을 받았으며, 그 외에 많은 나라에서 자선사업과 관련된 영예로운 상을 수상하셨습니다. 신 여사님은 우리 세계그룹의 자랑이자 대한민국의 자랑이기도 합니다. 신여사님은 여러분들에게 우리의 삶에서 가장 소중한 것이 무엇인지, 이 세상에서 가장 가치 있는 것이 무엇인지 알려주실 겁니다. 그 감동의 말씀을 전해주실 신미자 여사님을 뜨거운 박수로 맞이해주시기 바랍니다!"

인사교육 부장의 소개가 끝나자 연수원 강당 안은 우레 같은 박수 소리가 울려 퍼졌다.

신미자는 강단으로 올라가 교탁 앞에 섰다.

강당에 모인 세계제일식품 관리직 사원 5백여 명의 눈이 자신에게 쏠려 있었다. 남을 죽이지 않으면 내가 죽는다는 치열한 경쟁 사회에서 성공을 위해 악착같이 일하고, 돈으로 모든 가치가 재단되는 황금만능의 세상에서 쉴 틈 없이 노동하며 돈을 버는, 이 시대 가장 평범한 사람들의 눈이었다.

그녀는 세계그룹 각 계열사의 사원연수가 있을 때는 반드시 시간을 내 강연을 했다. 세계그룹 사원들은 누구보다 성공에 대한 열망이 컸다. 풍요에 대한 갈망도 대단했다. 성공과 풍요. 많은 기업들처럼 세계그룹도 이 두 가지를 행복 순위의 맨 위에 올려놓았다. 나머지는 모두 그 아래 밟혀 있었다.

그런데 성공과 풍요, 이상하게도 그것을 추구하면 할수록, 더 가까이 다가가면 갈수록 그들은 그만큼 커지는 공허함을 견딜 수 없어 했다. 다수는 오히려 불행해지고 있다는 불안을 그림자처럼 달고 살아간다. 행복하려고 일하는 사람들이 행복하지 못하다면 그 조직은 왜 존재해야 하는 걸까.

그녀는 강연 때마다 그들에게 의문을 던졌다. 그리고 스스로 답하려고 했다. 자신의 삶이 이들에게 하나의 대답이 될 수 있기를 바라며.

강연을 듣고 나면 사원들은 조직에 부속된 일원이 아니라 나의 조직이라는 관점에서 회사와 개인의 관계를 다시 생각하고 나에 대해 좀 더 깊이 있게 성찰하는 계기가 되었다고 했다. 그녀가 바라는 바였다. 조직을 위해 소중한 것들을 희생시키지 않기를 바랐다. 많은 사원들이 자신의 삶을 되돌아보는 계기가 된다면 그것으로 족했다.

지금까지 세계그룹 사원들 앞에서 셀 수 없이 많은 강연을 해왔지만, 오늘은 매우 특별했다. 오늘이 세계그룹에서 하는 마지막 강연이기 때문이다.

그녀는 박노수 회장의 부인이자 박이도, 박주도의 어머니로서의 삶도 오늘로 마감하려 했다. 더 이상 자신을 원하지 않는데 그들 안에 계속 머물 이유가 없었다. 사원들을 바라보는 눈에는 애잔한 만감이 서렸다.

신미자는 마음을 다잡고 마지막 강연을 시작했다.

"안녕하세요, 여러분. 신미자입니다. 세계제일식품이라면 세계그룹 내에서도 높은 수익을 창출하고 있는 계열사고, 그러다보니 연일 계속되는 힘든 업무로 많이 피곤하실 텐데, 보잘 것 없는 노파의 강연을 들으러 시간을 내주셔서 뭐라고 감사의 말을 해야 할지 모르겠습니다. 저에 대해서는 많이 알고 계실 거고, 또 이미 제 강연을 들으신 분들도 적지 않을 줄 압니다. 그래서 오늘은 제가 경험했던 색다르고 재미있는 이야기를 들려드리면서 강연을 시작하려고 합니다. 여러분들도 잘 아시다시피 제가 작년 여름, 미얀마에 아시아 최대의 어린이 전문 병원을 설립했습니다. 그때 있었던 일입니다······."

두 시간 가까이 계속된 강연을 다 마치고 그녀는 연수원 사원

휴게실에서 휴식을 취하고 있었다. 사원들은 계속 진행되는 연수 일정으로 다른 강연을 듣느라 휴게실에는 그녀 혼자였다.

핸드폰으로 전화를 걸어 비서를 불렀다. 잠시 후, 비서가 휴게실로 들어왔다.

"부르셨습니까, 사모님."

"전시 준비는 어떻게 되고 있다고 하나?"

내일 있을 세계미술관 개관 10주년 기념전이 마음에 걸렸다.

"이관장이 직원들과 최종 점검을 하고 있다고 합니다."

"준비에 별다른 문제는 없어 보이나?"

"네, 백남준 선생의 작품도 잘 작동되고 있고, 초청 인사들에게 개별적인 연락도 다 마쳤다고 합니다. 미술관 내부 정리도 끝난 듯 보입니다. 지금은 리허설을 하고 있다는 이야기를 들었습니다."

그녀는 고개를 끄덕였다.

"……그런데 사모님, 사모님께서는 정말 참석하지 않으실 겁니까? 오전에 이관장이 살짝 물어보던데……."

"후훗."

그녀는 허탈하게 웃었다.

"내가 안 가는 게 도와주는 걸 텐데 가면 안 되지."

"아무리 그래도…… 미술관은 사모님께서 설립하시고 가꾸신 곳이지 않습니까?"

"아니야. 다 옛날 얘기지. 이젠 나하고는 아무 상관이 없어……. 난 신변도 정리하고 생각도 정리할 겸 내일 오전에 남해 별장으로 갈걸세. 만약 나를 찾으면 그렇게 얘기하게."

"사모님……."

"아, 그림을 갖고 온다는 아가씨 이야기는 어떻게 되는 것 같나?"

"거의 전쟁 전야 분위기입니다. 회장님과 두 사장님이 단단히 벼르는 것 같습니다."

"쯧쯧, 그 아가씨가 무사해야 할 텐데. 게다가 몸도 성치 않은 불쌍한 남동생은 또 어떻고……."

그녀의 표정은 그 어느 때보다 무거웠다.

"내일 남해로 가실 때 제가 모시겠습니다."

"그럴 필요 없네. 혼자 조용히 떠날 테니까, 마음 쓰지 말게……."

신미자는 휴게실 한쪽 면을 유리로 다 채운 커다란 창으로 눈을 돌렸다. 시원스레 펼쳐진 연수원 마당이 보이는 창밖은 어느새 땅거미가 내려앉고 있었다.

잠깐 시간이 지난 것 같은데 벌써 어둠에 잠겨 들었다. 조명등 불빛이 하나 둘씩 켜지고 있었다. 텅 빈 휴게실에 앉아 그 비어버린 공간만큼이나 공허한 시선으로 창밖을 바라보았다. 긴 시간을, 그렇게 하염없이 바라보기만 했다.

 소미와 진구는 모텔 방에서 탕수육을 안주로 소주를 마시고 있었다. 긴장을 풀지 않고는 잠이 오지 않을 것 같았다. 내일 거사를 앞두고 두 사람은 심란했다.
 소미에겐 기호를 구하는 일이 곧 자신의 인생을 구원하는 일이 되었다. 기호가 온전히 무사해야 했다. 세계미술관은 난공불락의 요새 같은데, 거기 침투해 기호를 구출해내야 한다. 편지의 주인이 누구인지도 너무나 궁금했다. 편지가 시키는 대로 하면 다 끝나는 건지도 알 수 없었다. 주체할 수 없이 몸이 무거웠다.
 내색은 안 해도 진구의 자책감은 시간이 갈수록 깊어졌다. 기호가 납치되면서 극에 달했다. 기호를 구하지 못하면 소미가 간신히 쌓아올린 성은 허물어질 것이다. 자신은 결코 소미에게 개구리 왕자가 될 수는 없다는 걸 알고 있었다. 그의 삶이 그냥 소미의 한 부분인 것으로 족했다. 지금 소미는 너무나 무겁고, 그 무게를 자신이 짊어지지 못하는 것만이 안타까울 뿐이다.

"……술 마시니까 몸이 풀어지는 것 같아 좋다."

취기가 돌자 진구의 발음이 어눌해졌다.

"너도…… 생각이 많지?"

소미를 보며 조심스럽게 말했다.

"기호만 아니라면 네 말대로 하고 달아나고 싶어."

고단한 기색이 역력했다.

"너답지 않게……."

진구는 소미가 불안해하면 똑같이 불안해진다. 두려워하면 똑같이 두려워하고, 기뻐하면 똑같이 기뻐한다. 그래서 동조는 해줘도 위로는 어렵다. 그럴 주제가 못 된다는 걸 아니까 더 어렵다.

"이게 진짜 내 모습이야. 소미 미용실의 김소미. 손님들 머리 해주고 그걸로 먹고 사는 평범한 여자. 다른 사람이 된 것처럼 굴어도 다른 사람이 될 수는 없는 거야."

"아니야, 넌 대단해. 네가 생각하는 이상으로 대단한 여자야. 지금 와서 그런 약한 모습 보이지 마. 네가 그러면 나까지 힘들어져."

"왜 이렇게 불안한지 몰라. 모든 게 다 불안해……."

"긍정적으로 생각해. 내일 모든 일이 성공적으로 끝나고 우리는 예전으로 돌아간다는 생각만 하라고. 난 다 잘 될 거라고 확신해."

"내일…… 성공할 수 있을까?"

"당연하지. 그동안 네가 해온 일을 생각해봐. 그런 일은 웬만큼 배짱 있는 남자도 하지 못해. 오기자도 말했잖아. 박노수 회장은 철옹성이라고. 너는 다른 사람도 아니고 그 박회장과 조금도 밀리지 않고 맞장을 뜬 거야. 내일도 틀림없이 잘 해낼 거니까 너무 걱정 마."

"그래, 부닥치면 또 이겨내잖아."

그녀는 환하게 웃었다.

"……소미야, 이리 와."

진구가 그녀의 어깨를 살며시 감싸 안았다. 그녀는 진구의 품에 몸을 파묻고 그의 손을 꼭 잡았다. 그리고 혼잣말을 중얼거렸다.

"……다 잘 될 거야……. 잘 돼야지…… 그렇게 될 거야……."

같은 시각.

박회장은 이사벨과 함께 침대에 누워 있었다.

박회장 역시 잠을 이룰 수 없었다. 왜 이렇게 불안한지 몰랐다. 그래서 계속 화가 났다. 수십 년 동안 그룹을 키워 오면서 숱한 고비들을 넘겼다. 그에 비하면 이건 사실 일이라고 보기에도 민망했다. 그러나 어쩌랴, 차도로는 수 억짜리 방탄차를 타고 다녀도 인도에서는 조그만 돌부리에 걸려 넘어지기도 하는 법이다. 그래도 화가 나서 참을 수 없었다. 그 돌부리를 빨리 뽑아내 가루로 만들어버리고 싶었다. 울화로 잠이 안 와 이사벨을 불렀다.

박회장은 지금 은갈치파 강일의 전화를 받고 있는 중이었다.

"……그래, 알았네. 수고스럽겠지만 다시 한 번 작전 점검하고 애들 단속도 잘하라고. 미술관에서 일을 벌이는 건 처음일 테니까 예행 연습도 소홀히 해서는 안 되네…… 알았네……. 강사장도 참,

일만 잘 되면 그게 문제겠는가. 그런 걱정은 말게…… 알았네……
전화 끊겠네."
 "이 늦은 시각에 웬일이래요?"
 박회장의 가슴에 머리를 묻고 있던 이사벨이 천천히 고개를 들며 물었다.
 "아, 내일 작전을 다시 한 번 점검해보겠다고. 그 친구도 불안불안한가 봐."
 "별것도 아닌 일을 갖고…….'
 "그렇지 않아. 이번 일은 왠지 모르게 불길해. 왜 그런지 모르겠어."
 "괜한 기우예요, 회장님. 그 맹랑한 계집애는, 지금까지 회장님이 상대한 인간들 중에서 가장 하찮은 애예요. 그런 애가 까부니까 오히려 더 날카로운 자극을 받고 민감하게 반응하시는 것뿐이라고요."
 "그럴지도 모르지."
 "아니, 회장님이야 그럴 수 있다지만 강사장은 왜 불안해한데요? 그 사람이 그러면 안 되죠."
 "모르지 뭐. 아, 놀라운 소식 하나. 강사장 입으로 직접 말한 건데, 애인이 생겼대."
 "강사장이요?"
 이사벨은 자못 놀란 얼굴이었다.
 "그래, 아까 통화중에 내가 껄껄 웃었잖아. 꽤 좋아하는 거 같더라고. 그리고 있잖아……."
 박회장은 비밀스러운 이야기라도 하는 것처럼 속삭이듯 말했다.
"지금 우리처럼 침대에 같이 있는 것 같았어."
"참 이상하네……."
이사벨이 고개를 갸웃했다.
"뭐가?"
"강사장이 여자를 밝히거나 그러는 스타일은 아니거든요."
"여자 안 좋아하는 사내가 어디 있나, 하하."
"아니에요. 그런 건 여자가 더 정확히 볼 수 있어요. 강사장은 기본적으로 여자한테 관심이 없는 사람이에요. 근데, 어떤 여자래요?"
"돈 놀이 하는 사람이라는 거 보니까 사채업자겠지. 전주 하나 잡았나?"
"재미있네요. 오래 살고 볼 일이야."
이사벨은 다시 박회장의 가슴에 얼굴을 묻었다.
"후…… 그래도 이렇게 이사벨이 옆에 있으니 마음이 놓여. 한결 편해지는 것 같아. 우리 이번 일이 끝나면 멀리 여행이나 가자고."
"좋아요, 회장님."
"어디로 갈까?"
"음…… 지중해요. 지중해 바다를 보고 싶어요. 중간 중간에 섬들도 둘러보고요."
"지중해, 좋지. 내가 초호화 유람선 하나를 통째로 빌리지."
박회장은 이사벨을 꼭 안고 말없이 머리카락만 쓸어주었다. 그러다 서서히 피로가 몰려오는지 눈을 감으며 잠을 청하는 주문을 걸 듯 혼잣말을 했다.

"……잘 됐으면 좋겠어. 다 잘 됐으면 좋겠어……."

이사벨의 눈도 조금씩 감기고 있었다. 그녀는 손가락으로 박회장의 젖꼭지 주위로 빙빙 원을 그리며 최면을 거는 것처럼 중얼거렸다.

"……걱정 마세요. 다 잘 될 거예요. 아무 일 없을 거예요……. 아무 일도……."

비슷한 시각.

피카소파의 중절모는 예프게니 키신이 연주하는 쇼팽의 피아노 음악을 틀어놓고, 침실 한쪽을 다 채운 대형 거울 앞에 전라의 몸으로 서 있었다. 조금 전 욕실에서 나온 그의 몸에서는 라벤더와 시더우드 그리고 로즈우드 오일 냄새가 풍겨 나왔다. 그는 큰일을 치르기 전날에는 늘 아로마 오일을 이용해 긴 시간 동안 목욕을 했다.

거울에 비친 몸을 찬찬히 훑어보았다. 50대 중반의 나이였지만 지속적인 운동과 관리로 피부에는 탄력이 있었고 윤기가 났다. 떡 벌어진 어깨와 넓은 가슴, 적당히 살이 붙은 배와 통통한 허벅지 그리고 묵직한 무게감이 느껴지는 거대한 물건까지, 우람한 몸은 언제 봐도 마음에 들었다.

고개를 숙여 내려다보았다. 갓난아기의 주먹만 한 귀두가 맨들맨들 빛나고 있었다. 수많은 여자들이 이것을 탐냈다. 하지만 그는 지금까지 어떤 여자한테도 이것을 허락한 적은 없었다. 온전히 자신만의 것이었으므로. 그는 거울 앞에 서서 자신의 귀두를 소중한 물건을 다루듯 조심스럽게 그리고 아주 자랑스럽게 어루만졌다.
 고개를 들어 거울 속의 눈과 마주쳤다. 지나치게 잘생긴 인상 때문에 경찰은 그를 쉽게 기억해낸다. 한때 그런 얼굴이 원망스럽기도 했다. 하지만 자기 자신마저 홀딱 반할 만큼 매력적인 외모는 선택받은 자가 짊어진 숙명 같은 거라고 받아들였다.
 옷장으로 향했다. 파자마를 꺼내 입었다. 중국 황제가 입던 용무늬 파자마를 그대로 재현해 제작한 것이다. 중국 항저우의 비단 옷집에서 특별 주문해 왔다.
 파자마를 다 입고 내일 거사 때 입을 커피색 슈트를 꺼내 벽에 걸었다. 서랍에서 '비둘기의 피'로 불리는 최상급 미얀마 루비가 박힌 넥타이핀과 커프스버튼을 꺼내 테이블 위에 올려놓았다.
 벽에 걸린 슈트에 시선을 고정했다. 무언가에 홀린 듯 손으로 슈트를 부드럽게 어루만지기 시작했다.
 그때 노크 소리가 들리고 밝은 베이지 색 슈트를 입은 남자가 문을 열고 들어왔다.
 "형님, 장비 점검을 다 마쳤습니다."
 "수고했다."
 중절모는 쳐다보지도 않고 슈트만 쓸면서 말했다.
 "내일 한 번 더 연습해야 한다. 잊지 않도록 해."
 "네. 근데 형님, 그 옷이 지난번에 말씀하신 한 벌에 3천만 원이나 한다는……."
 "그래, 영국의 세계적인 디자이너 마이클 리가 만든 거지. 내일 있을 거사는 우리 피카소파 역사상 최대의 작전이 될 거다. 그때 입을 옷도 거기에 걸맞는 것이어야 한다는 게 내 생각이다. 어떤

가? 멋있지 않나?"

"정말 대단합니다. 너무 멋있습니다!"

중절모는 베이지 색 슈트의 남자를 돌아보며 단호한 어조로 말했다.

"내일 거사는 큰형님께서 직접 진두지휘하시는 거다. 그만큼 각별하다는 이야기지. 장비 점검, 예행연습은 필수고, 무엇보다 정신교육이 그 어느 때보다 중요하다. 한 치의 실수도 없도록, 집중력이 흐트러지지 않도록, 일이 끝날 때까지 애들에게 지속적으로 긴장감을 불어넣어줘야 한다. 알았나?"

"네!"

"내일 거사만 잘 끝나면 전원 새 옷을 맞춰줄 것이다. 이젠 바꿔 입을 때가 됐다. 그러니 내일 다시 태어난다는 생각으로, 거사를 반드시 성공시켜야 해."

"명심하겠습니다."

"그만 들어가 자라. 오늘 밤은 푹 자두고 내일 맑은 정신으로 움직이자."

"쉬십시오, 형님."

베이지 색 슈트가 나가자 중절모는 다시 벽에 걸린 슈트를 부드럽게 어루만지기 시작했다.

매끈한 여자의 피부를 만지듯이, 사랑하는 여자와 은은한 애정을 나누듯이.

감미롭다 못해 애절하기까지 한 손길은 밤새도록 이어질 것처럼 보였다.

우리는 박회장이 지난 날 미술관에서
무슨 짓을 했는지 알고 있다

1

저녁 6시 20분.

세계미술관 개관 10주년 기념행사가 40분 남았다.

오타 기자와 프리랜서 카메라 촬영감독 구지호는 미술관 지하 3층 주차장에서 세계미술관 관리과장 최호문을 만났다.

오기자와 최과장은 감회에 젖을 새도 없이 곧장 비상구를 통해 미술관으로 올라갔다.

최호문은 작년 오기자가 박회장의 그림창고를 찾을 때 성심껏 도와준 인물이었다. 그는 미술관 개관 당시부터 일해 내부 사정을 잘 알았다.

그도 처음부터 발 벗고 나선 건 아니었다. 오히려 처음에는 정보 제공을 완강하게 거부했다. 오기자의 끈질긴 설득도 있었지만, 이사벨에 대한 반감이 마음을 바꾸게 했다. 새로 취임한 이관장의 미술관 운영은 비이성적이고 너무 독단적이었다. 그녀의 전횡을 견디는 데 한계에 이르렀던 참이었다. 하지만 두 사람의 노력에도 박회장의 미술품 돈세탁을 입증할 결정적 증거인 그림창고는 발견하지 못했다.

이번에도 최과장은 오기자의 요청을 선뜻 받아들였고 적극적으로 도와주겠다고 나섰다.

"……내 생각에는요, 그 무렵에 만들어진 것 같아요."

최과장은 비밀 그림창고의 위치와 들어가는 방법을 듣고 나서 짐작했다.

"3년 전 이관장이 느닷없이 미술관을 잠깐 휴관해야 한다면서 전 직원에게 두 달 휴가를 준 적이 있었어요. 놀라운 건 그때 그 짠돌이 관장이 월급은 물론이고 휴가비까지 챙겨주더라고요. 직원들은 처음에는 어리둥절했지만, 돈까지 쥐어주고 놀라고 하는데 누가 뭐라겠어요. 아마 그 두 달 동안 비밀리에 그림창고를 공사한 듯해요."

"큭, 그럴 수도 있겠네요."

세 사람은 그림창고가 있다는 지하 1층에 도착했다.

오기자는 안으로 들어가는 문을 열려다 말고 발걸음을 멈췄다.

"최과장님, 제가 말한 건 확실하게 해두셨죠? 들어가기 전에 그걸 먼저 체크해야 해요."

"두 시간 전부터 작업을 해 벌써 손을 써놨어요. 백남준 선생의 작품으로 이어지는 비디오 박스 연결선도 제3세미나실 쪽으로 빼놓았고요, 피난 유도등의 전원선도 다 끊어놨고요. 그거 다 끊는데 힘들어 죽는 줄 알았습니다."

"수고하셨어요."

"근데 오형, 전원을 얼마간 차단한다고 하셨죠?"

촬영감독이 물었다.

"1분이요. 그건 왜요?"

"시간이 너무 짧지 않을까 해서요. 그 아가씨 동생이 다리가 불편한 장애인이라면 좀 무리가 아닐까요?"

오기자는 고개를 저었다.

"이런 일은 시간을 짧게 끊는 게 나아요. 그 아가씨도 1분이면 충분할 거라고 말했고요. 좋습니다, 그 정도면 사전 준비는 다 된 듯하니 이제 그림창고로 들어가보죠."

오기자가 최과장에게 무전기를 건넸다. 행사 관계로 지하1층으로 내려오는 계단을 통제한다지만, 돌발 상황이 일어날지 몰라 그가 계단 입구에서 망을 보기로 했다.

그는 오기자에게 들고 있던 가늘고 긴 쇠꼬챙이를 주었다. 그림창고를 열 때 사용할 것이었다.

"자, 저희는 세미나실 쪽으로 갈 테니, 잘 부탁드립니다. 지하1층으로는 아무도 내려오지 못하게 하시고요, 만약 무슨 일이 생기면 무전기의 호출 버튼을 누르세요. 그리고 제일 중요한 일, 7시가 좀 넘어 제가 사인을 보내면 곧바로 미술관의 모든 전원을 내려주시는 것도 잊지 마시고요. 신속하게 움직여야 합니다."

"네, 알았어요. 가보세요."

오기자와 촬영감독은 제3세미나실 쪽으로 발걸음을 옮겼고, 최과장은 그 반대쪽으로 걸었다.

그림창고를 코앞에 둔 오기자의 심정은 쓰리고 아렸다.

작년 제보를 받고 그는 비밀 그림창고를 찾으려고 무진 애를 썼다. 세계미술관의 원 설계자와 시공사 관계자들까지 만나서 정보를 구했다. 그래도 못 찾자 건축사와 측량학자, 심지어는 풍수지리 연구가의 도움까지 받았다.

'박회장의 그림창고와 40점의 그림'이란 제목으로 기사는 나왔지만 때맞춰 실체를 찾는 데는 실패했다. 기사의 파문으로 세계미술관은 외부인을 통제했고, 그림창고를 찾으려는 재시도는 이루어지지 못했다.

박회장의 그림창고는 그의 인생을 완전히 바꿔놓았다. 기사는 국민적인 관심을 일으켰지만 그때부터 거대한 해일이 자신을 집어삼키기 위해 밀려왔다. 정관계, 검찰, 경찰, 언론까지 뿌리 내린 이른바 '박노수 장학생'의 해일은 그가 홀로 감당하기엔 너무도 큰 벽이었다. 고소와 고발이 이어졌고, 생명의 위협까지 받아야 했다. 결국 검찰의 조사도 받았다. 싸구려 영웅주의, 특종 지상주의에 물든 기자로 낙인 찍혀 20년 가까이 몸담은 방송국에서 쫓겨나는 신세가 되고 말았다.

그는 익사체나 다름없었다. 그가 붙들었던 유일한 지푸라기는 진실이었다. 아니, 진실에 대한 믿음이었다. 그러나 물속에서 그건 아무리 붙들고 있어봐야 자신을 살릴 수 없었다. 원망할 데라곤 정체도 알 수 없는 제보자뿐이었다.

이제 그는 더 이상 지푸라기를 붙잡고 있을 필요가 없었다. 심연의 바닥에서 수면을 향해 솟구쳐 올라가고 있으니까. 곧 진실의 전모가 자신의 손으로 만천하에 드러나게 될 테니까.

복도 맨 끝 제3세미나실 앞에 도착했다.

편지에 쓰인 대로 문 옆의 소화전을 열었다. 손으로 위쪽을 더듬어보았다.
톡 튀어 나온 버튼이 손에 잡혔다. 그는 지체 없이 그 버튼을 세게 잡아당겼다.
순간 텅, 하는 금속성 소리와 함께 막다른 벽에 세로로 세운 손바닥 하나가 들어갈 정도의 틈이 벌어졌다. 쇠꼬챙이를 벽에 난 틈 아래쪽에 집어넣고 걸리는 게 없는지 앞뒤로 움직여보았다. 곧 버튼이라기보다는 돌부리 같은 게 느껴졌다. 그는 쇠꼬챙이를 그 앞에 대고 두 손으로 힘차게 밀었다.
아무 일도 일어나지 않았다. 20초가 흐를 때까지 미동도 없이 기다렸다. 1초가 흐를 때마다 하나의 기억이 떠올랐다. 스무 개의 기억은 모두 상처였다.
벽면 전체가 육중한 쇳소리를 냈다.
자동문이 열리듯 한쪽으로 천천히 움직였다.
벽은 생각보다 두꺼웠다. 표면만 벽처럼 마감처리를 한 것일 뿐 전체가 커다란 쇠문이었다.
실내는 캄캄했다. 하지만 들어서자 무척 쾌적했으며, 불빛으로 비치는 온습도계의 숫자와 계기판에서 새나오는 원색의 불빛이 이곳이 그림창고, 즉 수장고임을 짐작케 했다. 그는 재빨리 벽면을 더듬어 전등 스위치를 찾아 켰다.
박회장의 비밀 그림창고가 환하게 드러났다.
수장고 양쪽으로 선반식 수장대가 놓여 있고, 정면에는 이동식 수장대가 가지런히 펼쳐져 있었다. 선반식 수장대가 텅 비어 있는 것을 보면 40점의 그림, 아니 39점의 그림은 이동식 수장대에 보관돼 있으리라.

편지는 공간이 생각보다 작을 거라고 했지만 결코 그렇지 않았다. 크기도 넉넉했고 여분의 수장대까지 비치해놓은 것으로 보아, 박회장은 앞으로 더 많은 그림을 비밀리에 사들일 계획이었던 게 분명했다.

오기자는 북받쳐 오르는 감정을 억누를 수 없었다. 지금이라도 당장 밖으로 나가 사람들에게 소리치고 싶었다. 모두 들어와 두 눈 똑바로 뜨고 보라고. '박회장의 그림창고와 40점의 그림'에서 밝힌 내용들이 이렇게 다 사실이라고!

하지만 지금은 흥분할 때가 아니었다. 잠시 뒤에 펼쳐질 빅 쇼를 위해 모든 상황을 신중하고 조심스럽게 판단해야 했다. 그는 미술관의 심장, 수장고 안으로 더 깊숙이 들어갔다.

미술에 문외한이었던 그는, 작년 세계미술관을 취재하면서 많은 공부를 하게 됐고, 놀라운 사실도 알게 되었다.

우리나라 재벌기업에서 운영하는 사설미술관은 거의 재벌 그룹의 여자들이 관장을 맡아 운영하고 있다. 이런 사례는 전 세계적으로도 찾아보기 힘들지만, 그 자체로는 문제될 게 없다. 문제는 전문성이다.

그들 대부분 전문성이 없다 보니 미술관마다 특색이 없고, 관장의 개인적 취향이나 친분으로 운영되는 경우가 많았다. 전문성 부재는 내부에서도 문제가 있었다. 미술품의 수집, 소장, 보존, 또 학술연구와 같은 미술관의 주요 기능에 소극적이었다. 사정이 이러니 이름만 미술관일 뿐 상업적인 화랑이나 갤러리처럼 대관과 전시 업무만 하는 곳이 많았다. 재벌기업에서 미술관을 설립하는 게 재벌가 여자들의 품위 관리와 자기 과시이라는 비난을 받는 건 그런 이유들 때문이었다.

하지만 문제가 그 정도라면 다행이라고 할 것이다. 문제는 미술관이 모기업 돈세탁 창구로 이용되기도 한다는 점이다. 그 문제를 세계그룹과 세계미술관이 극명하게 보여주었다.

박회장의 부인 신미자가 관장으로 있을 때만 해도 세계미술관은 우리나라에서 거의 유일하게 미술관다운 미술관이었다. 많은 작가들을 발굴하고 창작비를 지원해주었으며, 세계 어디에 내놓아도 손색없는 수준급 기획전을 많이 열었다. 또 꾸준히 미술품을 수집, 보존하고, 학술연구도 활발했던 곳이었다. 자의반 타의반으로 신미자가 관장직을 그만두고, 미술품 돈세탁 이른바 미세탁 전문가 이사벨이 들어오면서 세계미술관은 180도 바뀌었다.

미술품시장과 마약시장은 자본주의 시장에서 마지막까지 통제 못하는 곳이라고 한다. 또 미술품시장을 마약시장과 주식시장의 장점만 모아 놓은 곳이라고도 한다. 마약시장처럼 불투명하고, 주식시장처럼 시세차액을 노릴 수 있기 때문이다.

이사벨은 이런 점을 최대한 악용해 박회장이 조성한 5천억 원의 비자금을 모조리 그림으로 세탁했다. 그 방법은 매우 치밀하고 교묘했으며 때로는 대담하기까지 했다.

그녀는 차명 계좌나 '10억 사과박스'를 이용해 손발이 짝짝 맞는 화랑들을 통해 그림들을 구입했다. 그 화랑들은 사실상 세계그룹의 계열사나 마찬가지였고, 그림은 그 자체가 상품이자 영수증이라 거래 내역이나 증빙 자료 따위는 남길 필요가 없었다.

이와 함께 비자금 조성에 깊숙이 관여한 세계그룹 해외법인에서 대리인을 내세우거나 해외 거래처에서 그림을 구입하도록 한 다음, 우리나라로 들어오기도 했다.

이사벨이 관장이 된 후, 세계미술관에서는 한 번에 백에서 3백 점씩 전시되는 대규모 기획전을 자주 열었다. 부동산 투기꾼들이 땅을 사랑해 땅을 사는 게 아닌 것처럼 세계미술관 역시 미술을 사랑해 전시를 자주 연 게 아니었다. 그녀가 노린 것은 외국 작가들의 전시였다. 전시를 위해 외국에서 그림이 들어올 때 몇 점을 끼워 넣거나 바꿔치기를 하는 수법으로 비자금으로 구입한 그림들을 우리나라로 들어오게 했다.

그녀는 이 방법을 선호해 차후에는 외국 현지에다 비밀 그림창고를 만들어 외국에서 구입한 그림들을 우리나라로 들여오지 않고 그곳에 직접 보관, 관리할 것이라는 이야기도 돌았다.

몇몇 그림들은 그녀가 직접 현지에서 구입해 그대로 들고 오는 대담함을 보이기도 했다. 지금 이 수장고 어딘가에 있을 150억 원을 호가한다는 A4 용지 크기만 한 렘브란트의 스케치북은 그녀가 숄더백 속에 넣어 갖고 들어온 것이다. 어떤 경우는 그림 액자를 분해해 그림만 돌돌 말아 관광지나 길거리에서 산 싸구려 그림들과 섞어 그림통에 넣어 들고 오기도 했다. 또 마약과 미술품의 뒷거래가 얼마나 유사한지 입증이라도 하듯 마약 밀매꾼들의 방식을 이용했다. 외국인 트랜스포터에게 그림을 맡기고 우리나라로 들어오도록 한 것이다.

미술품도 해외에서 국내로 들여오려면 정식 통관절차를 밟아야 하다. 하지만 크지 않은 그림이라면 한두 개 정도 그냥 갖고 들어오는 것은 그리 어렵지 않다. 더욱이 어지간히 미술에 조예가 깊은 세관원이 아니라면 관광지나 길거리에서 산 싸구려인지 수억, 수십억 원을 호가하는 미술품인지 구분하기 힘들다.

이사벨은 영리했지만 안목도 있었다. 그녀는 이 모든 작업을 원활하게 하기 위해, 많이 알려지지 않았지만 예술적 경제적 잠재력이 높은 고가의 미술품을 선택해 구입했다. 또 언제 어디서든 이동하기 편하도록 품안에 딱 들어오는 아담한 사이즈의 미술품을 선호했다.

그녀는 미술품 돈세탁뿐만 아니라 직접 비자금을 만들기도 했다. 미술관 예산으로 미술품을 구입할 때 장부를 실제 구입 금액보다 부풀려 꾸미고 나머지 금액을 비자금으로 축적하는 방식이다. 즉 5천만 원을 주고 산 미술품을 1억 원에 샀다고 처리하고 5천만 원을 떨구는 것이다. 미술품은 거래 과정이 불투명해 이런 작업이 다른 물품에 비해 용이했다. 이를 위해 그녀는 신미자가 관장으로 있을 때보다 훨씬 많은 미술품을 구입했다.

수장대 사이를 거닐며 그림창고 안을 둘러보는 오기자의 머릿속에서 작년 자신이 썼던 기사의 내용이 새록새록 떠올랐다. 마지막까지 실체를 확인하지 못한 그림창고를 이렇게 두 눈으로 보고 있다는 사실이 좀처럼 실감나지 않았다.

이 비밀 그림창고의 그림들은 10년 후면 3배에서 많게는 5배까지 가격이 뛸 작품들이다. 그 재산은 대부분 박회장 두 아들 것이다. 이 비밀 그림창고 말고 세계미술관에는 공식 수장고가 따로 있었다. 그곳에는 현재 알려진 것만 1만여 점의 미술품이 있다고 한다. 이것도 세금 없이 상속되는 것으로 사실상 두 아들의 재산이다.

〈불타는 꽃밭〉의 과정을 보니 박회장은 비밀창고의 그림을 뇌물용으로도 사용하려 한 것 같았다. 하긴 비자금이라는 게 주로 불법 로비활동 자금으로 이용되는 것이니 어찌 보면 원래의 목적에 충실한 것일지도 모른다. 그렇게 넘어간 그림은 역시 이사벨의 손을 통해, 아마 그림을 구입할 때와 반대 방향으로 회전시켜 현금화할 것이다.

"오형, 선이 다 준비되어 있어요. 빨리 카메라 세팅을 해야겠어요."

출입문 쪽에서 장비와 선들을 점검하던 촬영감독이 큰 소리로 말했다. 정신을 차렸다. 감상은 황홀하지만 여기까지다. 이제부터 빅 쇼를 준비해야 한다. 이 그림창고를 만천하에 공개하는 사상 최대 버라이어티 쇼를!

오기자는 수장고 사이를 나와 촬영감독을 도와주려고 출입문 쪽으로 향했다.

"어때요, 이렇게 직접 확인한 기분이."

촬영감독이 축하한다는 의미로 물었다.

그는 지금의 느낌을 말해주려 했다. 하지만 특유의 코웃음만 나왔다.

"크큭…… 큭큭…… 크크크큭……."

오기자는 촬영감독을 보며 실없이 코웃음만 연신 쳐댔다.

소미와 진구는 오타 기자와 촬영감독이 지하주차장으로 들어가는 것을 확인한 후, 미술관 정문을 통과해 안으로 들어섰다.

둘은 아라옥션에 갈 때와 같은 옷차림이었지만, 신발만은 활동하기 편한 캐주얼화로 바꿔 신고 나왔다.

시원스레 펼쳐진 조각공원을 지나 미술관 건물로 향했다. 넓은 잔디밭을 가로지르려니 마치 고대 시대 전투가 일어나는 평원에 서 있는 기분이었다.

출입문을 열고 미술관 안으로 들어섰을 때, 눈앞에 펼쳐진 광경은 놀라웠다. 온몸이 딱딱하게 굳었다. 어울리지 않는 자리라는 이질감은 잠깐이었다. 자신들이 벌일 일이 얼마나 엄청난 것인지 직감했다.

미술관 1층 홀에는 대략 잡아도 3백 명은 넘을 것 같은 사람들이 가득 들어차 있었다. 오기자가 말해주지 않았더라도 이들이 이 나라를 이끌어간다는 사회지도자들이며 유력인사임을 한눈에 알 수 있었다.

자신들은 바로 이 파워맨들을 상대로 작전을 펼치려는 것이었다. 앞으로 두 사람이 행동을 개시하면 지금 이 현장은 아수라장이 될 것이고, 여기 모인 모든 사람들은 소용돌이 속으로 빨려 들어갈 것이다. 어쩌면 몇 사람은 그 안에서 죽고 살아나온 사람도 한동안은 큰 후유증에 시달려야 한다. 순간적으로 현기증이 일며 입 안이 바짝바짝 말라 들어갔다.

소미가 진구의 손을 꼭 잡았다. 진구를 진정시키는 것보다 자신부터 진정해야 했다.

두 사람은 곧장 홀로 들어가지 않았다. 출입문 앞에 서서 고개를 뒤로 젖혀 탁 트인 미술관 내부를 올려다보았다.

소미는 그림 가방을 꼭 쥐고 홀 안으로 걸어갔다. 신발이 걸렸지만 옷차림은 그리 나쁘지 않아 사람들 사이에 무리 없이 묻어 들어갔다. 안으로 들어갈수록 수백 명의 입이 뱉어내는 소음이 볼륨을 올린 것처럼 점점 크게 들려왔다. TV에서 많이 본 낯익은 사람들, 알듯 말듯 눈에 익은 사람들이 간간이 보이기 시작했다. 또 사람들 사이로 카메라를 든 사진기자와 방송용 카메라도 눈에 띄었다.

"이거 떨리는데……."

진구의 목소리가 정말 떨려서 나왔다.

"긴장할 것 없어. 여기야말로 안전지대야. 저기, 박회장의 장남이 있네. 박이도."

"어디?"

그녀가 고갯짓으로 오른쪽을 가리켰다.

진구는 힐끗 돌아보았다.

"왠지 섬뜩한 분위기."

"겁먹지 마. 오늘로서 쟤도 끝이 나."

둘은 홀 한가운데서 걸음을 멈췄다.

눈앞에는 박물관에나 있어야 할 거대한 공룡 뼈다귀 모형이 놓여 있었다. 재미있게도 공룡 뼈다귀 모형 군데군데 브라운관 TV들을 붙이기도 하고 매달기도 하고 심지어는 갈비뼈 사이에 집어넣기도 했다. TV에서는 뭐라고 한마디로 표현할 수 없는 잡다한 영상들이 빠른 속도로 움직였다. 두 사람은 잠시 멍하니 서서 TV가 박힌 공룡 뼈다귀 모형을 올려다보았다.

"……오기자님이 말한 작품이지? 〈쥐라기 공원〉.**"

진구는 좀 어이없다는 표정이었다.

"그런 것 같아. 이게 그렇게 유명하다는데."

"TV만 없었으면 참 멋있었을걸."

"그러게 말이야. TV 먹다 체해 죽은 공룡인가 봐."

신기한 건 무슨 마법 같은 힘이 있는지 작품을 계속 보자니, 몸을 죄어 오던 긴장감과 불안이 속절없이 녹아내리는 것을 느꼈다. 볼수록 우스꽝스러웠지만, 그러면서도 사람의 마음을 쭉 빨아들이는 매력이 있었다.

갑자기 홀 한쪽에서 음악 소리가 들렸다. 움찔하며 시선을 돌렸다. 홀 한쪽 구석에서는 커튼을 뜯어다 만든 것 같은 드레스를

** 가상으로 설정한 작품명.

입은 여자 셋이 피아노와 바이올린 그리고 첼로를 연주하기 시작했다. 연주와 함께 간단한 음식과 음료가 담긴 쟁반을 든 웨이터들이 움직였다.

"슬슬 시작되려나 보다. 진구야, 다시 한 번 말할게. 여기에도 곳곳에 박회장의 패거리들이 잠복해 있을 거야. 여긴 한복판이고 사람들도 많으니까 제일 안전해. 이 부근에 맴돌면서 내가 있는 위층도 계속 신경 써야 한다. 만약 여기서 네 주변에 이상한 낌새가 느껴지거나 무슨 일이 벌어지면 무조건 이 〈쥐라기 공원〉 안으로 들어가 무전기 호출 버튼을 눌러. 위에서 내가 그림을 떨어트리거나 내게 무슨 일이 벌어지고 있다고 생각돼도, 또 7시 10분까지 안 내려 와도 마찬가지야. 이 안으로 들어간 다음에는 오기자님 말대로 하면 돼. 절대로 이 근처에서 벗어나거나 밖으로 나가거나 그러면 안 돼. 그럼 기호 꼴이 날 테니까."

"알았어."

"전혀 예상치 못한 상황이 발생해 뭘 해야 할지 모를 때는 딱 한 가지만 생각하고 행동해. 편지는 절대 빼앗기면 안 된다는 거. 그게 우리 보험증서나 마찬가지야. 그것만 있으면 우리가 유리하게 움직일 수 있어."

"편지는 걱정 마. 절대로 못 빼앗아 가니까."

진구는 거시기를 주물럭거리며 빙긋 웃었다.

"소미야, 너야말로 조심해야 해. 가장 위험하고 긴박한 일은 4층에서 벌어지잖아. 게다가 4층에서 1층으로 달려 내려오는 건데, 기호가 보기보다 잽싸기는 하지만 누가 쫓아오거나 그러면 당황할 수 있어. 이 건물 좀 봐. 예상했던 것보다 가파르고 높아."

그는 고개를 젖히고 위를 올려다보았다.

"우리보다 더 중요한 건 오기자님 일이야. 똑똑한 사람이니까 알아서 잘하겠지만, 돌아이 끼가 있어 마음이 안 놓여."

소미 말에 진구는 피식 웃으며 대꾸했다.

"그러니 이런 일을 하는 거야. 그 사람은 잘할 거니까 너하고 기호나 조심해."

소미는 미술관 주위를 더 살펴보며 건물 구조와 주변 상황을 눈에 익혔다. 모르는 사람에게도 간단히 인사까지 해가며 자연스럽게 보이도록 애썼다. 처음 들어왔을 때보다 마음은 한결 편했다. 그러다 진구의 옆구리를 툭 치며 물었다.

"우리 술이라도 한 잔 할까?"

"참 나, 지금 이 상황에 그런 말이 나오니? 왜, 음악에 맞춰 춤추자고 하지?"

"맞아! 나, 이 음악 알아. 탱고. 구민회관에서 탱고를 배운 적 있어."

진구는 기가 막힌다는 얼굴로 쳐다보았다.

"이럴 때일수록 여유를 가져야 해. 지나치게 긴장하면 일을 망치는 수가 있어."

그녀는 지나가는 웨이터를 잠깐 세워 잔 두 개를 집었다. 한 잔을 진구에게 건네주며 말했다.

"자, 거사의 성공을 위해서!"

그녀는 어울리지 않게 잔을 들었다. 진구는 어이없다는 표정이었다. 마지못해 잔을 부딪쳤다.

"원 샷이다."

"좋아."

그녀는 포도주를 한 번에 들이켰다. 그 역시 단숨에 포도주 잔을 비웠다.

"지금 몇 시야?"

"15분 전 7시."

진구는 손목시계를 보았다.

"5분 후에 올라갈게."

"위에서 무슨 일이 생기면 무조건 밑으로 그림을 던져야 한다, 알지? 내가 아래서 계속 신경 쓰고 있으니까 비명을 지르거나 소란을 피워도 되고. 알았지?"

그녀는 고개를 끄덕였다.

"우리 한 잔 더 하자. 포도주 맛 끝내준다."

이번에는 진구가 먼저 술을 권했다.

"됐어. 더 이상 마시지 마. 과자나 먹자."

웨이터에게 다가가 쿠키 몇 개를 집어 왔다.

두 사람은 쿠키를 우물거리며 〈쥐라기 공원〉을 다시 올려다보았다. 공룡 뼈다귀 모형 군데군데 붙은 TV는 쉬지 않고 요란한 영상을 보여주었다. 보면 볼수록 속절없이 빨려드는 것만 같았다.

　세계미술관 3층 C전시실은 두 남녀가 후끈 달아올라 있었다. 미술관 관장 이사벨과 박노수 회장의 둘째 아들 박주도였다. 두 사람은 전시실 한쪽 벽면에 서서 격렬한 섹스를 하고 있었다.
　거구의 박주도는 이사벨을 벽에 딱 붙인 상태에서 바지와 팬티를 다 내리고 커다란 엉덩이를 아래위로 격하게 움직였고, 이사벨은 박주도가 하다 말고 가기라도 할까 봐 두 팔로 그의 목을, 한쪽 발로 그의 엉덩이를 꼭 감싸 안고 있었다.
　박주도는 자신의 모든 것을 이사벨에게 쏟아내듯 그녀를 몰아붙였다.
　"……내가 널 볼 때마다 얼마나 하고 싶었는지 알아?"
　박주도는 이사벨의 귓가에 입을 바짝 대고 거친 숨소리를 내뿜었다.
　"저도요."

"내가 나아, 아버지가 나아?"

"물으나 마나."

"말해봐. 내가 나아, 아버지가 나아."

"……힘이 달라요. 사장님은, 사장님은…… 아…… 아……."

아시벨은 곧 까무러질 듯한 표정이었다. 그때 책상 위에 놓아둔 그녀의 핸드폰이 울렸다. 갑자기 정신이 든 것처럼 눈을 크게 뜨고 핸드폰을 쳐다보았다.

"전화 왔어요."

"내려오라는 전화야. 받지 마…… 안 받아도 돼. 하…… 하……."

박주도의 엉덩이는 더욱 폭발적으로 요동쳤다. 이사벨도 다시 그의 힘에 몸을 맡겼다.

"내가 오늘 너를 말미잘로 만들어버리겠어."

"……아, 아…… 쑤르뽕 미라보……."

"응?"

"쑤르뽕 미라보 꿀르 라 센느…… 에…… 에……."

"뭐라는 거야?"

"에 노자무르……."

"무슨 말이야?"

"미라보 다리의 추억…… 아폴리네르…… 그냥 느끼기만 해요."

"하아, 하아……."

"레맹 당레맹 레스똥 파스아파스……."

"아…… 하아……."

"르뽕…… 르뽕 드노브라 빠스……."

"……너무 좋아…… 혀로 엉덩이를 핥아주는 것 같아……."

"다들 그렇게 말해요……."

"아…… 하아……."

"데제떼르넬 르갸르 롱드씨라쓰……."

"하……."

20분 후, 이사벨은 3층 화장실에서 머리와 옷매무새를 매만지며 걸어 나왔다. 계단을 향해 걷다 몸을 휘청했다. 섹스가 너무 격렬했던 나머지 다리가 풀린 것 같았다.

미술관 일과 관련된 가족회의를 할 때마다 음흉한 눈길을 주던 그는, 결국 참을 수 없었는지 세계미술관 개관 10주년 기념식을 코앞에 두고 그녀를 덮쳤다. 그녀 역시 바라던 바였다.

그는 젊었고, 큰 덩치만큼이나 힘이 넘쳤다. 섹스도 정력적이어서 도중에 몇 번이나 정신이 혼미해졌다. 앞으로 자주 만나 관계를 갖기로 약속했다. 그동안 미술관 관장실이나 화장실에서는 해봤어도 전시실에서는 처음이었는데, 나름 스릴 있어 종종 이용해야겠다는 생각을 했다.

그런 생각에 또 다시 몸이 달아올랐지만, 마음을 다잡았다. 곧 행사가 시작되고, 진행을 맡았기 때문에 서둘러 내려가야 했다. 하지만 다리가 계속 후들거리는 걸 참기가 쉽지 않았다. 걸음을 잠시 멈추고 1층 홀을 내려다보았다.

세계미술관.

벌써 10년의 역사를 갖게 되었다. 미술관은 애초 박회장의 부인 신미자가 자신이 소장한 작품들을 많은 사람들에게 보여주기 위해 경기도 파주에 설립했다.

미술관 건물은 정육면체를 기본 틀로, 입구가 난 정면은 전면 유리로 처리하고 나머지 세 면에 각각 전시실을 둔 구조여서, 하늘에서 보면 요철의 凸자 모양이었다. 건물은 지하 3층, 지상 4층으로, 건물의 동선을 1층 홀을 중심에 두고 회랑을 두른 형식으로 구성해, 계단을 타고 빙빙 돌며 오르게 만들었다. 어느 층에서든 1층 홀을 내려다볼 수 있었다.

중급 규모의 세계미술관은 지하 2층에는 미술품 수장고를, 지하 1층에는 세 개의 세미나실을 넣었다. 1층은 탁 트인 홀을 이용한 이벤트 전시 공간으로, 2층은 국내외 작가들의 작품을 전시하는 전시실로, 3층은 신미자가 소장했던 미술품들을 전시하는 상설전시실로 쓰고 있었다. 4층에는 관장실과 미술서적 전문도서관 겸 연구실 그리고 국내 신인 작가들을 위한 전시 공간을 마련했다.

초대관장인 신미자는 관장으로 5년간 있으면서 미술관의 하드웨어와 소프트웨어를 완벽하게 구축했다. 연달아 완성도 있는 기획전을 열면서 짧은 시간에 국내 최고의 사립미술관으로 성장시켰다.

하지만 이사벨에게 그런 일은 다 부질없어 보였다. 그녀에게 미술은 상류사회로 들어가는 발판에 지나지 않았다. 상류사회에 진입하는 것으로 끝이 아니다. 그 안에서 그들을 쥐락펴락하는 권력이고 싶었다. 파리에서 우연히 만나 알게 된 박회장이 자신에게 푹 빠져드는 걸 느꼈을 때, 인생에 두 번 없을 최대의 기회이자 운명임을 직감했다.

그녀는 기회를 놓치지 않았다. 박회장을 설득해 세계미술관 관장자리를 꿰차고 신미자를 감사라는 애매한 위치로 밀어냈다. 2년 후에는 더 확실하게 밀어붙여 그 직책마저 박탈했다.

이사벨은 다시 발을 내려놓았다. 3층에서 2층으로 내려오자 1

층 홀이 더 크게 다가왔다.

거기 서서 아래를 내려다보았다.

1층 홀 중앙에는 타계한 천재 비디오 아티스트 백남준의 미공개 작품 〈쥐라기 공원〉이 자리 잡고 있었다. 개관 10주년을 맞아 세계 최초로 공개하는 작품이었다.

작품 주변으로 초청 귀빈들이 삼삼오오 모여 담소를 나누었다. 모두 이 나라를 움직이는 핵심 가운데 핵심 인물들이었다. 한민족당 대표이자 차기 여당 대권후보이기도 한 서민왕을 포함해 검찰총장과 경찰청장, 여야의 중진 의원들과 재계 인사들, 언론사 대표 및 기자들, 미술계를 비롯한 문화계 인사들, 주요 해외 대사들이 다 모였다. 이 나라의 '명품 인간'들이 지금 여기 한 자리에 다 모인 것이다.

그들은 문화를 즐기기 위해 여기 온 게 아니다. 그들은 권력을 즐기고 있었다. 다들 즐거워 보였다. 최상위 계급이라는 걸 서로 확인해주고 인정해주고 앞으로도 계속 유지하자는 암묵의 즐거움이 그들을 고양시키고 있었다. 그것은 그 자체로 하나의 예술이었다! 이사벨은 가슴이 부풀어 올랐다. 오늘의 이 예술은 바로 자신이 창조한 것이다. 잠시 후부터 황홀한 허영이 채색된, 영욕을 덧칠할 예술을 지휘해야 하고, 또 완성해야 한다.

다시 한 번 머리와 옷매무새를 가다듬었다. 그리고 오늘 이 무대의 주인공이라는 벅차오르는 자부심을 안고 한발 한발 내딛으며 1층으로 향했다. 이미 부와 명예와 권력을 다 거머쥔 나. 그토록 갈망하던 이 세상 최고의 여자가 되었다. 이들에게 아낌없이 보여주리라.

　소미는 그림 가방을 들고 계단을 올라갔다. 엘리베이터를 이용해도 되지만 계단 길을 익혀놓아야 했다.
　2층으로 오르는 계단 중간에서 잠시 멈칫했다. 이사벨이 난간을 잡고 내려오고 있었다.
　어쩔까, 그녀도 자신에 대해 알고 있을 텐데. 모를 리 없다. 행사 직전에 모든 전시실을 폐쇄한 위층으로 올라가는 유일한 사람. 큰 가방을 들었고, 게다가 여자라면 누구인지 충분히 짐작할 것이다.
　하지만 신경 쓸 필요는 없어 보였다. 그녀가 지금 이 자리에서 할 수 있는 일이 아무것도 없을 테니까. 제발 진구에게처럼 소란을 피우지는 않았으면 좋으련만. 소미는 다시 걸음을 옮겼다.
　이상하게도 계단을 내려오는 그녀는 힘이 없어 보였다. 난간에 아예 몸을 붙이다시피 해서 겨우 발을 떼놓고 있었다. 난간에서 비켜나 벽 쪽으로 태연하게 올라갔다.

2층에 다다라서 계단 아래를 내려다보았다.

이사벨은 수상한 낌새를 못 차렸는지 별다른 기색 없이 1층으로 내려가고 있었다.

소미는 다시 난간 쪽으로 바짝 붙어 걸었다. 예상치 않은 일이 발생할 땐 지체 없이 그림 가방을 밑으로 집어던져야 했다. 이런 구조, 모든 층에서 1층 홀을 볼 수 있게 탁 트인 구조라서 천만다행이었다. 그렇지만 계단을 오를수록 그런 구조는 바벨탑의 이미지를 떠올리게 했다. 불가항력의 존재를 향해 그 끝에 닿으려고 도전하는 연약한 인간들이 연상되었다. 마치 원형 계단이 자기 자신의 한계를 깨닫도록 안배된 것처럼 어지럽기도 했다. 이건 애초부터 실패할 수밖에 없는 도전이 아닐까? 발이 저절로 무거워졌다.

2층을 한 바퀴 빙 돌아 3층으로 오르는 계단에 도착했다. 다시 1층 홀을 내려다보았다. 겨우 한 층 차이인데도 벌써 아득하게 느껴졌다. 〈쥐라기 공원〉 바로 앞에 서서 자신을 올려다보는 진구와 눈이 마주쳤다.

소미는 알았다. 저 아래서 지켜보는 진구가 없다면 지금 이렇게 무서운 거인을 향해 계단을 오르고 있지 못했을 거라는 걸. 아무것도 할 줄 모르는 그의 보잘것없는 능력이 지금 자신에겐 가장 큰 힘이 되고 있었다.

소미는 4층을 올려다보았다. 기호를 다시 찾게 되면 똑바로 말해줄 것이다. 너는 나에게 짐이 아니었다고. 기호는 지금도 자신과 눈을 잘 맞추지 못한다. 어릴 때부터 그의 눈에는 죄책감 같은 게 담겨 있었다.

그 죄책감의 근원이 결국 자신이라는 걸 알면서도 지금까지 진구의 뒤에 숨어 외면해 왔다. 그 아이가 자신을 얼마나 사랑하는지 알면서도 일부러 저만치 떼어놓고 마음의 울타리 안으로 들어오지 못하게 했는지도 모른다. 똑바로 말해주고 싶었다. 너는 늘 내 마음 한가운데서 뛰놀고 있었다고.

눈에 눈물이 어리기 시작했다. 마치 게임 속 세상에 들어온 것 같았다. 온라인 게임은 한 번도 해본 적 없지만 진구와 기호가 여전사 캐릭터를 좋아한다는 건 알았다. 지금 나는 바로 그 여전사다.

3층에 올라오자 1층 홀의 소음이 급격히 줄어들었다.

조명도 제법 어둑해졌다. 난간 쪽에 바짝 붙어 3층을 빙 돌며 올라갔다. 두 개의 전시실을 지나 전면 유리로 된 미술관 정면 쪽에 이르러 잠깐 밖을 내다보았다.

어둠이 완전히 내려앉아 유리로 된 한쪽 벽면은 마치 검은색 천으로 가려놓은 듯 시커멓게만 보였다. 멀리 있는 건물 불빛과 지나다니는 차량 불빛이 눈에 들어오기는 했지만, 밝기는 미미했다.

드디어 4층으로 오르는 계단 앞에 섰다.

위를 올려다보았다. 4층은 3층보다 더 어두웠다. 그림 가방을 쥔 손에 땀이 고였다.

상의 왼쪽 주머니에 넣은 무전기의 버튼을 켰다. 그리고 다시 한 번 심호흡을 크게 하고 발걸음을 내딛었다.

한 계단 한 계단 오르자 4층의 전모가 서서히 눈앞에 드러났다.
복도 끝에 박회장이 서 있었다. 기호가 그 옆에 있었다. 여전사는 마지막 관문에 도착한 것이다.

계단을 다 올라 걸음을 멈췄다. 아래로 내려가는 계단 가까이 있는 게 안전했다.

박회장은 난간을 붙잡고 있는 그녀와는 반대로, 홀이 보이는 쪽을 피해 벽 쪽에 붙어 서 있었다. 그러다 보니 4층 복도에서 대각으로 비스듬히 마주하며 선 모양이 되었다. 20미터 정도 떨어진 거리였다.

조명은 어두운 편이지만 주위를 분간하고 사람의 표정을 살피는 데는 전혀 문제가 없었다. 그녀는 기호를 유심히 훑어보았다. 겉보기에 별 탈은 없는 듯했다.

소미는 자리에서 가방을 열어 그림을 꺼냈다. 그림을 왼팔에 꼈다.

그가 먼저 입을 열었다. 싸늘하고 무거운 목소리였다.

"어른한테 먼저 인사를 해야지."

"기호야, 괜찮니?"

소미는 무시하고 기호를 찾았다.

기호는 당장이라도 울 것 같은 눈으로 고개를 끄덕였다.

"너의 맹랑함에 이젠 솔직히 감탄할……."

"시끄러. 어서 그림이나 갖고 가. 내 동생은 보내주고."

"뭘 그리 서두르나. 너나 나나 지금까지 얼마나 고생했어. 너무 간단히 끝나면 싱겁잖아?"

"싱거우면 소금 쳐."

그 말을 하고 그녀는 혼자 피식 웃었다.

"밑에서 사람들이 기다리잖아. 빨리 내려가 위선 떨어야 할 거 아니야?"

그녀는 더 이상 시간을 지체하면 안 될 것 같아 먼저 앞으로 나갔다. 박회장도 움직이기 시작했다.

두 사람은 마치 리허설이라도 한 것처럼 서로의 발걸음에 맞춰 조금씩 거리를 좁혔다.

복도의 벽과 난간 중간 지점에서 1미터 거리를 두고 마주했다.

"기호 보내줘."

"그림 내놔."

두 사람은 동시에 말했다. 그녀가 먼저 박회장에게 그림을 돌려줬다.

그는 그림을 받아들고 위아래를 훑으며 천천히 확인했다.

"기호야, 이리 와."

박회장은 그림을 보면서 그에게 고갯짓으로 가라는 신호를 보냈다.

기호가 그녀 옆으로 절룩대며 뛰어와 바짝 붙어 섰다.

"편지는?"

그림을 확인하던 박회장이 고개를 쳐들며 말했다.

가까이서 본 그의 얼굴은 사진보다 더 탐욕스럽게 보였다. 야비한 인상이었다.

"내가 말했잖아. 1층에서 준다고."

"좋다……. 두 번 다시 너 같은 애를 볼 일은 없을 것 같아 미리 말해두마. 나하고 통화한 내용 다 녹음했다고 했지? 그림과 편지가 내게 들어온 이후에는 그런 건 아무 소용도 없다는 걸 잘 알거야. 그러니 괜히 쓸데없는 짓 하지 않도록 해."

"걱정하지 마. 그런 일은 없을 거야…… 왠지 알아?"

그는 눈썹을 살짝 치켜올렸다.

그녀는 침을 꿀꺽 삼켰다.

거사의 시작을 알리는 순간이 다가왔다. 천천히 오른쪽 주머니에 손을 넣었다. 초강력 호신용 스프레이가 들어 있었다.

스프레이를 꺼내면서 소리쳤다. 그 말은 오기자에게 보내는 신호이기도 했다.

"너 같은 개새끼는 오늘 날짜로 사라질 거니까."

그리고 곧바로 스프레이를 그의 얼굴에 발사했다.

"아악!"

박회장은 독한 분무 세례에 비명을 지르며 뒷걸음쳤다. 손으로 얼굴을 감쌌다. 그 순간 들고 있던 그림이 바닥에 떨어졌고, 미술관은 암흑천지로 변했다.

그녀는 바닥에 떨어진 그림을 재빨리 집어들고 기호의 손을 꼭 잡았다.

"기호야, 도망가야 해!"

힘을 주어 기호를 잡아끌었다.

캄캄했지만 감각에 의지해 계단 쪽을 향해 달렸다.

계획을 짤 때는 비상구 계단을 이용하는 것도 생각했다 관두었다. 거긴 박회장의 패거리들이 잠복해 있을 가능성이 높았다. 계단이 그래도 안전했다. 갑작스러운 정전에 아래쪽 홀에서 외마디 비명이 터져 나왔다.

"난간을 잡아. 그리고 무조건 아래로만 내려가면 돼."

4층은 물론 미술관 전원이 모두 다 꺼진 상태여서 몇 발짝 앞도 제대로 분간하지 못할 상황이었다. 하지만 올라오면서 계단의 감을 익혔고, 전면 유리벽에 비치는 바깥의 먼 불빛이 미미하기는 해도 훌륭한 기준선 역할을 했다. 두 사람은 난간에 몸을 기대고 계단을 내려가기 시작했다.

3층으로 내려와 복도를 빙 돌아 2층으로 내려가는 계단으로 향했다. 그때 바로 위에서 잡아, 하는 날카로운 목소리들과 우당탕거리는 소리가 들렸다. 숨어 있던 박회장의 패거리들이 쫓아오고 있는 게 분명했다.

왼팔에 그림을 끼고 오른손으로는 기호를 꼭 잡고 달리듯 내려갔다. 기호가 힘들어하더니 갑자기 맥이 탁 풀어지듯 비틀거렸다. 소미는 섬뜩한 기분에 사로잡혔다. 보통 사람만큼 빠르지는 못해도 이 정도로 굼뜨지는 않았다.

"기호야, 더 빨리 달려야 해."

"나, 나, 나 아파……."

"응?"

"나, 맞았어. 아파."

그때서야 그녀는 그에게 벌어진 일 한 가지를 알았다.

"힘들어도 참고 달려야 해. 안 그러면 진짜 죽어."

손을 놓고 팔로 그의 허리를 감싸 안아 거의 끌고 가다시피 했다. 하지만 이미 몸이 축 늘어지고 말았다. 부축을 해서 내려가는 꼴이 되니 좀처럼 속도를 낼 수 없었다.

2층으로 내려가는 계단에 도착해 뒤돌아보았다. 복도가 어둑해 제대로 볼 수는 없어도, 한두 사람이 아닌 건 분명했다. 검고 커다란 형체들이 어둠 속에서 흔들리자 마치 괴물들이 쫓아오는 것처럼 소름이 끼쳤다.

2층 계단을 다 내려와 다시 위를 올려다보았다.

검은 괴물들이 벌써 계단을 내려오고 있는지 우당탕거리는 소리가 바로 뒤에서 들리는 것 같았다. 만약 불이 꺼지지 않은 상태였다면 3층에서 붙잡혔을 게 분명했다.

이젠 뒤돌아볼 틈도 없었다. 기호를 끌어안고 2층 복도를 내달렸다.

이상하게도 4층과 3층보다 2층이 더 어두웠다. 이젠 홀의 웅성대는 소리들이 같이 들리기 시작했다. 복도를 빙 돌아 1층으로 내려가는 계단으로 달렸다.

계단으로 향하는 복도로 막 꺾어들 때, 번개가 치듯 불빛이 몇 번 번쩍이더니 미술관 전체가 다시 환하게 밝아졌다.

벌써 1분이 지났나?

계획대로라면 지금쯤 1층에 다 내려와 있어야 했다.

무의식적으로 걸음을 멈추고 뒤를 돌아보았다. 20미터 뒤에 자신을 쫓아오던 검은 괴물들이 모습을 드러냈다. 일고여덟 명의 사복을 입은 건장한 체구의 남자들. 그들도 순간적으로 어리둥절하며 그 자리에 멈춰 서 있는 상태였다.

그녀는 다시 달리기 시작했다. 1층 홀을 내려다보니, 다들 당황한 채로 그 자리에 붙어 서 있었다. 하기는 움직일래야 움직일 수도 없었을 것이다.

진구를 찾았다. 다행히 〈쥐라기 공원〉 앞에 서 있던 진구가 자신과 기호를 발견했다. 그와 눈이 마주쳤다.

이쯤에서 그림을 떨어트리는 게 안전하다고 생각했다. 1층 홀로 내려가는 계단 앞에서 걸음을 멈췄다. 진구를 향해 그림을 높이 치켜들었다. 그는 약속한 대로 그녀가 서 있는 곳 바로 아래로 다가왔다.

두 사람을 쫓던 남자들이 바로 옆까지 따라붙어 머뭇거릴 시간이 없었다. 오른손으로 그림을 잡고 활의 시위를 당기듯 팔을 안으로 접었다가 활짝 펴며 그림을 힘차게 던졌다.

그림을 던지자마자 곧바로 아차, 했다. 그림을 그냥 아래로 침착하게 떨어트리면 되는데, 흥분한 나머지 공중으로 날려버린 것이다. 설상가상으로 그녀를 쫓던 자들과 닮은 사복 차림의 거구들이 홀에 있던 사람들 사이에서 느닷없이 튀어나왔다. 진구를 향해 몰려들었다.

그림, 그러니까 납작한 사각형 판은 1층 홀 상공 위를 빙글빙글 돌며 날았다. 소미와 그녀를 쫓던 남자들 그리고 진구와 진구를 향해 몰려가는 남자들 모두 어디로 착지할지 알 수 없는 그림의 회전과 비행을 망연자실 쳐다보았다.

홀 안의 사람들은 불이 들어오자 행사 무대로 시선이 쏠려버렸다. 공중의 상황을 거의 눈치 채지 못했다. 빙글빙글 돌며 날아가다 건너편 벽에 부딪힐 것 같던 그림은 〈쥐라기 공원〉의 공룡 뼈다귀 모형 위를 지난 다음부터는 완만한 각도로 회전하더니, 놀랍게도 다시 그녀를 향해 날아왔다.

부메랑처럼, 거짓말 같이 다시 날아오고 있었다. 그러나 어디서 또 회전을 먹을지 몰랐다. 그림을 빼앗길 수도 있었다. 소미는 그림을 잡기 위해 날아오는 각도로 도착할 위치를 가늠했다. 1층 홀로 향하는 계단 쪽이었다.

기호와 함께 계단을 더 내려갔다. 그리고 계단 위를 오르내리며 정확한 위치에서 잡으려 했다. 계단 중간쯤 자리 잡았을 때 그림이 그녀 옆을 날았고, 낚아챘다.

하지만 뒤쫓던 자들도 함께 움직이고 있었다. 그림을 낚아채는 것과 동시에 남자들이 그녀와 기호를 덮쳤다.

잡히자마자 꼼짝도 할 수 없었다. 비명을 지르려 했지만 어느새 입이 손으로 틀어막혔다.

어떻게든 진구에게 긴급 상황을 알리려 했지만, 그도 이미 1층에 있던 거구들에게 붙잡힌 상태였다.

몇몇 사람들이 소란스러운 분위기를 느꼈는지 계단 쪽을 쳐다보기도 했으나, 미술관에서 행패를 부리는 잡상인을 보듯 무심하기만 했다.

그녀는 그 와중에도 그림을 빼앗기지 않으려고 몸부림을 쳤고, 남자들은 그녀와 기호를 위로 끌고 올라가려 했다. 진구는 시야에서 사라져버리고 없었다. 얼마나 손아귀가 억센지 질질 끌려가는 것 말고는 아무것도 할 수 없었다.

바로 그때, 1층 홀 전체를 쩌렁쩌렁 울리는 마이크 음이 들렸다.

"아, 아, 아. 마이크 시험 중. 마이크 시험 중. 들립니까, 들립니까? 알겠습니다, 오케이."

오기자의 목소리였다. 미술관 스피커로 드디어 오기자가 나왔다.

얼마나 정신이 없었는지 저 약속된 소리를 잊고 있었다. 그의 목소리가 자신들을 구원할 신의 음성처럼 들렸다. 계획은 아직 끝나지 않았다. 아니, 이제부터 시작이다.

"미술관에 모인 신사숙녀 여러분, 안녕하십니까? 제가 누군지 아십니까? 큭큭, 어디서 많이 들어본 목소리죠? 하던 일 잠시 멈추고 제 말에 귀를 기울여주시기 바랍니다."

볼륨을 얼마나 높였는지 귀가 따가울 정도였다. 다들 꼼짝도 못했다. 끌려가던 소미와 기호와 진구도 마찬가지였다.

"저는 GN TV, 아니 정확히 말하면 전 GN TV 기자 오타입니다. 곧 제 얼굴을 보실 수 있을 겁니다."

그 말과 동시에 〈쥐라기 공원〉의 공룡 뼈다귀 모형에 붙어 있던 모니터들이 모두 꺼졌다.

10초 정도 지나자 다시 켜졌다. 화면마다 마이크를 든 오기자의 얼굴이 떠올랐다.

아직까지도 이 상황이 이벤트라고 생각하는 건지, 웅성거리긴 해도 대부분 모니터 화면에 시선을 고정했다.

"저는 지금 여러분들이 서 계시는 홀 아래 지하 1층에 있습니다. 여기가 어디냐고요? 여기가 바로 세계그룹 박노수 회장의 비밀 그림창고입니다, 큭큭큭."

홀이 술렁거리기 시작했다.

"제가 작년에 박회장이 불법 비자금을 미술품으로 돈세탁했고, 그 미술품이 세계미술관 어딘가에 있다고 폭로했습니다. 하지만 검찰은 수사는커녕 오히려 박회장을 비호했고, 암암리에 이를 묵인해준 이른바 '박노수 장학생'으로 불리는 정치인들과 언론인들의 방해 공작으로, 저의 간곡한 부탁에도 수사는 제대로 이루어지지 않았습니다. 그러고는 이렇게 결론을 내렸죠. 박회장의 비밀 그림창고가 있다는 이야기는 낭설이다, 오타 기자가 출세하려고 거짓 기사를 쓴 것이다! 오타 기자를 죽여라!"

목소리가 격앙되자 사람들의 술렁임도 더해 갔다.

소미는 거구들의 팔을 재빨리 뿌리쳤다. 아무런 제지도 받지 않았다.

기호도 뿌리치고 누나 곁으로 왔다.

"그리고 방송국에서 쫓겨났습니다. 가정은 박살났으며, 불안과 공포 속에서 폐인처럼 살았습니다. 사람들을 피해 숨어살고⋯⋯ 길고양이들이 사는 허름한 건물에서 노숙을 하기도 하고⋯⋯ 고양이 캔 사료를 먹어본 적이 있나요? 길고양이들과 음식을 놓고 싸워본 적이 있나요⋯⋯."

그는 감정이 북받쳐 오르는지 울먹이기까지 했다. 혹시 이야기가 삼천포로 빠지는 게 아닌지 걱정됐으나, 다행히 다시 안정을 되찾았다.

"하지만 이젠 아닙니다! 오늘 제가 드디어 세계미술관 지하 1층에서 박회장의 비밀 그림창고를 이렇게 발견했고, 여러분들께 공개하는 겁니다. 자, 보십시오!"

그는 창고 안으로 천천히 뒷걸음치며 걸어 들어갔고, 카메라가 그를 쫓았다. 모니터 화면에는 그림창고가 비쳐졌다.

"이것 보세요, 이거. 모딜리아니⋯⋯ 마그리트⋯⋯ 파울 클레⋯⋯ 웬일이니. 제가 말한 박회장의 그림창고와 40점의 그림 리스트에 나와 있는 작품들이 여기 다 있네요. 에구, 작품 목록 9

번부터 15번까지는 이곳에 다 모여 있군요. 이것 보세요, 오키프, 클림트…… 브라크…….."

커다란 철제 장에 가지런히 걸려 있는 그림들이 하나씩 화면에 비쳤다.

그가 옆이나 앞으로 철제장을 밀면 새로운 그림들이 나타났고, 그는 그림 제목을 하나씩 불렀다.

"제가 그랬죠? 박회장은 이동이 쉽게 딱 품에 들어가는 아담한 사이즈의 그림들만 모았다고. 그 좋은 머리를 왜 이런데 쓰는지 몰라. 또 볼까요. 우와, 여기에는 미니멀 아트 작품들이 잔뜩 걸려 있어요. 아마도 작품 목록 20번에서 35번까지 나와 있는 그림일 겁니다. 미니멀 아트 작품들은 박회장의 개망나니 두 아들이 좋아한다고 하는데, 하는 짓은 그렇게 지저분하면서도 그림을 고를 때는 뭔 깔끔을 그리 떠는지. 너희들 때문에 미니멀 아트 싫어진 거 알아? 이래 놓고선 내가 거짓말을 하는 거라고 오히려 나를 모함하고, 그것도 모자라 사생활까지 들춰내며 흠집을 내려고 하고. 내가 룸살롱에서 호스티스에게 팁 안 준 거, 성병에 걸려 비뇨기과에 간 거…… 나중에는 아내가 마트에서 판매원과 육탄전을 벌인 거, 우리 둘째 애 학교 성적표까지 들춰내고……."

그는 다시 울먹이기 시작했다. 그동안 참고 참았던 울분이 폭발하는 듯했다. 그는 카메라를 정면으로 노려보며 흥분해 소리쳤다. 그 모습은 〈쥐라기 공원〉의 공룡 뼈다귀 모형에 붙어 있는 모니터 화면들을 통해 홀에 모인 사람들에게 고스란히 전달됐다.

"검찰총장 와 있나? 자, 봐라! 이래도 박회장의 비밀 그림창고가 없다는 거냐? 네가 지휘하던 특검팀에서는 이미 다 알고 있었지! 박회장이 불법으로 조성한 비자금, 미술품으로 돈세탁하고 있다는 걸. 아마 세계미술관 지하 1층에 비밀 그림창고가 있었다는 사실까지도 알았을 거다. 하긴 세계그룹 열여섯 번째 계열사라는 특검팀한테 뭘 기대했겠냐만, 이젠 너희들도 다 끝났어. 나쁜 자식들!

한민족당 아니, 한민좆당 대표 서민왕도 와 있지? 박회장이 너한테 보내려던 그림과 편지 다 봤어. 국회에서 야동 보다 걸리고, 룸살롱 가서 자연산 가져오라 행패 부리고, 여대생들 앞에서 성공하려면 아낌없이 다 대줘야 한다고 헛소리하더니, 이번에는 아주 대박쳤던데? 네가 그렇게 박회장을 비호했으니 수사고 뭐고 제대로 됐겠어? 너, 다음 번 대통령 후보로 나온다며? 네가 대통령 되면 내가 암살단 만들 거야, 이 불한당 같은 놈아.

그래, 박회장한테 장학금 받는 여야 의원들도 와 있겠군. 더러운 정치인들, 국민들 세금 축내는 식충이들. 오죽하면 염라대왕도 너희들 오면 저승 세계 오염된다고 이승에서 오래오래 살라고 명 늘려주겠냐! 인생 그렇게 살지 마, 이 악당들아.

박회장의 엉덩이 빨아주던 언론사 기자들도 다 와 있지? 아, GN TV 사장도 와 있겠군. 장사장, 지금 날 똑똑히 봐! 처음에는 밀어주는 척하다 박회장이 돈 찔러주고 한민좆당에서 꼬드기니까 날 돌아이로 몰아붙이고 내쫓아? 너, 다음에 충청남도 도지사 선거에 나간다더라? 지랄 염병도 그 정도면 예술이다. 내가 장담하는데 너 도지사 선거에서 떨어지고, 개망신 당하고 완전 개밥의 도토리 신세 될 거야. 정신 차려, 이 팔푼아.

이사벨, 맞아! 그 유명한 세계미술관 관장 이사벨도 빼놓을 수 없지. 이사벨, 이 나쁜 년. 이 천하의 사기꾼, 협잡꾼, 야바위꾼, 모리배야. 미꾸라지 한 마리가 물 흐린다고, 너 때문에 대한민국 큐레이터가 다 어떻게 취급받는 줄 알아? 천사 같은 신미자 여사 내쫓고 노인네 첩살이 하니까 좋냐? 우리나라 미술계를 혼자 다 말아먹으니까 배부르지? 그리고 너, 이…… 이…… 대한민국 대표 걸레야. 돈세탁할 생각 말고 네 몸이나 세탁해…….”

그는 마치 영화제에서 상을 수상한 사람처럼 흥분했고, 감격에 겨워했으며 환희에 벅차오르기도 했다. 그가 입 밖에 내는 게 죄다 독설과 욕설인데도 묘하게 어울렸다. 카메라 렌즈에 침까지 튀는 게 고스란히 보였다.

홀에서는 사람들 사이에 고함 소리가 들리더니 또 다른 한 무리의 사복 차림 남자들이 급하게 움직였다. 다들 모니터 화면에 얼이 빠져 있어 그들의 움직임이 더욱 분명해 보였다.

소미는 이젠 밖으로 빠져나가야 한다고 생각했다. 일단 1층으로 내려가 진구부터 찾아야 했다.

"기호야, 일어나. 아래로 내려가야 해."

그녀는 기호를 일으켜 세웠다. 뒤에서 멍하니 모니터 화면을 보던 거구들이 다시 두 사람을 붙잡았다.

"놔! 다 끝났어. 상황 파악이 안 돼?"

그녀는 팔을 뿌리쳤다.

거구들은 다시 잡아야 하나 놔둬야 하나 몰라 엉거주춤한 상태였다.

그때 전혀 예상치 못한 일이 벌어졌다. 갑자기 1층 홀로 검은색 깡통들이 툭툭 떨어지는 게 보였다. 곧바로 깡통에서 하얀색 연기가 피어오르기 시작했다. 처음 보는 거였지만 그녀는 그게 연막탄이라는 것을 알았다.

'누구지?'

계획에 없던 일이었다.

연막탄 연기는 순식간에 1층 홀을 뒤덮었다. 으악, 하는 비명들이 곳곳에서 터져나왔다. 그때서야 사람들은 출구를 찾으려고 우왕좌왕 뛰기 시작했다. 그야말로 충격의 도가니였다. 오기자의 등장과 박회장의 비리 폭로, 거기에다 정체 모를 변고까지. 그 넓은 홀이 금세 아수라장으로 변했다. 그 와중에도 오기자의 독설과 한 맺힌 넋두리는 미술관 전체를 쩌렁쩌렁 울리며 쉬지 않고 이어졌다.

그뿐만이 아니었다. 한쪽에서는 싸움이 일어난 것 같았다. 싸움이라기보다는 일방적인 구타였다. 사정없이 때리는 쪽은 차림새가 눈에 익었다. 인사동 골목의 슈트들이었다. 일방적으로 얻어맞는 쪽은 다들 얼이 빠져 있을 때 움직이던 사복 차림들이었다. 지하 1층으로 내려가는 계단 쪽에서 벌어지고 있는 걸로 보아 사복차림들은 오기자를 잡기 위해 움직인 게 분명했다. 슈트들은 그걸 막고 있는 것이다.

어느새 연기가 2층으로 피어오르고 있었다. 소미는 기호를 엎드리게 해 연막 안으로 숨어들었다. 연기로 가득한 1층으로 내려갔다.

1층으로 내려서니 현장은 훨씬 심각했다. 바닥에는 미끄러지고, 엎어지고, 쓰러지는 사람들이 속출했고, 무언가 부서지는 소리도 들렸다. 이 아비규환이 공룡 뼈다귀 모형을 배경으로 벌어지고 있으니 난리가 난 원시시대 부족 마을을 보는 것만 같았다.

그녀는 기호의 손을 꼭 잡고 연기 속을 헤치며 진구를 찾아 나섰다. 〈쥐라기 공원〉 근처에 있을지도 모른다는 생각에 거기까지 갔지만 진구는 없었다. 모니터 화면을 가득 메우고 있는 오기자의 모습만 보였다.

"……결국은 내가 이긴 거야, 내가 이긴 거라고! 사필귀정! 정의는 반드시 승리하지. 암, 그렇고말고…… 와하하…… 와하하하……. 와하하…… 와하하하하……."

미술관에 벌어진 아수라장을 비웃듯이 그의 웃음소리가 쩌렁쩌렁 울렸다. 연기로 시야는 흐렸지만 화면 속의 그는 통쾌한 승리에 자지러질 듯한 기쁨을 만끽하는 것 같았다. 그녀는 코웃음을 습관적으로 치는 그가 그렇게 웃는 게 신기하면서도 지나치게 흥분하는 것 같아 저러다 어떻게 되는 게 아닌지 걱정까지 들었다.

"……와하하하하."

얼마 있다 모니터들이 갑자기 꺼졌다. 미술관 스피커를 통해 흘러나오던 목소리마저 더 이상 들리지 않았다. 거기서도 변화가 생긴 모양이었다.

소미는 홀의 외곽 쪽을 살펴보기 위해 허리를 반쯤 굽히고 다시 움직였다.

안내데스크 근처에 왔을 때, 기호가 갑자기 그녀의 손을 뿌리쳤다.

"누나, 잠깐만 있어 봐."

뭘 발견했는지 혼자 비상구 쪽으로 뛰어갔다.

"야! 어디가! 같이 있어야 해!"

비상구 앞에 이르자 기호가 뭔가를 축구공 차듯 걷어찼다. 바닥에 쓰러진 한 남자를 발로 걷어찬 것이다.

한 번만 차는 게 아니었다. 그는 남자 주위를 돌며 연달아 발로 차기도 하고 세게 짓밟기도 했다. 그때마다 남자는 비명을 지르며 몸부림쳤다. 그녀가 달려가 말리려 했다.

"기호야, 왜 그래?"

"다섯…… 여섯…… 일곱……."

이상하게도 그는 숫자를 세어 가면서 걷어차고 있었다. 그 기세가 너무 드세 어떻게 말릴 수가 없었다.

"아홉…… 열……."

열 번을 걷어차고서야 그는 발길질을 멈췄다. 그러고는 주머니에서 수표다발을 꺼내더니, 뒹굴며 신음하는 남자의 입에 구겨 넣는 것이었다.

기호는 숨을 몇 번 고르고 나서 내려다보며 말했다.

"인생 그렇게 살지 마."

"왜 그래, 왜? 아는 사람이야? 그 돈은 뭐야?"

"소미야! 기호야!"

그때 진구의 목소리가 들렸다.

"소미야, 기호야, 괜찮아?"

진구는 땀투성이였다. 옷도 팔 한쪽이 뜯겨 나간 채였다. 머리도 마구 헝클어져 새가 몇 마리 사는 것처럼 보였다. 어디서 뭘 했는지는 몰라도 얼마나 애를 먹었을지 알 만했다.

"우린 괜찮아. 너는? 너도 아까 남자들한테 붙잡혔잖아."

"홀 구석으로 끌려갔다가 간신히 빠져나왔어."

"그 남자들은 뭐 하는 사람들이래? 날 쫓아오던 남자들과 같은 패거리들인가?"

"아마 그럴 거야. 서로 사인을 주고받으며 함께 움직이더라고."

"그렇다면 박회장이 숨겨놓은 조폭들이 분명해."

"근데, 이 사람들은 또 뭐니? 인사동 골목에서 봤던 그 남자들 아니냐? 우리에게 이 일을 시킨 사람들."

진구는 격투가 한창인 슈트 차림의 남자들을 가리키며 물었다.

"그런 것 같기도 하고 아닌 것 같기도 해."

"우리를 도와주러 온 게 아닐까?"

"도와주려면 잘 좀 도와주지, 왜 이렇게 요란하게 다 뒤집어놓으면서 도와주는 거야!"

그녀는 신경 쓰고 싶지도 않았다.

"자, 우리가 살고 봐야지. 빨리 나가자. 여기서 빠져나가야 해."

"오기자님은? 끝까지 같이 있기로 했잖아?"

"……이제부터 그 사람 일은 그 사람한테 맡겨야 해. 목적을 달성했으니까 잘 알아서 할 거야. 엉뚱한 남자들이 나타나 이렇게 난장판을 만들어놓았는데, 원래 계획대로 하려다가는 우리 모두 다 위험해."

그녀는 연기로 뿌연 홀 쪽을 훑어보았다. 행사에 초정된 사람들은 많이 빠져나간 듯했으나, 사복 차림들과 슈트 차림들의 패싸움은 그치지 않고 오히려 더 격렬해지고 있었다.

가만 보니 그들의 싸움은 흡사 엿새 전 종로경찰서 앞에서 본 것과 비슷했다. 그땐 사복 차림의 거구들이 일방적으로 얻어터지기만 했는데 이번에는 반격도 만만치 않았다. 그 싸움만으로도 정신없는데, 홀에서는 그릇 깨지는 소리, 무언가 부서지는 소리, 간간이 유리창이 깨지는 소리까지 들려 곧 미술관 건물 전체가 무너져 내릴 듯 아슬아슬한 분위기였다.

"지하 1층으로 내려가 그림창고 쪽을 잠깐 살펴보고, 지하 주차장으로 해서 밖으로 나가는 거야. 가자."

소미가 앞장을 서고 진구가 기호를 부축해 지하 1층으로 내려가는 계단을 향해 달렸다.

계단 입구까지 도착해 내려서려는데 세 사람은 뜻밖의 인물과 마주쳤다. 양아치였다.

도대체 여기에 왜 왔는지 몰라도 마치 세 사람을 기다리고 있었다는 듯 입구에 버티고 서 있었다. 며칠 사이에 팍 삭은 몰골이었다. 얼굴도 앙상한 게 어디 병이라도 걸린 것 같았다. 화가 잔뜩 나 있었다.

"……김소미, 너, 너, 너……."

양아치는 몸을 바르르 떨며 노려보더니 어울리지 않게 울먹이는 소리를 냈다.

"내가, 내가……. 너 때문에 어떤 수모를 당하고 있는지 알아!"

그는 소리를 꽥 질렀다.

"비켜. 지금 너 따위를 상대할 시간 없어."

"……쇠고랑을 차고 지하실에…… 그 돼지 같은 놈이 내 거기를, 거기를……. 사면발니까지 옮았다고…… 그게 눈썹에까지 기어 다니고 있다고!"

"뭔 소리를 하는 거야. 비켜!"

"널 죽이고 말겠어."

그는 갑자기 품에서 잭나이프를 꺼내 날을 세웠다.

진구와 기호는 흠칫 놀라 뒷걸음쳤다.

소미는 잠시 한심하다는 표정으로 바라보다가 얕은 한숨을 내쉬었다.

"좋아. 우리 이참에 한 판 붙어보자. 나도 언젠가는 널 패죽이고 싶었거든……. 진구야, 이것 들고 있어 봐."

그 순간, 미술관 전체를 뒤흔드는 커다란 굉음이 들렸다.

일제히 소리가 나는 쪽으로 고개를 돌렸다. 1층 홀 중앙에 있던 〈쥐라기 공원〉의 공룡 뼈다귀 모형이 건물 허물어지듯 무너져 내리고 있었다.

소미는 절호의 기회임을 직감했다. 그녀는 이젠 이런 정도는 눈 하나 깜짝하지 않았다. 아니나 다를까 양아치는 커다란 공룡 뼈가 와르르 무너져 내리니 그걸 보느라 시선이 흐트러졌다.

소미는 먼저 앞발차기를 해 그의 손에 들려 있던 잭나이프를 멀리 날려버렸다.

그제야 양아치는 눈으로 소미를 찾았지만 그를 먼저 마중한 건 그녀의 오른발이었다.

그녀는 삼단차기로 그의 거시기와 가슴과 목을 일순간에 가격했다. 그가 충격을 받고 비틀거리자 이번에는 몸을 한 바퀴 빙 돌리며 뒷발차기로 턱을 강타했다.

양아치는 악, 소리를 지르고 바닥에 그대로 나동그라졌다.

하지만 그 정도로 끝낼 그녀가 아니었다. 그를 들어올려 니킥으로 배를 세 번 차고, 마지막으로 코를 정확히 겨냥하여 있는 힘껏 걷어찼다. 그는 그대로 고꾸라졌고, 이번에는 피가 흐르는 얼굴을 감싸며 데굴데굴 뒹굴었다.

아이고, 아이고 하며 죽는 소리를 내는 그를 빤히 내려다보다 오른발을 높이 치켜들고는 그의 거시기를 힘차게 내리 찍었다. 단발마의 비명이 소란을 뚫고 공중을 찔렀다. 하지만 그건 그녀가 원하는 모습이 아니었다. 그녀는 다시 한 번 발을 높이 치켜들어 그의 거시기를 더 세게 내리 찍었다. 그러자 마침내 기절했다.

"가자."

돌아보니 진구와 기호는 프리킥을 막는 축구선수들처럼 양손으로 바지 앞을 가리고 엉거주춤 서 있었다.

지하 1층으로 내려가자마자 세 사람은 곧장 제3세미나실 쪽으로 향했다.

오기자를 걱정하는 건 아니었다. 그는 미술관으로 들어오기 전에 조치를 취해놓았다. 믿을 만한 검찰과 경찰 그리고 언론사의 지인들에게 미리 연락을 해놓은 상태여서 그들이 이미 움직였을 가능성이 컸다. 하지만 단정할 순 없었다. 예상치 못한 일이 지하에서도 벌어지고 있을지 몰랐다.

의외였다. 지하 1층은 지상의 난리와는 아무런 상관도 없다는 듯 고요했다.

제3세미나실로 향하는 복도로 꺾어 들어갔다. 복도 끝에 활짝 열린 그림창고가 한눈에 들어왔다. 이상하게도 창고 안은 물론 주위에도 아무도 보이지 않았다. 수상할 만큼 너무 조용했다.

소리 죽여 걷기 시작했다. 아무래도 이상했다. 여기만 이렇게 쥐죽은 듯 조용하다면, 뭔가 잘못된 것이다.

바로 그때, 뒤에서 갑작스러운 인기척이 느껴졌다.

뒤돌아보았다. 눈이 휘둥그레졌다.
 슈트 차림의 건장한 남자 두 명이 진구와 기호를 뒤에서 붙잡고 수건으로 입과 코를 틀어막고 있었다. 하지만 그녀에게 놀랄 틈은 별로 없었다. 어느새 자신의 목으로도 한 손이 들어왔고 곧 입과 코로 약품냄새가 밀려들었다. 숨이 막혀 아주 잠깐 몸부림을 쳤을 뿐, 곧바로 의식을 잃었다.

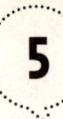

 강한 식초향이 바늘처럼 코를 찔렀다. 눈이 번쩍 떠졌다.
 천장이 보였고, 바닥에 쓰러져 있다는 걸 알았다.
 소미는 몸을 일으켜 천천히 주변을 살펴보았다. 벽이 돌기 시작했다. 머리를 세차게 흔들고 나니 이번에는 눈에 초점이 안 맞는 것처럼 사물이 두 개 세 개로 겹쳐 보였다. 한 번 더 머리를 흔들고 나서야 그녀는 안도했다. 진구과 기호가 옆에 나란히 누워 있었다.
 "이제 정신이 드나 봅니다."
 남자의 목소리가 메아리처럼 들렸다. 서서히 의식이 또렷해졌다. 환한 조명이 비치는 커다란 방이었다.
 정면에 출입문 하나가 나 있을 뿐 사방이 꽉 막혀 있었다. 습하고 싸늘한 기운이 느껴지는 것으로 보아 지하실 같았다. 특이한 건 아름다운 서양 풍경화가 사방의 벽을 두르고 펼쳐져 있다는 거였다. 아직 몽롱한 탓인지 풍경 속에 붕 떠 있는 듯한 느낌이었다.

눈을 몇 번 깜빡이자 사람들이 선명하게 보였다.

정면에 열 명이 넘는 남자들이 서 있었다. 모두 댄디한 슈트 차림이었다. 그제야 알 듯했다. 세계미술관에서 싸움을 벌이고, 또 자신을 납치해 온 자들이다. 그리고 그들이 인사동 골목의 그들일 테고. 정면 커다란 소파에 바로 그 중절모가 앉아 있었다.

지금 보니 어둑한 골목에서 보던 것보다 열 배는 더 잘생겨 보였다. 얼굴에서 빛이 나는 것 같았다. 얼굴뿐만이 아니었다. 커피색 양복으로 살짝 삐져나온 커프스와 넥타이핀을 장식한 붉은색 루비가 유난히 눈에 띄었다.

진구와 기호가 잠꼬대를 하듯 뭐라고 중얼거렸다.

두 사람을 흔들어 깨웠다. 진구가 번쩍 눈을 떴다.

"……여기가 어디야?"

"미술관에 싸움하던 남자들한테 납치된 것 같아. 이 사람들이 우리한테 일 시킨 사람들이 맞아."

기호도 인상을 쓰며 몸을 일으켰다.

"기호야, 괜찮아?"

"응……."

"우리를 어떻게 하려는 걸까? 여기는 또 어디야?"

진구가 특유의 겁먹은 표정으로 물었다.

"모르겠어. 우리를 왜 데리고 왔는지. 여기는……."

"정신 들었으면 무릎 꿇고 앉아라."

그때 한 남자가 명령조로 말했다.

"정신 들었으면 무릎 꿇고 앉아!"

이번에는 소리쳤다.

진구와 기호가 소미의 눈치를 보자, 그녀는 고개를 끄덕였다.

"일단 시키는 대로 해. 아주 형편없는 사람들 같지는 않아."

세 사람은 무릎을 꿇고 앉았다. 몸이 휘청했다.

"수고했다. 너희들이 참 어려운 일 한 거다."

중절모의 목소리였다.

"여기가 어디죠? 저희를 왜 데리고 온 거죠? 그림은요?"

그녀는 궁금한 것들을 한꺼번에 쏟아내듯 물었다.

"그래, 이쯤 되면 알아도······."

그때 요란하게 출입문이 열리더니 한 남자가 급히 들어왔다.

"형님, 큰형님께서 오십니다!"

폼을 잡고 소파에 앉아 있던 중절모가 반사적으로 벌떡 일어났다. 지체 없이 그도 한쪽 벽으로 물러나 섰다.

세 사람 눈엔 그게 신기하게만 보였다.

"너희들은 머리 박아!"

소미와 진구는 이미 해봤던 동작이라 자연스럽게 바닥에 머리를 박았다. 기호도 엉겁결에 따라서 머리를 박았다.

"큰형님, 오셨습니까!"

곧 구둣발 소리가 이어지더니 소파에 앉는 소리가 났다.

"수고했다. 다친 애들은 없고?"

'큰형님'의 목소리였다.

"네, 형님."

"그런데 왜 그렇게 소란스럽게 일을 치르나? 미술관이 난장판이 됐다던데."

"그쪽 애들이 생각보다 셌습니다. 종로경찰서에 나온 애들과는 완전히 다른 수준이었습니다."

중절모는 무슨 큰 죄를 지은 것처럼 안절부절못했다.

"하긴, 박회장이 이번에는 단단히 별렀으니까. 어찌됐든 성공했으니 다행이야. 그림들은 창고로 이동했나?"

큰형님이라는 사람은 최소한 60대, 많으면 70대쯤 됐을 노인일 것 같았다. 목소리에 관록이 배어 있었다.

"네, 지정해주신 열일곱 점을 갖고 나와 창고에 안전하게 보관했습니다. 걱정하지 마십시오."

"잘 됐어. 이번 일로 박회장은 완전히 끝났어. 세계그룹도 내리막을 걷겠지……."

"우리 피카소파가 그런 고가의 그림들을 한 번에 이렇게 많이 접수한 건 이번이 처음입니다. 애들도 무척 자랑스럽게 여기고 있습니다."

"축하하네…… 아, 오기자는 어떻게 됐나?"

"창고에 쓰러져 있길래 병원에 데려가 입원시켰습니다. 의사 말로는 '발광혼절증'이라고 너무 흥분해 기절한 거라고 합니다."

"그 친구도 애 많이 썼어."

"오기자는 어떻게 되나요?"

"그 친구는 천상 기자야. 갈 데라곤 방송국 밖에 없어. 내가 복직하도록 힘써볼 생각이네."

소미는 큰형님과 중절모의 대화에서 굉장히 이상한 것을 느꼈다. 물론 처음부터 이상하기는 했다. 긴장한 탓이라고만 여겼는데 들으면 들을수록 이상한 것이었다. 그것은 큰형님이라는 사람 때문이었다.

 짚이는 게 있었다. 설마, 하면서도 자기도 모르게 고개를 번쩍 들었다. 큰 형님의 얼굴을 정면으로 보았다. 하마터면 악, 하는 비명이 터져나올 뻔했다. 눈이 얼마나 휘둥그레졌을지 보지 않고도 느껴졌다.

 그녀는 큰형님을 알고 있었다. 아니, 우리나라 사람들 가운데 지금 여기에 있는 큰형님을 모르는 사람은 없을 것이다.

 큰형님은 그녀와 눈이 마주치자 오히려 미소를 지었다.

 그때 한 남자가 소리쳤다.

 "머리 박아! 머리 박으라니……."

 그러자 큰형님이 손을 들어 제지했다.

 "그만, 됐다. 힘들 텐데 모두 바로 앉아라."

 소미는 천천히 몸을 일으켰고, 진구와 기호도 자세를 바로 했다. 세 사람은 어떻게 있어야 할지 몰라 엉거주춤하다가, 다시 무릎을 꿇고 앉았다.

 그녀는 큰 형님의 얼굴을 다시 한 번 확인해보았다. 큰형님이라고 불리는 사람은 남자가 아닌 여자였고, 그 사람이 맞았다.

 세계그룹 박노수 회장의 부인 신미자 여사. 사진보다는 더 나이 들어 보였지만, 자상하고 편안한 인상이었다. 신미자가 틀림없었다.

 소미는 세계미술관 습격사건을 조종한 인물이 박회장의 부인 신미자라는 사실에 아주 복잡한 계산을 해야 했다. 신미자는 그런 그녀의 머릿속을 훤히 들여다보고 있었다.

 "지금은 그런 골치 아픈 생각하지 마라. 그건 나중에 다 알게 될 테니까."

신미자는 뭐가 그리 좋은지 흐뭇하게 웃기만 했다.

그 웃음이 세 사람에게는 안심해도 좋다는 메시지로 느껴졌다.

"너희 세 명, 아주 대단한 일을 해냈어. 박회장과 맞붙어 싸운다는 게 보통 일이 아니야. 그동안 어떤 사람도 박회장과 맞붙기는커녕 시비조차 걸 수 없었지. 그런데 너희들은 박회장을 KO패 시키고 두 번 다시 링 위에 못 오르게 했어. 대단해, 정말 대단해."

집안일인데도 그녀의 목소리는 차분했다.

"예술…… 바로 그 예술이 문제야……."

한숨 섞인 목소리로 중얼거렸다.

"너희들도 예술에 관심이 있나?"

소미는 고개를 저었다. 진구와 기호도 고개를 저었다.

"하긴, 하루하루 살기 바빴을 테니 그런 데 관심 둘 여유가 없었겠지. 나는 어렸을 때부터 예술을 좋아했어. 집이 부유해 훌륭한 예술 교육을 받을 수 있었지. 그러다 결혼 후에는 예술품들을 수집하는 데 힘을 쏟았어. 특히 미술 작품을 좋아해 많은 돈을 투자해 사 모았고, 세계미술관도 그렇게 만들어진 거야."

그녀는 소파에서 일어났다.

"그런데 그 일에 회의를 느끼게 됐지. 가만 보니까 내가 그렇게 좋아하고, 악착같이 사 모으려고 했던 미술품들이 실상은 예술이 아니었어. 하나에 수억, 수십억, 심지어는 수백억 원에 이르는 그것들은 예술이 아니었지……. 반 고흐라는 네덜란드의 천재화가는 생전에는 단 한 점의 그림을 팔았을 뿐, 아주 가난한 생활을 했어. 그 유명한 이중섭 화백이나 박수근 화백도 평생 궁핍한 생활을 하며 살다가 쓸쓸하게 죽은 화가들이야. 그런데 그 화가들의 작품이 지금 얼마인가? 반 고흐의 작품은 수백억 원에 달하고, 이중섭 화백과 박수근 화백의 작품도 거의 백억 원에 육박하고 있어."

세 사람은 침만 꼴깍꼴깍 삼키며 귀를 기울였다.

"이게 무슨 말인 것 같나? 그건 예술이 아니라 탐욕의 물화였어. 사람들은 그 화가들의 예술성이나 작품에는 관심이 없어. 사람들이 원하는 건 오직 돈! 예술이라는 고귀하고 숭고한 이름으로 자행하는 천박한 돈 놀음일 뿐이라고. 너희들이 터트린 이번 박회장 일도 다 돈에 대한 탐욕에서 나온 것이야. 사람들은 그렇게 예술을 돈으로, 돈을 예술로 둔갑시켰지. 난 그게 싫었던 거야. 예술이 아닌 것을 좇았던 내 자신이 너무 부끄러웠고, 그게 좋다고 좇았던 내 자신에게 너무나 화가 났어. 나는 진짜 예술이란 무엇인지 깊이 생각했고, 찾아 나서기 시작했지. 그러던 가운데 드디어 깨닫게 됐지. 진짜 예술이 무엇인지 말이야! 뿐만 아니라 이 친구들을 만나면서 단순한 깨달음을 넘어 예술의 이름을 가장한 천박하기 짝이 없는 인간의 탐욕을 심판하고, 그것을 역이용해 내가 추구하는 그 예술의 세계로 도달하는 방법까지 알게 됐어."

그녀는 소파 뒤에서 무언가를 집어들었다. 그동안 세 사람이 갖고 있던 〈불타는 꽃밭〉이었다. 그녀는 그림을 세 사람에게 보여주며 말했다.

"너희들이 훔친 이 그림, 이게 얼마짜리인지 잘 알 거다. 100억, 100억 원이야. 너희들, 100억 원으로 뭘 할 수 있는지 아나? 의료 시설이 열악한 가난한 나라에 종합병원 30개를 지어줄 수 있고, 우리나라에 아주 괜찮은 고아원이나 장애인 복지시설 100개를 지을 수 있어. 심장병 어린이 환자 1000명의 치료비를 대줄 수 있고, 굶어 죽기 직전의 아프리카 어린이 100만 명을 살릴 수 있지. 100억 원이라는 게 그런 돈이야."

그녀는 세 사람을 보며 물었다.

"너희들, 진짜 예술이 무엇인지 아나?"

무섭게 들릴 정도로 강조해서 다시 한 번 물었다.

"진짜 예술이 무엇인지 아나? 진짜 예술이 어디에 있는지 알겠나?"

그녀는 세 사람과 일일이 눈을 마주치고는 환하게 웃었다.

"……그게 바로 예술이야. 이 세상에서 가장 아름다운 예술."

소미는 그제야 알았다. 신미자와 여기 이 중절모 패거리가 무슨 일을 하는지. 그녀는 자기도 모르게 머리를 주억거렸다.

신미자는 그림을 내려놓고 세 사람 앞으로 다가왔다.

"나는 너희들이 기대 이상의 활약을 보여줘 깜짝 놀랐어. 사고력, 판단력, 결단력, 추진력, 거기에 두둑한 배짱까지. 그림 하나를 갖고 이 정도를 보여줬다는 건, 그림이 너희들에게 운명적인 것이라는 말이지. 그 말은 또 너희들이 진짜 예술을 할 능력과 자격이 충분히 있다는 거고."

그러고는 허리를 숙여 소미와 눈높이를 맞추었다.

"어때, 우리와 함께 진짜 예술을 해보지 않겠나? 이전에도 없었고 이후에도 없을 세상에서 가장 위대한 예술가가 되는 거야."

소미는 머뭇거리지 않았다. 머뭇거릴 이유가 없었다.

이들의 지시대로 오기자를 만나 설득하고 세계미술관을 습격해 박회장의 비밀 그림창고를 여는 일에 동참했을 때, 그녀는 이미 신미자의 제안을 승낙한 것이나 마찬가지였기 때문이다.

그녀는 고개를 가볍게 끄덕였다.

"요 영리하고 용감한 아가씨가 말귀를 빨리 알아듣는군."

신미자는 진구와 기호를 쳐다보고도 물었다.

"너희들은?"

두 사람은 갑작스러운 시선에 놀라 몸을 움찔했다. 진구는 소미를 흘깃흘깃 쳐다보다가, 큰 소리로 대답했다.

"……소미가 하겠다면 저도 하겠습니다!"

그 뒤를 이어 기호도 대답했다.

"지, 지, 진구 형이 하겠다면 저도 할 거예요……."

신미자는 만족스러운 대답이었는지 고개를 끄덕였다.

"고맙군. 내 말을 들어줘서. 일단은 좀 쉬어야 할 거야. 그동안 많이 힘들었을 테니까."

신미자는 중절모에게 말했다.

"앞으로의 일은 자네가 알아서 해주게. 하나부터 열까지 알려주고 가르쳐줘야 할 게 많을 거야."

"네, 형님. 제가 다 알아서 하겠습니다. 먼저…… 옷부터 사줘야 할 것 같습니다. 어떻게 저런 말도 안 되는 옷을 입고 다니는지 정말 눈 뜨고 못 봐주겠습니다."

신미자는 한심하다는 눈으로 중절모를 흘겨보았다.

그때였다. 갑자기 문이 열리더니 한 사람이 목덜미가 잡힌 채 끌려 들어왔다. 놀랍게도 양아치였다.

미술관에서 소미한테 흠씬 두들겨 맞아 입과 코가 터지고 얼굴 곳곳에 피멍이 든 그대로였다. 의식이 오락가락하는지 해롱거렸다.

"그건 또 뭐야?"

중절모가 물었다.

"미술관에 쓰러져 있길래 데리고 왔습니다."

"그게 무슨 말이야? 걔가 누구라고."

"지난번에 한 번 이곳에 왔잖습니까. 그래서 쟤네들하고 친구가 아닌가 해서요."

그러자 중절모가 물었다.

"저 자식이 너희들 친구인가?"

소미와 진구와 기호는 일제히 고개를 세차게 옆으로 흔들었다.

"이런 바보 같은 놈이 있나. 큰형님도 와 계시는데, 잘 알지도 못하면서 그런 양아치 같은 자식을 여기에 왜 끌고 와! 당장 데리고 나가!"

"죄송합니다, 형님······."

그런데 양아치를 끌고 나가지 않고 그 자리에서 머뭇머뭇했다.

"데리고 나가라니까!"

"이 자식을 어떻게 해야 할까요? 이곳을······ 큰형님까지 다 봤는데요."

중절모는 한숨을 푹 내쉬며 눈을 감았다. 눈을 뜨며 말했다.

"죽지 않을 만큼만 패서 한강에 던져버려라. 살아서 기어 나오면 단단히 주의를 줘서 돌려보내고, 안 나오면 그냥 내버려두고. 알았나!"

"네, 형님!"

반쯤 얼빠진 양아치가 애처롭게 매달렸다.

"······저기요, 형님······ 아줌마······."

남자는 그의 목덜미를 거칠게 휘어잡고 밖으로 끌고 나갔다.

"자, 여러분."

잠시 어수선해졌던 분위기를 정리하려는지 신미자가 밝은 표정으로 말했다.

"사상 최대의 작전도 성공했고 새 식구도 맞이하게 되었으니 멋진 파티를 열 계획이야. 다음 주에 모두 두바이로 간다."

"두바이요?"

"그래. 거기서 배를 하나 빌려 크루즈 여행을 하면서 파티도 하고, 다음 계획도 짜봐야지."

안에 있던 남자들 모두 환호성을 질렀다.

다 끝났어, 다 끝났어······.

소미는 혼잣말을 중얼거렸다.

10여 일간의 모험이 무사히 막을 내렸다. 아직도 믿어지지 않는 결말을 듣고 서 있는 것 같았다. 지금도 가장 생생한 것은 아라옥션 사건도, 벽화 낙서 사건도, 기호 구출 사건도 아니었다. 전화 부스에 주저앉아 이 싸움이 얼마나 무모한지를 절감할 때의 첫 느낌이었다.

원하진 않았지만 일단 얽혀들고 나서는 모든 걸 걸고 움직여야 했다. 고생스러웠고, 두려웠으며, 아슬아슬했다. 자신의 뜻대로 흘러가지는 않았으나 결국 모든 걸 자신의 힘으로 해냈다. 신미자 여사는 그걸 운명이라고 했다.

운명.

앞으로 자신에게 어떤 인생이 펼쳐질지 지금으로서는 알 길이 없다. 아직 두려움은 가시지 않았고, 고생했던 기억은 생생하며 아슬아슬한 긴장감도 뒷덜미를 싸늘하게 스친다. 아마도 별안간 누군가 쫓아오는 것 같아 가슴이 뛰는 증세는 일 년이 지나도 쉽게 사라지지 않을 것이다. 그런데도 그녀는 자신이 있었다. 다시 맞닥뜨리더라도 팔을 걷어붙일 수 있는 자신감이 생겼다.

운명. 어쩌면 이젠 좀 더 넓은 세상으로 나가 살아보라는 운명이 아닐까.

느닷없이 찾아왔지만 예정된 것처럼 받아들일 때, 비로소 그것은 운명이 되는 것이리라. 돌리던 쳇바퀴를 주저없이 내려와 어떤 안전도 보장되지 않는 위험천만의 숲으로 달려가는 것. 그녀는 그럴 준비가 이미 되어 있다고 자신하는 것이다. 전쟁 같은 시간을 치르고 얻은 것은 그것만이 아니었다. 진구와 기호.

함께 살아가는 동반의 조건이 사람 자체라는 걸 이번 모험은 절실하게 깨닫게 해주었다. 두 사람이 없었다면 그림만 손에 든 채로 이 모험은 한 발짝도 더 나아가지 못했을 것이다. 그들도 운명이었던 것이다.

그리고 엄마. 가족은 마침내 난파를 견뎌내고 흘러갈 수 있게 되었다. 그럭저럭 견뎌낸 것이 아니라 온몸을 던져 버텨낸 것이기에 이제 옮겨 탄 배는 어떤 거센 풍랑도 견딜 만큼 튼튼한 배가 될 것이다.

신미자 여사, 피카소파. 이들과 함께 하는 축배의 파티는 지금 당장은 어울리지 않았다. 지금은 몹시 허기가 졌고, 뜨거운 김치찌개가 먹고 싶었다. 찌그러진 냄비에 모두 수저를 담그는 그런 김치찌개를 진구, 기호와 마음껏 후루룩 소리 내며 먹고 싶었다. 가족들과 함께 빨리 집으로 돌아가고 싶었다. 그 생각뿐이었다.

에필로그

도대체 어디로 간 거지?

박선생은 미술관 1층 홀을 두리번거렸다. 정민이가 미술관 안에 있는 건 확실했다. 제일 먼저 나온 반장이 미술관 안에서 정민이는 물론 어떤 사람도 나오는 걸 보지 못했다고 했으니까.

그는 교외 수업을 미술관 관람으로 잡은 걸 후회했다. 초등학교 인근에 새로 미술관이 들어섰다길래 선뜻 결정하게 됐지만, 전시된 그림들이 너무 어려웠다. 미술을 전공한 그가 봐도 알쏭달쏭한데, 초등학생들의 눈에 그런 그림이 들어올 리 만무했다.

아이들은 그림은 관심 밖인 듯 복도에서 뛰어놀거나 계단 난간을 타며 장난을 쳤다. 또 미술관에 설치한 관람 안내 컴퓨터를 게임기 삼아 시간을 보냈다. 미술관 수업 내내 학생들이 그림을 상하게 하지 않을까 마음을 졸여야 했다.

관리실 직원으로 보이는 사람이 화장실에서 나왔다. 박선생은 얼른 다가가 물었다.

"저기, 혹시 학생 한 명 못 보셨어요. 남자애고, 키가 좀 작은 편인데. 이름은 김정민이라고 하고요."

"모르겠는데요. 왜요, 안 보이던가요?"

"네. 돌아가야 하는데, 혼자만 안 보여요."

"먼저 미술관을 나간 건 아니고요?"

"그렇지는 않았어요."

"그럼 같이 한 번 미술관 안을 둘러봅시다. 미술관도 작고 관람객들이 거의 다 나갔으니 금방 눈에 띌 겁니다."

두 사람은 1층 홀을 지나 계단을 타고 2층으로 올라갔다. 관리실 직원이 말했다.

"저는 2층을 살펴볼 테니까, 선생님은 3층으로 올라가서 찾아보세요."

"네."

박선생은 3층으로 올라갔다.

그는 걱정이 앞섰다. 정민이는 반에서도 소문난 개구쟁이였다. 그런 아이가 미술관 안에 혼자 남아 뭔 짓을 하고 있을지 조마조마했다.

설마 사인펜 같은 걸로 그림에 낙서라도 하는 건 아니겠지. 아니야, 아무리 장난기가 넘쳐도 그렇게 생각 없는 애는 아니라고. 모르지, 초등학생 눈에 이게 그림인지 벽지인지 분간도 안 갈 텐데. 아무렇게나 직직……. 사고라도 치면 내가 다 배상해야 하는 건가? 그렇지는 않을 거야. 정민이 아빠와 엄마는 둘 다 의사니까 잘 알아서 할 거야…….

3층으로 오르는 그의 머릿속에 오만가지 생각이 다 떠올랐다.

3층 복도와 홀에는 없었다. 전시실 쪽으로 발걸음을 옮겼다.

전시실 안으로 들어서려다 그는 우뚝 걸음을 멈췄다. 전시실 안에 정민이가 있었다.

따끔하게 혼내주리라 마음먹었던 그는, 출입구에 서서 꼼짝도 할 수 없었다. 그를 발견해 안도해서도 아니었고, 불길한 예상대로 그림에 낙서를 하고 있어서도 아니었다.

전시실 안에는 관람객들이 편히 앉아서도 그림을 볼 수 있게 등받이가 없는 길고 네모난 소파가 놓여 있었다. 그는 거기 끄트머리에 앉아 두 손을 가지런히 모으고 고개를 살짝 든 채 어떤 그림을 보고 있었다.

차분하면서도 끈기 있었고, 진지하다 못해 결연하기까지 했다. 계속 그렇게 두다가는 조금 있으면 그림 속으로 빨려 들어갈 것만 같았다.

어떤 그림이길래 저 아이의 두 눈을 붙들어 매는지 궁금했다. 그러나 그 궁금증은 이내 사라졌다. 창으로 들어오는 늦은 오후의 빛이 전시실을 부드럽게 내리쬐는 지금, 텅 빈 공간에서 혼자 그림과 마주한 정민이는 그 자체로 너무나 아름다웠다. 정민이가 그림 속으로 빨려 들어가는 것처럼 박선생은 정민이에게 빨려 들어갈 듯했다.

"아, 여기 있었네."

뒤에서 관리실 직원의 목소리가 들렸다. 곧장 안으로 들어가려는 걸 박선생이 붙들었다. 입에 검지를 갖다 댔다. 관리실 직원은 어리둥절해했지만, 곧 박선생의 뜻을 알아차렸다. 그는 박선생 옆으로 슬며시 와 섰다.

"작품 감상 중인가 보군요."

박선생은 고개를 끄덕였다.

"그럼 내버려둬야죠."

무언가에 사로잡히고 홀리는 기분을 어린 정민이가 제대로 알지는 모르겠다. 그래도 그는 그 황홀한 여정의 첫 발을 뗀 것이리라.

박선생은 그가 자신에게 느닷없이 닥친 지금의 황홀한 맛을 좀 더 즐기길 바랐다. 그리고 그 맛을 평생 잃어버리지 않기를 진심으로 바랐다.

작가의 말

혹시 잃어버리고 살지 않나요?

『박회장의 그림창고』는 지난 몇 년 동안 미술품과 관련해 사회에 파장을 일으켰던 사건들을 소재로 쓴 소설이다. 2008년 쓰기 시작해 2010년 초에 탈고했지만, 출간을 미루다 금년 봄부터 수정을 거듭해 세상에 선보이게 되었다.

나는 소설가로서 『박회장의 그림창고』를 집필했음을 먼저 밝혀야겠다. 소설가가 자신이 쓴 소설을 소설이라고 밝히는 게 어폐가 있지만, 소재의 리얼리티로 세간의 이목은 더러 그런 것을 구별하지 못하기도 하는 탓이다. 나는 언론사 기자나 검찰의 입장에서 글을 쓰지 않았다. 다시 말해 '밝혀지지 않은 진실'이나 '진짜 실체', 또는 '나만이 알고 있는 충격적인 사실' 등을 드러내거나 폭로하는 일은 처음부터 염두에 두지 않았다는 점을 밝히려는 것이다.

사실 미술품과 관련해 터진 일련의 사건들 대부분 무혐의 판정이 났고, 나머지도 아직까지 명확한 법적 판결이 내려지지 않은 상태다. 이를 두고 검찰의 무능력과 수사의지 부족을 거론하지만, 미술계를 아는 사람의 눈으로 보면 미술품과 관련된 문제를 제대로 수사하기가 매우 어렵다는 게 가장 현실적인 이유일 것이다.

소설에서도 언급한 것처럼 흔히 미술시장은 자본주의 사회에서 마지막까지 통제 못하는 곳이라고 한다. 그만큼 투명성이 떨어져 거래관계를 추적하기 힘들고, 추적한다 해도 관련자들이 입만 맞추면 다른 시나리오 하나를 완벽하게 짤 수가 있다.

그렇다고 이를 철저하게 막겠다고 법적 장치를 빽빽하게 걸어 놓으면, 미술시장은 순식간에 가라앉는다. 실제 몇몇 기업의 미술품 돈세탁 문제가 불거져 나온 이후, 재벌기업이나 부유층의 그림 구입은 '수상한 일'이라는 등식이 성립되어, 지금까지도 미술시장이 꽁꽁 얼어붙은 상태다.

나는 『박회장의 그림창고』를 통해 실체나 진실이 아니라 '현상'을 보여주고 싶었다. 반백년이 지나 이 책을 보았을 때 당시에 미술품과 관련된 이런 생각들이 있었다는 걸 생생하게 느꼈으면 하는 바람이다. 그래서 캐릭터들의 정서를 충실하게 반영하려고 했고, 밝혀진 사실 이외의 떠도는 속설까지 수용했다. 소설이 아니면 할 수 없는 일일 것이다.

무엇보다도 소설을 통해 동시대의 독자들에게는 일련의 사건들에 대한 법적·도덕적 단죄 이전에 우리가 예술을 대하면서 잃지 말아야 할 것, 지켜야 할 소중한 것에 대한 메시지를 강조하고 싶었다. 아무쪼록 그런 의도가 제대로 전달됐으면 좋겠다.

『박회장의 그림창고』는 미술품을 둘러싸고 터진 사건들을 코믹하게 패러디해서 다뤘다. 많은 사회적 소재들이 구석구석 패러디되었고, 불필요한 오해를 피하고자 모티브만 따와 다른 플롯으로 재구성했다. 여기에 독자들이 읽으면서 단번에 알아차릴 재벌기업과 관련된 몇 가지 사건들을 섞어 넣었다. 그러다보니 소설은 자연스럽게 세태 풍자소설의 형식을 띠었다.

언제부터인가 우리 독서시장에서는 풍자소설이 자취를 감추었다. 즉각적인 패러디가 생산되고 즉시 소비되는 소셜 네트워크 사회에서 자연스럽게 도태되었는지도 모른다. 그러나 모든 일회적인 소비가 그렇듯이 카타르시스가 없는 단발의 패러디는 번번이 냉소만을 남길 뿐이다.

원고를 마무리하면서 자신을 돌아보게 되었다. 미술과 문학이 좋아 이 세계로 발을 들여놓았던 나, 지금의 나는 그때의 마음을 고스란히 간직하고 있는 것일까? 그림 앞에서 흥분되고 설레어하던 마음, 감동적인 소설을 읽고 그 감동에 밤잠을 못 이루던 순수했던 마음, 그것이 아직 내게 남아 있는가? 『박회장의 그림창고』는 내게도 풍자할 것이 있다고 웃어주었다.

미술은, 더 나아가 예술은 우리 자신과 세상을 들여다보게 해주는 거울이라는 말이 떠오른다. 그리고 예술을 예술로 지키는 일이 얼마나 힘든 일인지 다시 한 번 깨닫는다.

2011. 11.
홍대 앞 작업실에서